MEIN BISHER BESTES JAHR

Viel Spaß!
Daniela Böhle

DANIELA BÖHLE ist in Köln aufgewachsen und hat dort Kunstgeschichte und Medizin studiert. Heute lebt sie verheiratet und mit zwei Kindern in Berlin und lektoriert Sachbücher. Vor allem aber schreibt sie Geschichten, die sie mehrere Jahre lang auf Berliner Bühnen vorgelesen hat, u. a. als Mitglied der Lesebühne »Reformbühne Heim & Welt«. 2005 erschien ihr Buch »Amokanrufbeantworter« (auch im Satyr Verlag). Ihre Hörspiele für Erwachsene hat der Radiosender SWR produziert, »Mein bisher bestes Jahr« ist ihr erstes Jugendbuch.

Ihr Sohn **JULIUS BÖHLE**, der an diesem Buch mitgearbeitet und die Story vorgegeben hat, geht inzwischen auf die Oberschule.

KATHARINA GREVE hat dieses Buch illustriert. Sie wurde in Hamburg geboren, studierte Architektur und lebt als Comic-Autorin und Cartoon-Zeichnerin in Berlin. Sie zeichnet u. a. für die Zeitschriften »Das Magazin« und »Titanic«. 2013 erhielt sie den »Sondermann-Förderpreis für Komische Kunst« und 2010 den »Deutschen Cartoonpreis für neue Talente«. Bisher erschienen ein Cartoon-Band und drei Graphic Novels für Erwachsene von ihr, zuletzt »Hotel Hades«, eine absurde Reise ins Jenseits (Egmont Verlag).

Daniela Böhle

Mein bisher bestes Jahr

Wer vorher nachdenkt, verpasst 'ne Menge

SATYR VERLAG

für Julius

1. Auflage Juni 2016

www.satyr-verlag.de

Cover & Illustration: Katharina Greve
Korrektorat: Jan Freunscht

Druck: cpi books | Clausen & Bosse, Leck
Printed in Germany

Die Deutsche Nationalbibliothek verzeichnet diese Publikation in der Deutschen Nationalbibliografie; detaillierte bibliografische Daten sind im Internet abrufbar über: http://dnb.d-nb.de

Die Marke »Satyr Verlag« ist eingetragen auf den Verlagsgründer Peter Maassen.

ISBN: 978-3-944035-73-4

SONNTAG

Am letzten Ferientag muss man eigentlich alles machen, was man in den Ferien zu selten geschafft hat. Lang ausschlafen, also so richtig lang!, und dann Fußball spielen und schwimmen und jede Menge essen, auf jeden Fall viel Eis und Würstchen.

Strandbadtag!

Alle waren da – Leon natürlich, mit dem war ich verabredet, aber auch Karim, Janusz, Steven, Pepe, Joe, Felix und Julian und auch ein paar Mädchen, Nurit, Tina, Kiki und Sarah. Sarah! Die sah so toll aus in ihrem Bikini, dass ich fast Stielaugen gekriegt hätte wie im Zeichentrickfilm.

Wir aßen einen Haufen Eis und Würstchen und dann hatte Pepe diese Idee: Wir sollten alle ein Wetttauchen machen, so schräg rüber bis zu 'nem Baumstamm, der quer im Wasser liegt. Pepe hatte das in den letzten Wochen geübt wie ein Irrer. Er hatte ständig im flachen Wasser vorn am Strand rumgelegen. Wenn man ins Wasser reingerannt ist, musste man immer aufpassen, dass man nicht auf Pepe trat, weil der Idiot unbedingt ganz vorn üben musste. »Macht mir ein besseres Gefühl«, hatte er immer behauptet, wenn ihn jemand angepflaumt hat, »das machen die Profis auch so!« Leon ist voll drauf reingefallen und hat mich den ganzen Nachmittag gefragt, wie viel Geld so Profitaucher wohl verdienen und ob er sich nicht auch ins flache Wasser legen und die Luft anhalten üben sollte.

»Quatsch«, hab ich ihn aufgeklärt. »Klar gibt's Profitaucher, aber die tauchen mit Flaschen!«

Mit was für Flaschen, wollte Leon wissen, aber ich hab das auch nur mal kurz in so 'nem Dokumentarfilm gesehen und dann umgeschaltet.

»Da ist Luft drin«, konnte ich nur sagen und Leon hat genickt, als hätte er jetzt voll den Plan. Pepe hatte also die ganzen Sommerferien über wie 'ne Wasserleiche unter Wasser rumgelegen und wollte es uns allen jetzt zeigen.

Wenn er schlau gewesen wäre, hätte er vorgeschlagen, um die Wette im Flachen unter Wasser rumzuliegen, aber Pepe ist nicht schlau. Das hätte er garantiert gewonnen! Aber ich zum Beispiel hatte Schnellschwimmen geübt und es war klar: Wenn einer zwar nicht unter Wasser rumliegen kann, dafür aber schnell schwimmen kann, wird der am Ende den Rumlieger locker abhängen.

Ich war also beim Wetttauchen dabei.

Kiki wollte auch mitmachen und Leon meinte, er würde den Schiedsrichter machen. Leon kann so Um-die-Wette-Zeug nur leiden, wenn er garantiert gewinnt, und die komischen Übungen von Pepe, vor denen hatte Leon einen Heidenrespekt. Wir stapften also nebeneinander ins Wasser, Steven und Pepe und Karim und Janusz und Julian und Kiki. Und ich.

Leon stand auf dem Baumstamm schräg gegenüber vom Stand, hielt die Arme zur Seite ausgestreckt wie bei den Bundesjugendspielen und brüllte: »Auf die Plätze! Fertig!« Bei »Los!« schlug er die Hände über dem Kopf zusammen und wir pflügten ins Wasser, bis wir vernünftig untertauchen konnten. Pepe, der Idiot, der pflügte gar nicht, der ging gleich da, wo wir uns aufgestellt hatten, unter Wasser.

Ich schwamm superschnell los, aber irgendwie geht das echt schwer, wenn man mit dem ganzen Körper unter Wasser ist. Ich war trotzdem ganz schön schnell, zumindest dachte ich das, aber dann ging mir die Luft aus und ich musste auftauchen und da war ich gerade mal ungefähr fünf Meter weit gekommen. Gleichzeitig mit mir tauchte Steven auf, was mich mächtig wurmte, weil er bestimmt einen ganzen Meter weiter gekommen war als ich. Karim schaffte es kaum länger und danach tauchte Kiki auf.

Janusz schaffte es länger und weiter als Julian, aber das erfuhren wir erst hinterher von Nurit, die das vom Strand aus gesehen hatte. Wir anderen kriegten erst mal nichts mehr mit, nachdem Julian aufgetaucht war und ihm monstermäßig das Blut übers Gesicht lief. Er war total vom Weg abgekommen beim Tauchen und kam irgendwo weit neben mir hoch anstatt vor mir. Dort war er übelst gegen einen Stein geschwommen und hatte sich eine Platzwunde am Kopf geholt. Er sah echt krass aus, wie in so einem Horrorfilm! Wenn ich später mal einen Horrorfilm drehe, kommt auf jeden Fall Julian drin vor. Also nicht das Wettschwimmen und Julian, sondern Julian, der Unterwasserzombie!

Julian musste dann ruckzuck zur DLRG-Station, da hat er dann voll den coolen Verband gekriegt, als hätte ihm irgendwas den halben Kopf weggefetzt und er hätte nur haarscharf überlebt. Die DLRG-Leute hatten bestimmt lange niemanden mehr verarztet und waren dann so in Schwung gekommen, dass die einfach ihr komplettes Verbandszeug um Julians Kopf rumgewickelt haben. Der war danach ungefähr doppelt so groß wie vorher, es sah echt gut aus! Sein Vater, der Julian kurz darauf abgeholt hat, hat sich allerdings ziemlich aufgeregt. Dass er ihn nicht auf den Arm genommen und nach Hause getragen hat wie ein Baby, das war echt alles.

Wann genau Pepe aufgetaucht ist, weiß ich nicht. Oder was er zu seiner Niederlage gesagt hat. Das Blut und das ganze Geschrei jedenfalls hat er völlig verpasst. Gewonnen hat er trotzdem nicht, weil Nurit sagt, dass er zwar echt lang unter Wasser war, aber nicht mal ansatzweise so weit gekommen ist wie Janusz. Und weil wir alle mit Julian und dem Blut beschäftigt waren und nur Nurit gesehen hat, wo die beiden hochgekommen sind, gilt das, was sie gesagt hat. Janusz hat gewonnen, aber Julian ist der, der am letzten Ferientag das Strandbad gerockt hat.

MONTAG

Erster Schultag nach den Ferien. Wir haben einen neuen Jungen in der Klasse, Karl. Er ist cool und sieht gut aus und ich hasse ihn. Sarah hat ihn angelächelt, ich hab's genau gesehen. Wenn sie sich in Karl verliebt, muss ich entweder ihn oder mich umbringen. Er sieht stark aus, ich denke also, *ich* werd dran glauben müssen.

DIENSTAG

Marco hat heute in die Hose gemacht. Im Unterricht, kein Witz.

Die Zeitbombe hat Leon angeschrien, damit ging es los.

Die Zeitbombe heißt eigentlich Frau Schniedermann. Sie ist unsere Mathelehrerin und heißt so, weil man nie weiß, wann sie explodiert. Sie ist so schlimm, dass ich echt nicht weiß, warum man so was auf Kinder loslassen darf. Oder auf Jugendliche.

Die Zeitbombe hat jedenfalls Leon angeschrien. Er hatte sich diese verkackte Dreiecksdefinition nicht gemerkt, irgendwas über gleiche Winkelgrößen, was weiß ich, er wusste die Definition nicht und hat einfach nicht daran gedacht, sich ihr zu Füßen zu werfen und mit seinen Haaren ihre Stiefel zu wienern. Da hat sie ihn angeschrien, dass man in Deckung gehen musste. Sie hat zuerst ihn und dann uns alle angeschrien, sie hat uns ziemlich beleidigt, würde ich sagen, aber niemand würde sich trauen, sie bei der Direktorin zu verpetzen.

Sie schrie, dass wir Zettel rausholen sollten, sie würde uns einen Test schreiben lassen, dann hätten unsere Eltern es schwarz auf weiß, was für Vollidioten wir sind.

Und während des Tests, der echt unmenschlich schwer war (ich glaub nicht, dass irgendjemand etwas Besseres als eine Fünf kriegen wird), hat sich dann unter Marco eine Pfütze gebildet.

Krass.

MITTWOCH

Vielleicht muss ich Sarah an Karl abgeben, ich sag's nicht laut, aber er hätte sie verdient. Er hat heut Marco rausgehauen.

Steven hatte ihn im Visier, er hat die Pfütze gestern auch gesehen. Und er hat's rumposaunt wie sonst was, er hat ständig gejohlt, wenn er Marco angeguckt hat, und in der Fünf-Minuten-Pause gerufen: »Achtung, er pisst wieder!«

Irgendwann ist Karl dann zu Steven hin, hat ihn so am Kragen hochgezogen und hat gesagt: »Ich weiß nicht, was ihr hier in der Klasse für Umgangsformen habt, aber die gefallen mir nicht.«

Alter Schwede! Was für 'ne coole Sau! Wie aus so einem Film, wo vorher jemand wochenlang über einen echt coolen Satz für den Helden gegrübelt hat, einen, nach dem der Schurke mit eingezogenem Schwanz die Stadt für immer verlassen muss, weil er keinen Fuß mehr auf den Boden kriegt. Steven hat jedenfalls danach den Mund gehalten.

Nach der Stunde sind alle in die Pause gegangen und ich konnte mich irgendwie gar nicht beruhigen, ich bin sitzen geblieben und hab dann irgendwann, als niemand mehr in der Klasse war, angefangen zu lachen. Wie so ein Geistesgestörter. Ausgerechnet Karl hat das draußen gehört und noch mal den Kopf reingesteckt: »Was ist los, Mann?«, hat er gefragt und ich hab gejapst und irgendwie rausgepresst: »Wie cool war das denn?«

Und Karl, der hat genau gewusst, was ich gemeint hab, auch wenn die ganze Schulstunde dazwischenlag, und er hat nicht so was gesagt von wegen »Was bist du denn für ein Schnellmerker, dass du erst nach 'ner geschlagenen Stunde losgeierst?«, nee, der hat einfach gegrinst und gefragt: »Wie heißt du noch mal?«

»Paul«, hab ich geantwortet und mich ziemlich gut gefühlt. – Gut, aber auch schon ein bisschen geistesgestört, egal.

SAMSTAG

Leon und ich wollten heute zu zweit schwimmen gehen, aber er rief heute Morgen an und meinte, sein Vater wollte sich mit ihm treffen. Verdammt, Leon hat einen Vater! Klar, man kann jetzt sagen, ich bin ein Vollidiot, dass ich denke, es reicht, dass Leon eine Mutter hat. Leon ist ja nicht Jesus! Leon wohnt also mit seiner Mutter zusammen und ich habe mich noch nie gefragt, wo eigentlich sein Vater ist. Jetzt weiß ich es, sein Vater wohnt in Tempelhof. Und weil Leon sich nicht allein mit seinem Vater treffen wollte, sollte ich mitkommen. Beziehungsweise sein Vater sollte ins Strandbad mitkommen.

»Das ist er«, sagte Leon, als er mit einem Mann auf mich zukam. Er nannte ihn nicht seinen Vater, er sagte nur: »Das ist er.« Aber ich ging davon aus, dass er nicht meinte: Das ist der Bademeister.

Ich starrte ihn an, den Mann, und ja, mir stand auch der Mund offen. Leons Vater sah nämlich echt krass aus: Er war ganz schlimm dünn, was noch schlimmer aussah, weil er so groß war, und er hatte längere Haare als alle Frauen, die ich kenne. Fast bis zum Hintern. Und die Hose, die er anhatte, das war bestimmt keine Badehose, sondern eine Unterhose! Eine *orange* Unterhose. Orange auf bleich. Mann!

Ich konnte ihn ziemlich lang nur anstarren, auch noch, als Leons Vater die Hand hob, »Hey« rief und grinste.

»Na dann«, meinte Leon mit so einer komisch strengen Stimme, dann drehte er sich um und ging vor uns her zu seinem Badetuch.

Leons Vater hatte kein Badetuch mitgebracht. Vielleicht

hatte er Leon falsch verstanden und sich gar nicht auf Strandbad eingestellt, deshalb auch die Unterhose.

»Ich geh schwimmen«, kündigte Leon an und war weg. Leons Vater und ich standen blöd rum, aber ich hatte wenigstens die Gafferei eingestellt.

»Ich heiß übrigens Micky«, stellte sich Leons Vater vor und ich musste lachen.

Ich dachte schon, jetzt wird er sauer, weil Leon abgehauen ist und ich ihn jetzt auch noch auslachte, aber er musste auch lachen. Wir konnten eine ganze Weile nicht aufhören.

»Witzig«, sagte ich unnötigerweise, als wir endlich fertig waren mit Lachen. Die richtigen Dinge zu sagen, das ist irgendwie nicht so meine Stärke.

»Eigentlich heiß ich Markus«, fügte Micky hinzu (haha, der Name sieht sogar blöd aus, wenn ich ihn nur schreibe und nicht ausspreche! »Markus Micklei«, vielleicht wird der Nachname anders geschrieben, ich weiß es nicht), »aber seit ich in die Schule gekommen bin, nennen mich alle nur Micky.«

Ich finde es ein bisschen albern, wenn Erwachsene noch Spitznamen haben, aber das ist ja nicht meine Sache, sondern die Sache von Leon und seinem Vater. Oder eher nur von seinem Vater.

Micky und ich setzten uns auf Leons Badetuch, weil Micky offenbar nicht Leon hinterher wollte und ich höflich bin, auch wenn meine Mutter das bezweifelt. Weil ich so gut im Falsche-Dinge-Rausposaunen bin, habe ich ihn gefragt: »Und, warum besuchen Sie Leon nie?«

Es ist komisch, einen Mann, der in Unterhose neben einem sitzt und Micky heißt, zu siezen, aber er war ja trotz allem immer noch erwachsen.

»Du kannst ruhig ›Du‹ sagen«, bot mir Micky an und dann war er eine Weile still. »Keine Ahnung«, sagte er dann und ich dachte: Na, für diese Antwort hätte er echt nicht so lang nachdenken müssen.

Wir saßen da eine ganze Weile stumm herum, bis schließlich Leon wiederkam. Er sah total sauer aus. »Ihr sitzt auf meinem Handtuch«, schnauzte er uns an und wir standen sofort auf. Leon riss das Handtuch vom Boden hoch und wickelte sich hinein, obwohl es gar nicht kalt war.

»Was willst du eigentlich hier?«, schnauzte er seinen Vater an und ich wusste nicht, ob ich mich besser mal verdrücken sollte. Aber ich stand da wie festgetackert, weil ich höllisch neugierig war, was Micky sagen würde.

Er sagte gar nichts. Er zuckte nur die Schultern. Leon machte so 'ne Kinnbewegung zu mir und forderte: »Komm, wir gehen!« Ich guckte kurz zu Micky und folgte dann Leon.

»He«, rief Micky hinter uns her. »Leon!«

Leon hielt nicht an, aber ich fasste ihn an der Schulter, um ihn aufzuhalten. Er drehte sich zu mir und einen Moment dachte ich, er würde mir eine runterhauen. Dann drehte er sich zu Micky und wartete, bis der uns eingeholt hatte.

»Mir tut das alles leid«, sagte Micky zu Leon und dann standen wir alle rum und schwiegen. Ich dachte die ganze Zeit, jetzt sag doch was, jetzt sag doch was, und als Micky dann immer noch nicht die Zähne auseinanderkriegte, da sprach ich es aus: »Jetzt sagen Sie doch was!«

Micky guckte mich an wie ein Auto, dann sagte er tatsächlich was: »Ich will immer anrufen oder schreiben und dann vergeht so viel Zeit. Und dann denk ich, jetzt ist so viel Zeit vergangen, wie soll ich ihm das erklären? Und dann vergeht noch mehr Zeit. Und dann ist es noch viel schlechter zu erklären ...«

»Du bist so ein Arschloch«, fuhr ihn Leon an und sah aus, als wäre er darüber genauso erschrocken wie ich. Aber Micky grinste nur irgendwie schuldbewusst. »Korrekt«, meinte er. »Ich bin ein Arschloch. Mir tut das alles leid. Du hast einen besseren Vater verdient.«

Leon nickte ruckartig und ging dann weiter. Diesmal blieb Micky stehen und rief uns auch nichts hinterher.

Leon rannte fast nach Hause und ich immer hinterher. Als er schließlich auf seinem Bett lag und an die Decke starrte und ich mit dem Rücken gegen seine Tür saß, fragte er: »Warum konnte er nicht wenigstens eine Badehose anziehen?«

Ich dachte, gleich heult er, aber vor Wut und aus keinem anderen Grund. »Vielleicht hat er keine«, vermutete ich.

»Warum kann er sich für mich keine kaufen?«

Ich wusste nicht, warum die Badehose so wichtig war, aber Leon wollte es auch nicht sagen.

»Ich finde ihn ganz nett«, meinte ich. »Ich finde, es gibt echt schlimmere Väter.«

Leon drehte den Kopf ruckartig zu mir hin und sah so zornig aus, wie ich ihn noch nie gesehen hatte. »Halt doch einfach mal die Schnauze«, platzte er heraus, und so was hatte er noch nie zu mir gesagt. Und dann bekam Leon so einen komischen Gesichtsausdruck, als würde er anfangen zu heulen, und deshalb blieb ich und wartete ab. Nach einer Weile stellte er fest: »Ich will einen Vater, der ordentlich angezogen ist. Der nicht so Scheißhaare hat wie ein Penner. Der nicht sagen muss, dass ich einen besseren Vater verdient hab. Klar hab ich das!«

Danach haben wir lang gar nichts gesagt, ich staune selbst, dass sogar ich manchmal meinen Mund halten kann. Ich hab echt, echt lang nachgedacht und dann hab ich festgestellt: »Es gibt Väter, die verprügeln ihre Frauen und ihre Kinder oder überfallen Banken oder töten Leute. Denk doch mal an die Kinder von denen. Die sind doch echt schlimmer dran. Scheiß auf die Unterhose.«

Aus irgendeinem Grund musste Leon darüber lachen und ich dann auch. Wir lachten und lachten und danach stand Leon auf und erklärte: »Du kannst mir ein Eis ausgeben.«

Meine Mutter hatte mir Geld fürs Strandbad mitgegeben, Geld für Eis und für Würstchen und für Pommes, und das hauten wir alles für Eis auf den Kopf, für echt eine richtige Riesenmenge Eis.

MONTAG

Heute hat Nurit so eine Pfefferminzbonbondose gehabt, bei der man auf eine Ecke drücken muss, damit unten ein Bonbon rauskommt. Vor der ersten Stunde hat sie sich eins rausgedrückt und Tina hat gefordert: »Gib mir auch eins, ist gut gegen Mundgeruch.«

War es ein Zufall, dass sie das gerade in dem Moment gesagt hat, als ich vorbeigegangen bin? Wollte sie mir damit was mitteilen?

Ich hab sofort in meine Hand gehaucht und gerochen. Meine Fresse, wozu ist Zahnpasta eigentlich gut, wenn ich in der Schule ankomme und schon dort einen Geschmack im Mund habe, als würde da drin irgendwas Schlimmes verwesen?

Nach der Schule hab ich mir von meiner Mutter einen Taschengeldvorschuss geben lassen und die Pfefferminzbonbonvorräte im Kiosk aufgekauft. Morgen soll das Vieh in dem Mund von jemand anderem vor sich hin verwesen.

DIENSTAG

Die Pfefferminzbonbons funktionieren nur, wenn man ununterbrochen eins im Mund hat. An einem einzigen Schultag hab ich das Taschengeld von zwei Wochen aufgefressen. Und wie schafft man es, nach so einem Pfefferminzbonbontag noch Freunde zu haben? Man kann schließlich keinem was abgeben, weil man nicht weiß, ob einem dann zu früh die Rettungsbonbons ausgehen!

Möchte ich lieber meine Freunde verlieren, weil ich Mundgeruch habe, oder lieber, weil ich ein Geizhals bin? Ich kann mich nicht entscheiden!

PS: Meine Mutter hat gemeint, wenn man alle Bonbons auf einmal isst, kriegt man Durchfall. Echt nett, dass sie damit erst rausgerückt ist, als ich heute Abend nicht mehr vom Klo runtergekommen bin! Ich brauche eine andere Lösung.

MITTWOCH

Manchmal ist es gut, wenn man eine Mutter hat, mit der was nicht stimmt. Meine Mutter zum Beispiel findet alles interessant, was eklig ist: Wunden, am liebsten mit

WOZU IST ZAHNPASTA EIGENTLICH GUT,
WENN ICH IN DER SCHULE ANKOMME
UND SCHON DORT EINEN GESCHMACK IM MUND HABE,
ALS WÜRDE DA DRIN IRGENDWAS
SCHLIMMES VERWESEN?

Eiter und allem Pipapo, Knochenbrüche, bei denen was aus der Haut raussteht, und Blut, je mehr, desto besser. Wegen Julians Kopfplatzwunde war sie richtig neidisch auf mich, weil sie die auch gern gesehen hätte.

Heute fand ich das zum ersten Mal praktisch, weil ich mit ihr ohne viel Anlauf über Mundgeruch reden konnte.

»Mundgeruch!«, sie klang so, wie normale Mütter klingen, wenn sie über frischen Kuchen sprechen. »Darüber sind massenhaft falsche Informationen im Umlauf.«

Sie hat mir dann eine Menge darüber erzählt, was ich so genau gar nicht wissen wollte, aber danach ist sie los und hat mir eine Zungenbürste besorgt. »Todsicher«, hat sie behauptet. Weil der Mundgeruch eigentlich Zungengeruch ist. Igitt!

Die Zungenbürste ist gar keine Zungenbürste, sondern so ein Kratzding. Als ich mir zum ersten Mal meine Zunge abgekratzt hab, ist so viel Schmodder runtergegangen, dass ich mich fast ins Waschbecken übergeben hab. Wah! In meinem Mund ist wirklich was verwest!

DONNERSTAG

Zungenbürsten funktionieren auch nicht, verdammt!

Heute Morgen hab ich mich fast ins Waschbecken übergeben und nach der ersten Stunde hat schon wieder was Verwestes auf meiner Zunge gepappt. Ich bin in jeder Pause aufs Klo gerannt und habe mir Moder von der Zunge gekratzt. Nach dem zweiten Mal hat mich Leon gefragt, ob ich Durchfall hab. So kann das nicht weitergehen!

NACHMITTAGS

Meine Mutter hat weiter recherchiert. Es stinkt von den Zähnen, von der Zunge und aus dem Magen. Oh Mann!

Jetzt hab ich einen ausgefuchsten Plan ausgearbeitet: Morgens putz ich mir die Zähne, dann kratz ich mir die Zunge ab, dann futter ich Pfefferminzbonbons, die mir meine Mutter jetzt von ihrem Geld kauft, weil sie Mitleid mit mir hat, in der Pause esse und trinke ich was, um meinen Magen mit was anderem als mit Stinken zu beschäftigen, dann wieder Pfefferminzbonbons und nach der Schule schnell nach Hause, um dort in Ruhe allein vor mich hin stinken zu können. Und auf dem Klo rumzusitzen.

Was ist das denn für ein Leben?

»Und, was machst du so, gehst du zur Schule?« – »Nee, dafür hab ich keine Zeit, ich bin mit Keinen-Mundgeruch-Haben vollzeitbeschäftigt!«

FREITAG

Mein Mundgeruchplan funktioniert. Ich kombiniere das damit, dass ich denen, mit denen ich rede, nicht mehr ins Gesicht krieche. Ich rede immer so ein bisschen an denen vorbei. Geht ganz gut. Heute habe ich mich endlich mal wieder normal gefühlt. Nicht wie so ein Zombie, der einen Verwesungsteppich hinter sich herschleppt.

DIENSTAG

Der Vater von Karim ist Lastwagenfahrer und seine Mutter hat irgend so ’ne Krankheit und traut sich nicht aus dem Haus. Glaube ich. Karim redet nie darüber. Deswegen ist Karim jedenfalls so eine Art Ersatzeltern für seine kleine Schwester.

Bevor Karims große Schwester ’ne Ausbildung im Hotel angefangen hat, hat die sich um die kleine Schwester gekümmert, deswegen find ich es total irre, dass Karim das alles kann – also zum Beispiel an alles denken, wenn er seine Schwester aus dem Kindergarten abholt, oder nicht die Krise kriegen, wenn sie zwischendurch in die Hose macht, oder sie ins Bett bringen. Oder kochen. Oh Mann! Das kann Karim alles! Ich glaube, sie pinkelt inzwischen nur noch ganz selten in die Hose, aber ich hätt’ sie wahrscheinlich schon nach dem ersten Mal im Kinderheim abgegeben!

Seine kleine Schwester heißt Rana und für ein kleines Kind ist sie eigentlich okay. Deswegen haben Leon und ich auch versprochen, dass wir uns um sie kümmern können. Karim hat nämlich heute mitten in Deutsch Fieber gekriegt. Die Kerner hat das sofort gesehen und ihn nach Hause geschickt. Und Karim war richtig panisch, weil er ja seine Schwester abholen muss und weil er Angst hatte, dass sein Vater den Job verliert, wenn er sie abholen kommen muss, oder dass alle Ärger kriegen, weil seine Mutter sich nicht aus der Wohnung traut. Aber die Kerner hat nur gefragt, ob das sonst noch wer machen kann, und Karim hat Leon und mich angesehen und wir haben sofort gekräht: »Kein Problem, das machen wir doch mit links!«

Danach war Pause. Leon und ich fanden die Sache mit

Rana halb so wild, aber die Mädchen, die waren total aus dem Häuschen. Die fanden uns süß! Wer will denn so was? Die Hälfte der Mädchen ist um uns rumgehüpft und hat komisches Zeug gelabert, also nicht lustiges, sondern sonderbares.

Die Einzige, die echt hilfreich war oder wenigstens sein wollte, war Kiki. Die hat einen kleinen Bruder und hat uns die Sache mit dem Einpinkeln erklärt und dass wir am besten immer Essen und was zu trinken dabei haben, weil kleine Kinder echt mordsanstrengend werden können, wenn sie Hunger oder Durst kriegen und man hat nichts da. Dabei hat sie so komisch die Augen aufgerissen, dass ich dachte, so genau will ich gar nicht wissen, was sie damit meint. Wir denken einfach auf jeden Fall an Essen und Trinken.

Klar, woran Leon und ich natürlich nicht dachten: an Pipi, Essen und Trinken. Aber immerhin hatte die Kerner im Kindergarten angerufen und Bescheid gesagt, dass wir Rana abholen. Wir kennen ja Rana, weil Karim sie manchmal irgendwohin mitbringt, und dann ist sie eigentlich immer nett.

Wir kamen wie die letzten Idioten reingehampelt. Alles cool, Leute!, so sahen wir aus, und wir hatten natürlich einfach gar nichts dabei. Dass wir Rana mitnahmen und sie nicht auch noch vergaßen, so wie ihren Rucksack und ihre Jacke und wer weiß was noch, das war echt ein Wunder.

Wir trottelten also mit Rana aus dem Kindergarten raus und fragten sie, was sie gern machen würde. Rana wollte auf den Spielplatz. Wir also auf den Spielplatz.

»Ich hab Durst«, plärrte Rana nach einer Weile und Leon und ich guckten uns an. »Hast du was zu trinken dabei?«, fragten wir fast gleichzeitig und schüttelten auch fast gleichzeitig den Kopf. Rana fing an zu heulen. Als wir versuchten, sie zu beruhigen, heulte sie nur noch lauter. Weil sie bei Karim nie heulte, wussten wir nicht, was wir machen sollten. Trösten und über den Kopf streicheln? Schütteln? Den Mund zuhalten?

Zum Glück hatte eine Mutter vom Spielplatz so Trinkdingse dabei mit Apfelsaft und gab eine Runde aus. Wir bedankten uns und wischten uns den Angstschweiß von der Stirn. Bald darauf bedankten wir uns noch mal, als sie Kekse und Salzstangen verteilte, als Rana losplärrte, weil sie was essen wollte.

Ich dachte an Kiki und dann dachte ich an Einpinkeln. »Musst du mal Pipi?«, fragte ich Rana und klar, sie musste nicht. Sie hatte schon. Sie fing wieder an zu plärren und diesmal konnte die Mutter uns nicht helfen.

Wieder dachte ich an Kiki. »Komm«, rief ich Leon zu. Der konnte mich wahrscheinlich nur verstehen, weil er Lippen lesen kann, weil Rana wirklich wie am Spieß schrie.

Ich schleifte sie irgendwie mit, Leon lief hinterher und ich war fix und fertig, als wir vor Kikis Haus standen, obwohl der Weg ganz kurz gewesen war. »Wir sind's, Leon und Paul«, brüllte ich in die Gegensprechanlage, weil Rana so abartig laut war.

Kiki grinste breit, als wir die Treppe hochgekeucht kamen. »Essen?«, überschrie sie Rana.

Ich schüttelte den Kopf: »Pipi!« Kiki verzog das Gesicht und winkte uns rein. Dann nahm sie Rana an die Hand und zog sie ins Badezimmer. Ich war noch nie vorher bei Kiki gewesen, aber als die Heulerei aufhörte, dachte ich, Kikis Wohnung ist der schönste Ort der Welt. Wir hörten, wie Kiki im Badezimmer auf Rana einredete. Dann kam Kiki raus, verschwand in einem anderen Zimmer, kam wieder raus und verschwand wieder im Bad.

Als Rana wieder rauskam, hatte sie kein Blümchenzeugs mehr an, sondern eine Hose, auf der Fußbälle auf die Knie genäht waren.

»Du hast was gut bei uns«, stellte Leon fest und ich nickte mir fast eine Gehirnerschütterung.

»Woher habt ihr die Hose?«, fragte Karim, als wir am Abend vor der Tür standen.

»Ist eine längere Geschichte«, meinte Leon. Wir drückten Karim die Tüte mit den eingepinkelten Sachen in die Hand.

»Geht's dir besser?«, fragte Leon.

»Geht so«, sagte Karim. »Könnt ihr Rana vielleicht morgen in den Kindergarten bringen? Mein Vater hat Frühschicht; er kann sie abholen, aber nicht hinbringen.«

Wir starrten Karim an.

»Klar«, versprach ich dann und dachte, ich seh jetzt bestimmt aus wie der Joker aus *Batman*, der so grinst wie ein Freak und ja auch einer ist. Leon lachte so stoßweise, so »hi – hi – hi!«

Dass wir weder Ranas Rucksack noch ihre Jacke mitgebracht hatten, brachte Karim gut auf den Punkt: »Hab ich ja Glück, dass ihr wenigstens Rana mitgebracht habt.« Vermutlich war das nur zur Hälfte so etwas wie ein Lob, aber immerhin.

Karim ist ein ziemlich toller Hecht, finde ich. Und wenn ich morgen früh krank bin, schafft Leon es vielleicht auch allein, Rana in den Kindergarten zu bringen.

MITTWOCH

Karim hat so früh angerufen, dass er uns damit alle aus dem Bett geworfen hat. Er hatte offenbar solche Angst vor dem, was wir auf dem Weg zum Kindergarten anstellen könnten, dass er im Handumdrehen wieder gesund geworden ist. Wir mussten Rana nicht in den Kindergarten bringen, er hat das so deutlich betont, als ob ich ein Idiot wäre, und das hat er wahrscheinlich auch gedacht.

Wegen der frühen Anruferei hat meine Mutter jedenfalls das mit Karims Mutter erfahren. Dass sie nicht das Haus verlässt und so.

Was genau »und so« bedeutet, weiß ich auch nicht, das weiß vielleicht nicht mal Karim. Und jetzt hat meine Mutter diese fixe Idee: »Wir könnten Karims Eltern doch mal einladen!« Das hat sie beim Frühstück mindestens fünfmal wiederholt. Und ich hatte heute die Aufgabe, aus Karim rauszukriegen, wie meine Eltern Karims Eltern einladen könnten, ohne irgendwelche Regeln zu verletzen.

Aber was für Regeln eigentlich? Ich hatte das meine Mutter immer wieder gefragt, aber sie hat nur so komisches Zeug gebrabbelt, dass es in Deutschland höflich ist, den Teller leer zu essen, in anderen Ländern aber, unbedingt noch was draufzulassen. Auf dem Teller. Aha.

Und als ich noch mal nachgefragt habe, meinte sie, in anderen Kulturen könne man manchmal ganz kompliziert sein Gesicht verlieren und vielleicht gilt das auch für Fälle, in denen man eingeladen wird und dann nicht kommen kann, weil man das Haus gar nicht verlassen kann.

Was das Haus-nicht-Verlassen mit dem Teller-nicht-leer-Essen zu tun hat, das habe ich nicht verstanden, aber meine Mutter hatte so einen komischen Ton drauf, dass ich auch nicht weiterfragen wollte.

Ich habe Karim also heute in der Pause gefragt. Und ja, es kann sein, dass ich auch einen komischen Ton draufhatte. Karim hat mich total alarmiert angeguckt – so als wollte ich was bizarr Peinliches von ihm: »Könntest du mir die Essensreste aus meinen Zähnen puhlen?« oder »Ich bräuchte grad mal jemanden, der mir den Po abputzt!«

»Klar können deine Eltern meine zum Essen einladen«, meinte er dann, als ich ihn dann gar nichts wirklich Peinliches gefragt hatte. »Gut!«, habe ich geantwortet und dachte, damit wäre alles erledigt.

»Du hättest fragen müssen, wie wir sie am besten einladen!«, hielt mir meine Mutter vor, als ich nach Hause gekommen war. »Und dann hättest du gleich auch noch nach der Sache mit dem Essen fragen sollen. Palästinensisch oder deutsch?«

Sie guckte mich so erwartungsvoll an, als hätte ich das *doch* gefragt und es bloß vergessen zu erwähnen. Wobei ich nicht weiß, ob man auch »vergessen« bei Sachen sagt, die man gar nicht aufgetragen bekommen hat.

»Morgen also«, forderte sie.

»Was soll ich denn fragen?«, wollte ich wissen. »Ob ihr sie am Telefon einladen sollt oder mit einem Brief oder mit einem Boten oder was? Und sollen die dann auch noch sagen, was sie am liebsten essen wollen? Was ist denn das für eine komische Essenseinladung?«

»Frag einfach«, sagte meine Mutter.

Ich habe ein ganz, ganz schlechtes Gefühl bei dieser Sache!

FREITAG

Hey, ich bin sportlich! Hey, ich kann Fußball spielen, dass mich jeder Bundesligacoach sofort anwerben würde, wenn nur mal einer auf unserem Bolzplatz vorbeischauen würde! Und dann kann man schließlich alles, wenn man ein guter Fußballspieler ist: Man kann rennen und tricksen und springen – und weil man im Training auch mal Torwart ist, kann man auch werfen und fangen und das alles.

Bei den Bundesjugendspielen, da schneide ich trotzdem immer lausig ab, aber da wollen die ja auch echt komische Sachen von einem. Da soll man nicht laufen, um einen Ball irgendwohin zu dribbeln, da soll man einfach nur sinnlos laufen und das war's. Und man soll einen Ball nicht einem zuwerfen, der dann damit ein Tor schießt, nee, man soll den Ball nur nutzlos in die Gegend schmeißen. Ganz besonders bescheuert ist Langstreckenlauf, da läuft man einfach nur so lang im Kreis, bis einem die Lunge aus dem Hals hängt. Aber was soll's, wir haben einen Tag schulfrei, das ist eigentlich genug.

Heute waren Bundesjugendspiele und es war irre heiß. Meine Mutter hatte mir einen Haufen Obst mitgegeben, aber Janusz hatte eine ganze Tasche voller Süßigkeiten, weil er seinen Eltern angekündigt hatte, er würde sich auf dem Weg alles kaufen, was er für die Bundesjugendspiele braucht. Das klang wohl so professionell, dass sie ihm einfach Geld in die Hand gedrückt hatten. Wir schaufelten also Kaugummis und Gummizeug in uns rein und der Tag fing gut an.

Blöd war nur, dass Karim und ich in der ersten Laufgruppe waren. Das hatten wir irgendwie übersehen. Sie hatten die Langstreckenlauferei vorgezogen, weil es so warm war und bestimmt noch heißer werden würde, und so standen wir keine zehn Minuten nach der Gummibärchenorgie an unserem Startplatz und ich zumindest machte mir Sorgen.

Karim machte noch vor mir schlapp. Er fing an, so zu fiepen wie eine große Maus in Not, dann steuerte er auf den Seitenstreifen und ließ sich auf den Boden fallen. Ich sah gerade noch, wie die Sanitäter auf ihn zuliefen, dann ließ ich mich auch auf den Seitenstreifen fallen.

Die Gummibärchen schienen riesengroß geworden und in meine Beine gequollen zu sein und erst als wir gemeinsam eine Weile auf dem Boden gelegen hatten, die Gummibärchen und ich, schrumpften sie wieder auf Normalgröße und versuchten nicht mehr, auch aus meinem Mund herauszukriechen.

Ich wimmerte ein bisschen vor mich hin, weil ich mich so elend fühlte. Die Sanitäter ließen uns immerhin in Ruhe, nachdem sie aus Karim rausgekriegt hatten, dass er keinen Herzinfarkt hatte, sondern nur Gummibärchenüberdosis. Sie schleiften uns eher vom Seitenstreifen als dass sie uns trugen und ließen uns liegen.

Janusz und Leon hatten die Kampfrichter überredet, ihren Start nach hinten zu verschieben, und leisteten uns Gesellschaft, bis wir wieder halbwegs fit waren. Die Folge waren null Punkte für Karim und mich beim Langstreckenlauf, aber wir hatten schließlich noch Kurzstrecke, Werfen und Weitsprung vor uns. Na, wenn da mal keine Ehrenurkunde auf uns wartete!

Zu dem Zeitpunkt dachte ich noch: Optimistisch bleiben! Aber das legte sich spätestens beim Weitsprung. Das war meine nächste Station und ich hab das Prinzip eigentlich nie verstanden. Man soll anlaufen und dann abspringen und dann die Beine nach vorn schmeißen – und dann den Hintern irgendwie so geschickt hinterherwerfen, dass man nachher nicht im Sand sitzt, sondern hockt. Wenn ich das jetzt hier aufgeschrieben sehe, wird mir wieder klar, dass das gar nicht funktionieren *kann*.

Hat es auch nicht. Ich bin abgesprungen, hab die Beine nach vorn geworfen, hab dann irgendwas mit meinem Hintern versucht und schließlich gab es so einen richtig fetten Abdruck im Sand und klar: Das war mein Hintern. Ich glaube, ich kam bei allen drei Sprüngen sogar noch unter die schlechteste Marke der Erstklässler. Und das Scheußlichste war, dass bei meinem letzten Sprung gerade Sarah vorbeispazierte und den bösen Abdruck im Sand sah, und abgesehen von der lausigen Weite, die man bestimmt nicht mal Weite nennen darf, sondern höchstens Nähe, hat sie bestimmt gedacht, der Abdruck kommt einfach von meinem schlimmen Hintern.

Beim Werfen war ich gleich nach Karim dran und das war gut, weil Karim noch schlechter wirft als ich. Wir haben so Witze gemacht: »Hey, Karim, mach mal deinen Spezialwurf rückwärts über die Schulter!« und »Jetzt mal einen Kopfball, Paul!« Alle um uns rum lachten und wir holten erbärmlich wenige Punkte beim Weitwurf.

Nach uns war ausgerechnet Karl dran. Bei dem sieht es immer so geschmeidig aus! Karl wirft mit einem Arm, der irgendwie viel länger ist als meiner, der holt aus und dann zieht er seinen Arm durch und durch und durch und dann erst lässt er den Ball los und der hat dann so viel Schwung, dass man echt ein Fernglas braucht, um ihn noch verfolgen zu können!

Karl hat die Ehrenurkunde allein fürs Werfen bekommen, der hätte gar nicht mehr weitspringen müssen. Hat er aber und noch dazu hat er diesen Trick mit Beine nach vorn und Hintern auch und auf den Füßen landen geschafft! Es ging zu schnell, als dass ich wirklich verstanden hätte, wie er es gemacht hat, aber es war eh egal, mit Weitsprung war ich ja schon durch.

Aber was echt, echt cool war: Die Mädchen hatten irgendwie rausgekriegt, dass ich diese Obstmassen in meiner Tasche hatte. Und nach und nach sind dann alle gekommen, haben sich um mich rumgesetzt, mit mir gequatscht und meine Tasche leer gegessen. Das war mit Abstand das Beste an den Bundesjugendspielen. Wespen lockst du mit Schinken an, aber Mädchen mit Obst! Wenigstens da hab ich bei diesen Bundesjugendspielen noch ein paar Punkte gesammelt.

SAMSTAG

»Wir können ihnen schließlich nicht nur Wasser anbieten!«, meinte mein Vater, als meine Mutter misstrauisch das Zeug beäugte, das er in die beiden Karaffen füllte.

Das Zeug sah richtig ranzig aus: Es war so schwarzbraun wie die Brühe, in der die ganze Klasse eine Woche lang in Kunst ihre Pinsel ausgewaschen hat. Und dann gab es so was Komisches auf dem Boden. Schlamm. Kleine tote Tiere. Karims Eltern taten mir nicht zum ersten Mal während dieser Einladungsvorbereitungen leid.

»Was ist gegen Wasser zu sagen?«, fragte ich. Ich wollte gar nicht wissen, was er in die Suppe reingetan hatte. Meine Mutter schon. »Tamarinde, Datteln und Mandeln«, antwortete mein Vater. »Typisch palästinensisch.«

Datteln und Mandeln sind, soweit ich weiß, nicht trinkbar, von Tamarinde hab ich noch nie was gehört. Aber hey, Rinde! Das ist wahrscheinlich noch nicht mal essbar!

»Also ich finde Wasser voll in Ordnung«, wiederholte ich und füllte eine Blumenvase mit Wasser, weil mein Vater alle Karaffen besetzt hatte. Normalerweise helfe ich nie in der Küche; man kann daran sehen, *wie* beunruhigt ich war.

Samstags kochen meine Eltern normalerweise zusammen. Sie fangen damit um sechs Uhr an und sind um sieben Uhr fertig. Wenn sie trödeln.

Meine Eltern kochen nicht besonders gut und nicht besonders gern, aber diese Samstagskocherei, die finden beide irgendwie toll. Aber an diesem Samstag kamen Karims Eltern und meine Eltern machten schon gegen Mittag den Eindruck, als müsste es jetzt mal dringend losgehen.

Richard übernachtet bei einem Kumpel, ich glaube, er hat die Verabredung erst festgemacht, als er von dem palästinensischen Kochexperiment erfahren hatte.

»Sind doch eh nur Babys dabei«, hat er stattdessen als Argument gebracht. Richard darf einfach alles: sich verdrücken, mich beleidigen, egal. Von ihm hätten sich meine Eltern vermutlich auch ihr Experiment ausreden lassen, aber mein Bruder denkt nur an sich.

Eingekauft hatten sie schon gestern, damit sie heute den ganzen Tag zum Kochen haben würden. Weil sie sich prompt was Palästinensisches in den Kopf gesetzt hatten.

»Das ist gastfreundlich!«, hatte meine Mutter betont, als ich meinte, es wäre doch besser, wenn sie kochten, was sie auch können.

Ich kann dazu nur sagen: Wenn ich irgendwann mal ans Ende der Welt reise und da gibt es dann zur Feier meiner Ankunft Nudeln mit Tomatensoße, dann bin ich vielleicht doch ein bisschen enttäuscht. Es sei denn, die Leute da essen normalerweise Affengehirn oder kaltes Walfett. Da hat Leon letztens einen Film drüber gesehen, Essen in anderen Ländern, er konnte den ganzen Tag nicht aufhören, davon zu reden wie ein Bescheuerter.

Normalerweise essen meine Eltern kein Affenhirn, sie hätten also gut Kartoffeln mit Paprikahuhn machen können. Zum Beispiel! Stattdessen war mein Vater gestern den halben Nachmittag unterwegs gewesen, um Hammelfleisch zu bekommen. Den ganzen Abend hat er dann was von »halal« gefaselt, das hat irgendwas mit der Schlachtmethode zu tun. Egal, das Hammelfleisch ist halal und dass er darüber im Laden keinen Kopfstand vor Freude oder dem Metzger einen Heiratsantrag gemacht hat, das kann einen wundern. Vielleicht hat er's ja sogar gemacht.

Zu der braunen Brühe sollte es Hammel mit Bulgur geben. Ich fand das echt gewagt, dass meine Eltern ausschließlich Zeug kochen wollten, das sie noch nie vorher gekocht hatten, aber es war auch zwecklos, sie davon abhalten zu wollen.

Gegen Mittag warfen sie das Hammelfleisch in einen Topf. Das braucht lang, hatte der Typ beim Hammelverkauf erklärt. Mein Vater hätte den Kerl am besten mitgebracht, damit der selbst was Essbares aus seinem Fleisch macht und nicht nur blöde Tipps gibt.

Eine Stunde später stank es in der ganzen Wohnung wie im Kinderzoo. Das hab ich schon als Kind gehasst, wenn ich da nur durchgehen und stinkende Ziegen streicheln sollte, nun sollte ich das sogar essen! Das fand ich nicht fair.

Ich rief Karim an. Er lachte, als ich ihm eröffnete, dass es Hammel geben würde und schon die ganze Wohnung stank.

»Igitt!«, rief er. »Wir essen einfach unterwegs 'ne Kleinigkeit, dann kommen wir nicht so hungrig bei euch an!« Er lachte immer noch, als ich ihn wütend wegdrückte.

Ich machte mich vom Acker, auch wenn ich Angst hatte, bei meiner Rückkehr wegen der Stinkerei tot umzufallen.

Als ich drei Stunden später vom Fußballplatz kam, stank es nicht mehr so schlimm – meine Eltern hatten in allen Zimmern die Fenster aufgerissen. Sie machten einen ziemlich entspannten Eindruck.

Das Essen roch überhaupt nicht gut und es sah auch nicht gut aus: Alles in einem Topf zusammengematscht – es sah aus, als hätte ich gekocht! Meine Eltern meinten, das sei absolut richtig so, sie hätten sich schließlich hundert Prozent ans Rezept gehalten.

Ich bettelte rum, ob sie nicht noch ein paar Vorspeisen vom Türken holen könnten und Fladenbrot, aber sie meinten nur, das seien schließlich Palästinenser und keine Türken, und damit war das Thema erledigt.

Um sieben Uhr kamen Karims Eltern mit Karim und Rana.

Karims Eltern sehen komisch aus nebeneinander, weil sein Vater groß ist und wie ein Bodybuilder aussieht und seine Mutter klein ist, als wäre sie sein Kind und nicht seine Frau. Sonst sieht sie aber völlig normal aus, aber ich weiß nicht, ob man einem Angst-vor-die-Tür-zu-Gehen ansehen müsste. Wir setzten uns alle an den Tisch und ich dachte, prima, das ist jetzt der letzte angenehme Moment, bevor gleich das Essen kommt.

Das Essen sah schlimm aus, auf den Tellern noch schlimmer als im Topf. Karim und seine Eltern machten auch nicht den Eindruck, als fänden sie das Aussehen normal. Rana krähte: »Ich will Nudeln mit Tomatensoße!«, aber ihre Mutter fauchte irgendwas auf Palästinensisch und Rana hielt sofort den Mund. Ich habe nachher Karim gefragt, was sie zu Rana gesagt hat, aber er wollte es nicht verraten.

Obwohl Karims Mutter sich mit Händen und Füßen wehrte, ging meine Mutter in die Küche und wärmte für Rana die Nudeln von gestern auf und klatschte Ketchup drauf. Glückliche Rana!

»Kann ich jemandem palästinensischen Saft anbieten?«, fragte mein Vater und hob eine der schlimmen Karaffen.

Karim starrte auf die Karaffe und machte dann so ein komisches Geräusch wie ein Hund, dem man auf den Schwanz getreten ist. Karims Eltern schüttelten beide wild den Kopf: »Bitte lieber einfach Wasser!«, baten sie und ich griff nach der Blumenvase und blickte meinen Vater triumphierend an. Der goss wenigstens sich selbst von dem komischen Zeug ein. Ich habe aber nicht gesehen, dass er auch nur ein einziges Mal daran genippt hätte.

Das Essen sah nicht nur schlimm aus, es schmeckte auch schlimm. Diesmal konnte sich Karim das Lachen nicht mehr verkneifen. Er gackerte los und als ihn seine Mutter so anfauchte wie vorher Rana, da rief er nur: »Ich freu mich so, dass wir alle zusammen hier sind!«

Ich stand irgendwann auf, um die Teller abzuräumen, auch wenn Karims Eltern meinten, es würde köstlich schmecken und sie würden es gern noch aufessen.

Die Diskussion zwischen ihnen und meinen Eltern ging ein paarmal hin und her, bis sie endlich das Besteck auf ihre Teller legten. Sie waren sicher sehr erleichtert darüber, dass sie beim Höflichkeitsduell verloren hatten.

Meine Mutter fand im Tiefkühler noch Vanilleeis und im Vorratsschrank Kekse und Schokolade und Dosenpfirsiche. Sie schmolz die Schokolade und machte aus dem ganzen Zeug eine Art Nachtisch.

»Wir haben leider kein Rezept für palästinensischen Nachtisch gefunden«, erklärte sie, aber Karim, Rana und ihre Eltern sahen darüber gar nicht unglücklich aus. Wir hauten zusammen eine Riesenpackung Vanilleeis, zwei Dosen Pfirsiche, eine große Rolle Schokokekse und wer weiß wie viele geschmolzene Schokoladentafeln weg und ich war danach endlich wieder halbwegs entspannt.

Meine Mutter und Karims Mutter schienen sich ganz nett zu finden und das war ja der eigentliche Sinn der ganzen Hammelkocherei gewesen.

Karims Mutter hat uns nächsten Samstag zum Essen eingeladen und ich hatte sofort Angst, sie würde sich jetzt gezwungen fühlen, einen schlimmen Sauerbraten zu machen oder was anderes, was sie für typisch deutsch hielt, aber meine Mutter war endlich mal wieder normal meine Mutter und schlug vor: »Ach, wollen wir uns nicht lieber nächste Woche mal zum Kaffee oder Tee verabreden, nur Sie und ich?« Und so wurde das Familienessen gestrichen und darüber haben sich, glaube ich, alle gefreut.

Wenn Karim Montag in der Schule über diesen Abend auch nur ein Wort verliert, muss ich ihn, glaube ich, verprügeln.

DIENSTAG

Meine Mutter hat mich heute den ganzen Tag nicht rausgelassen wegen der Englischarbeit morgen. Woher weiß sie überhaupt davon? Ist sie eine verdammte Gedankenleserin? Nee, das kann sie nicht sein, ich hab bestimmt an alles gedacht, nur nicht an die Englischarbeit. Sie hat mich Vokabeln abgefragt, bis ich fast geheult hätte; ich weiß nicht, warum Sadistinnen entweder Lehrerinnen oder Mütter werden.

Ich werd wahrscheinlich von Englischvokabeln träumen heute Nacht, sie werden um mich rumhüpfen und schrill lachen und dann werden alle Fensterscheiben davon zerplatzen wie in diesen Filmen und wenn die Vokabeln sich umdrehen, dann werden sie sich verändern, immer dann, wenn ich denke, dass ich sie mir gemerkt hab. Und alle, alle Vokabeln werden den Kopf von der Cramer haben und ihr wird Blut aus den Mundwinkeln tropfen und ich werde wissen, dass das mein Blut ist.

Toll. Wie soll ich denn jetzt einschlafen?

MITTWOCH

Karl hat den fettesten, dreistesten Spickzettel gehabt, den ich jemals gesehen habe. Nur die Cramer, die hat den nicht gesehen. Er hat das Ding einfach seelenruhig aus seinem Ringbuch gezogen und auf seinen Tisch gelegt. Ich musste mich tierisch zusammenreißen, um nicht ständig hinzugucken.

Ich musste aufpassen, dass ich nicht mit so Stielau-

ICH WERD WAHRSCHEINLICH
VON ENGLISCHVOKABELN
TRÄUMEN HEUTE NACHT,
SIE WERDEN UM MICH RUMHÜPFEN
UND SCHRILL LACHEN.

gen wie ’ne verdammte Zeichentrickfigur quer durch den Raum bis auf sein Blatt glotze.

Außer mir hat das offenbar keiner gemerkt. Dabei hätte sich Frau Cramer durchaus wundern können, weil Karl als Einziger keinen Angstschweiß auf der Stirn hatte. Muss ich betonen, dass die Arbeit scheiße schwer war?

Sagt’s nicht weiter, aber die Vokabeln von meiner Mutter, die konnte ich echt gut gebrauchen. Ich konnte die Aufgaben nicht alle beantworten, die letzten zwei kamen mir wie Scherzfragen vor, so Dinger, die sich die Cramer abends nach einer Flasche Whisky – der kommt ja aus Schottland, Land des Whiskys, wie sie uns ständig unter die Nase reibt – ausgedacht hat und dann lachend vom Sessel gefallen ist, weil die keine Sau würde beantworten können.

Jedenfalls, ich hab unter die beiden Scherzfragen, die ich natürlich nicht beantwortet habe, alle Vokabeln hingeschrieben, an die ich mich noch erinnern konnte. Immer englisch links, deutsch rechts. Damit sie sieht, ich lass mich nicht verarschen. Und weil ich irgendwie dachte, wenn ich die schon gelernt habe, wär’ doch schade, wenn die schlecht werden. Morgen hab ich die ja sicher schon wieder vergessen.

In der Pause musste ich dann zu Karl hin. Ich musste einfach. »War das echt ein Spickzettel?«

»Was?«, hat er zurückgefragt und ausgesehen, als würd’ ich ihn mit meiner dämlichen Frage echt nerven.

Ich musste wieder lachen, so ziemlich geistesgestört wie letztens, und da hat er gegrinst und mich so gegen die Schulter geschubst. Ich bin ein Idiot, aber irgendwie findet er mich lustig, glaub ich.

MONTAG

Ich muss jetzt doch mal was über Sarah schreiben. Sie war heute nicht in der Schule und ich werde ganz hibbelig, wenn ich sie mal einen Tag nicht sehe. Sie sitzt zwei Reihen vor mir. Wenn sie nicht fehlt.

Sarah ist wahnsinnig hübsch, also wirklich hübsch, nicht so wie diese Mädchen, die alle hübsch finden, weil die so Klamotten anhaben oder so lange Matten auf'm Kopf, in die sie ständig ihre Griffel reinstecken, die Mädchen.

Sarah hat nur so Haare bis so zum halben Hals. Aber sie hat einen echt schönen Hals, die braucht den nicht unter so 'nem Haufen Zeug zu verstecken. Wenn sie sich umdreht, dann geht das Haar zu wie 'n Vorhang, der von einer Seite zur anderen gezogen wird. Und nicht so gezerrt, so wie unser Wohnzimmervorhang, von dem meine Mutter immer sagt, dass er noch mal runterkommt, wenn ich nicht aufpasse.

Nee, so ein Vorhang, der sirrt, wenn er sich bewegt, so ein toll rollender Vorhang, so ist das Haar von Sarah. Und sie hat echt schöne Lippen. Nicht so dicke Lippen, also eher schmale Lippen, aber dafür sind die ziemlich breit, also, nach rechts und links. Deswegen hat sie ein tolles Lächeln, weil das dann eben auch ziemlich breit ist. Also voll breit eher. Sieht echt toll aus.

Sonst ist auch alles da, also Augen (so grün bis braun, ich kann sie nicht so angaffen, dass ich das so ganz genau sagen könnte) und Nase und Ohren, Stirn kann man wegen der Haare nicht gut sehen, ist aber auch dran, und der Körper halt.

Ich finde, wenn man in jemanden verliebt ist, muss

man den Körper erst mal nicht so genau beschreiben. Das find ich irgendwie eklig, ist doch kein Pornoheft hier.

MITTWOCH

Es ist immer ätzend, wenn man sich mit einem prügeln muss, der Freunde hat.

Marco ist nicht mein Freund, aber wenn ich sein Freund hätte werden wollen, wäre für Marco heute ein guter Tag dafür gewesen. Weil er sich mit Steven geprügelt hat und mal wieder keiner auf Marcos Seite stand.

Es war nicht zum ersten Mal, dass Marco ganz allein verprügelt wurde, aber ich dachte zum ersten Mal, das ist doch irgendwie erbärmlich. Also von Steven. Weil der ja weiß, dass man eine Prügelei mit Marco gar nicht Prügelei nennen kann, eigentlich. Weil Steven stark ist, zumindest stärker als Marco, weil Steven Freunde hat und Marco nicht und weil es bestimmt keinen Grund gibt, sich mit Marco zu prügeln, außer dass es so leicht ist und man schon vorher weiß, wie es ausgeht. Eine Prügelei mit Marco, das ist wie ein Fußballspiel zwischen Brasilien und Monaco. Wenn in Monaco überhaupt genug Menschen wohnen für eine ganze Mannschaft, denn man braucht ja auch noch Auswechselspieler.

Klar, so schlaue Gedanken über Steven und Marco hab ich mir vorher nie gemacht. Bisher hab ich nur einen Blick rübergeworfen, wenn Steven oder Alex oder Pepe nach der Schule mal wieder Marco vermöbelt haben.

Aus manchen Sachen hält man sich am besten raus. Marco ist halt ein Opfer, daran ändert sich nix, wenn ich ihn verteidige, außer dass ich auch noch zum Opfer werde.

Das dachte ich zumindest bis heute. Bis Karl heute knapp vor mir zu den Fahrradständern ging und an Steven und Marco vorbeikam.

Steven lag grad halb über dem wimmernden Marco und boxte ihm wieder und wieder in die Seite. Die Kumpels von Steven standen drumherum und johlten.

Zu meiner, ja, zu meiner Beschämung ging Karl nicht vorbei, wie das mein Plan gewesen war. Er ging hin und stieß Steven mit dem Schuh in die Seite.

»Hey«, sagte Karl und Steven sah ärgerlich zu ihm hoch. »Was?« schnauzte er ihn an.

»Was machst du da?«, fragte Karl ihn mit so einer Stimme, mit der Gerichtsmediziner in Serien beschreiben, wo die Leichen Löcher und andere unappetitliche Sachen haben.

»Wonach sieht's denn aus?«, fragte Alex und schubste Karl.

Oh, großer Fehler! Das wurde Alex auch klar, als sich Karl jetzt umdrehte. Er drehte sich ganz langsam um und alle verstanden, was in der Luft lag, als er sich umdrehte. »Scheiße«, lag in der Luft, »hast *du mich* grad angefasst? Hast du mich grad angefasst?«

Alex verstand das natürlich sofort und hob beschwichtigend die Hände. »Ho, ho«, beruhigte er ihn wie ein scheuendes Pferd. Er ging einen Schritt zurück, aber da stieß er gegen mich, denn das wollte ich mir auf keinen Fall entgehen lassen. Und weil er nicht weiter zurückweichen konnte, konnte Karl ganz nah an ihn ran und das tat er auch. Er berührte mit der Nase fast Alex' Nase, Karl ist nur ein kleines Stück größer.

Ich dachte, Alex fängt gleich an zu heulen.

»Du hast Mundgeruch wie ein alter Köter«, sagte Karl ganz leise zu Alex. Dann drehte er sich zu Steven herum, der inzwischen aufgestanden war. »Was willst du, Arschloch?«, fragte er aggressiv, aber auch ich hörte die Angst heraus, die mitschwang.

Karl lachte kurz auf. »Hast du mich grad ›Arschloch‹ genannt?«, fragte er und grinste von einem Ohr zum anderen.

Und das Wunder geschah: Steven und Alex und Pepe und Joe waren zu viert und Karl war allein, doch Steven blies zum Rückzug. »Kommt«, befahl er mürrisch und sie zogen ab.

Karl sah den auf dem Boden liegenden Marco an wie ein Insekt, von dem er noch überlegt, ob er es eklig oder interessant finden soll. Dann drehte er sich um und ging zu seinem Rad.

Ich rannte ihm hinterher, hatte ich schon erwähnt, dass ich schlecht den Mund halten kann? Ich rief: »He! He! Das war echt cool! He! Hast du auch ein Laserschwert?«

Karl drehte sich um und fragte: »Bist du der Klassenclown oder der Trottel vom Dienst?«

Und weil ich gerade genau dasselbe gedacht hatte, muss te ich lachen und sagte: »Genau dasselbe habe ich mich gerade selber gefragt«

Karl musste grinsen. Dann meinte er: »Mein Laserschwert hebe ich mir für die schwierigen Situationen auf.«

Er schloss sein Rad auf und schwang sich in den Sattel. Eine alte Möhre, aber bei Karl sah das Ding irgendwie cool aus. Er ließ mich stehen, aber an der Ecke hob er noch die Hand zum Gruß, ohne sich umzudrehen.

MONTAG

»Deine Mutter war bei meiner Mutter«, hat mir Karim heute in der Pause eröffnet.

»Ach ja?«, habe ich gefragt. Mir hatte sie davon nichts erzählt.

»Hat sie nichts erzählt?«

Ich schüttelte den Kopf. »Was hat denn deine Mutter erzählt?«, hab ich zurückgefragt.

»Nix«, hat Karim gesagt. Er sah aus, als würde ihn das Ganze beunruhigen.

»Findest du das blöd?«, habe ich Karim gefragt und Karim hat lange geschwiegen.

»Keine Ahnung«, meinte er schließlich.

Ich hab dann irgendwas dahergefaselt – dass meine Mutter ganz gut ist im Dinge-in-die-Hand-Nehmen, aber da hat mich Karim so wütend angestarrt, dass ich meinen Mund gehalten hab.

»Was für Dinge?«, hat er mich angeschnauzt und ich dachte, das ist ja wohl klar, schließlich geht *seine* Mutter nicht aus dem Haus und nicht meine.

»Ist doch egal«, hab ich gesagt.

Heute Abend hab ich das meiner Mutter erzählt, dass Karim es irgendwie komisch findet, dass sie seine Mutter besucht, und da hat sich meine Mutter auf meine Bettkante gesetzt. Sie hat kaum zwischen meine Fußballbücher und Comics gepasst, aber sie hat ausnahmsweise nichts dazu gesagt.

»Ich werd mit Karims Mutter zum Arzt gehen«, erklärte sie. »Wenn das ein Problem für dich ist, kannst du es jetzt sagen.« Meine Mutter ist ja sonst nicht so, na ja, so sensibel, deswegen dachte ich zuerst, da steckt irgendwas dahinter. »Er ist schließlich dein Freund«, meinte meine Mutter, offensichtlich steckte tatsächlich nichts Komisches dahinter.

»Nee«, habe ich also geantwortet. »Geh ruhig mit ihr.«

Sie hat mir dann auch versucht zu erklären, was Karims Mutter für eine Störung hat, weil die ja nicht »Traut-sich-nicht-aus-dem-Haus-Krankheit« heißt. Den Namen hab ich wieder vergessen, aber es ist so was im Kopf, bei dem man es nicht schafft, mit vielen Leuten zusammen zu sein. Deswegen kann sie auch nicht Rana abholen oder mit ihr auf den Spielplatz oder zum Sommerfest in der Schule kommen. Und das ist so richtig 'ne Krankheit, bei der man Medikamente nehmen kann oder muss und ganz lang behandelt werden muss.

»Du solltest das nicht Karim erzählen, weil der bestimmt nicht will, dass du mehr weißt als er, aber er kann zu mir kommen, wenn er will. Also, wenn er noch mal fragt. Dann kannst du ihm das sagen.«

Ich find das schwer in Ordnung von meiner Mutter, das alles. Dass sie sich um Karims Mutter kümmern will und dass sie mich gefragt hat, ob das für mich okay ist, und dass sie auch mit Karim reden würde.

Trotzdem hoffe ich, dass Karim nicht noch mal darüber spricht. Das ist irgendwie alles komisch. Meine Mutter ist halt gesund und seine nicht und das will ich irgendwie nicht. Dass wir so Freunde sind, bei denen die eine Mutter gesund ist und die andere krank. Ich kann das nicht gut erklären, aber ungefähr so ist es.

SAMSTAG

Keine Ahnung, warum ich mit Leon und Janusz immer nur in das Freibad mit dem Zehnmeterbrett fahre. Von dem blöden Brett springt eh nie jemand runter – und ich am allerwenigsten. Aber weil die anderen auch immer da sind, ist es trotzdem das beste Freibad. Also nicht, weil Steven und die anderen Sackgesichter hinkommen, sondern weil Sarah hinkommt! Sarah! Das tollste Mädchen der Welt!

Heute waren mal wieder alle da. Leon und ich hatten Karl mitgenommen, der kannte unser Freibad noch nicht. Janusz schickte eine Nachricht, weil er uns erfolglos am Bolzplatz gesucht hatte, und kam schließlich nach. Außerdem waren Sarah und Nurit da, Steven, Felix, Pepe und Joe. Und Marco.

Karim war mit seiner kleinen Schwester im Babybecken. Da pinkeln immer alle rein, deswegen ist es auch so warm, wah, voll eklig! Aber Karim macht das irgendwie nichts aus. Manchmal lösen wir ihn ab bei Rana – ich aber nur, wenn ich nicht in die warme Pisse steigen muss.

Es war total voll, Sarah sah super aus und alles war perfekt, bis es plötzlich ein Riesengeschrei gab. Steven, Pepe und Joe hatten Marco irgendwie die Badehose ausgezogen. Keine Ahnung, wie sie das geschafft hatten, jedenfalls rannte Steven wie ein Bescheuerter um das Becken herum und schwenkte die Badehose, als wäre sie seine Landesflagge und er hätte mit seinem Elfmeter gerade die Weltmeisterschaft entschieden. Was für ein Riesenarschloch!

Marco sah aus, als würde er gleich heulen und nie mehr damit aufhören. Warum muss der immer so ein Trottel sein? Er tat mir zwar irgendwie leid, aber ey, wie kann man sich seine Badehose klauen lassen? Und was, bitte schön, sollten wir anderen jetzt machen? Steven ist bestimmt nicht mein bester Freund, aber ich wollte nun echt nicht dem Idioten hinterherrennen und Marco die Badehose wiederholen. Es reicht, wenn einer sich zum Trottel macht!

Dann kam Karl.

Keine Ahnung, ob er Marco helfen wollte oder es einfach Zufall war, jedenfalls begann er mitten im wildesten Chaos, als Steven ungefähr die dritte Runde mit der Badehose drehte und nun auch die letzten mitbekamen, dass Marco nackt im Becken trieb, den Zehnmeterturm hochzusteigen. Krass.

Ich konnte nicht glauben, dass das ein Ablenkungsmanöver war und er von oben dann einfach mal winken und dann wieder runterklettern würde.

Steven johlte immer noch, als nach und nach alle auf Karl zu gaffen begannen. Die Fläche im Becken wurde langsam frei gemacht und als Karl ungefähr auf sieben Meter war, achtete keiner mehr auf Steven, nicht mal Pepe und Joe.

Ich würde jetzt gern sagen, weil ich so ein netter Kerl bin, habe ich Marco ein Handtuch geholt. Hab ich aber nicht, das hat Sarah gemacht. Sie hat es ihm einfach neben den Beckenrand gelegt. Total nett. Wie Marco aus dem Becken gekommen ist? Keine Ahnung! Er war einfach samt Badetuch verschwunden, als ich das nächste Mal hinsah. Und so ging es wohl allen. Denn Karl stand jetzt da oben.

In einem Freibad kann man das ja nicht so genau sagen, da sind ja auch noch so Vögel und Eichhörnchen und weiß der Geier was, aber ich würde mal sagen, selbst die hielten die Luft an und starrten Karl an. Der stand einen Augenblick oben an der Kante, er sah so übercool aus, Alter! Und dann sprang er. Köpper. Köpper vom Zehner! Als er ins Wasser zischte, konnte man merken, wie still alle gewesen waren, weil jetzt alle wieder laut wurden und jubelten. Es war echt total irre und ich war irgendwie stolz, auch wenn Karl gesprungen war und nicht ich.

Er hatte eine richtige Traube um sich, als er aus dem Becken stieg, aber er machte sich gar nicht viel draus. Wenn ich vom Zehnmeterbrett gesprungen wäre, hätte ich den Rest des Tages, ach was, des Monats nicht mehr aufgehört, davon zu erzählen, wie sich das anfühlt und was man so dabei denkt und dass man in seinem Leben nun nichts mehr schaffen muss, schließlich ist man vom Zehnmeterbrett gesprungen! Ich hätte einen eigenen YouTube-Kanal aufgemacht und mich »Zehnmeterbrettmann« genannt. Manchmal kann ich Karl echt nicht verstehen.

Aber nachher, als die Meute abgezogen war, weil Karl eben nicht, so wie ich es getan hätte, quasselte und quasselte, da setzte er sich neben mich und ich stellte fest: »Marco hat ein Badetuch gekriegt und ist abgehauen.«

Als Karl daraufhin weiter geradeaus blickte, aber zu grinsen begann, da wusste ich, er war seinetwegen gesprungen. Der Irre! Der Teufelskerl!

SONNTAG

Wen fragt man, wenn man an sich selbst rumspielt und wissen will, ob das normal ist? Leon fragte *mich*.

Prima Idee! Was soll ich denn dazu sagen? Bin ich ein verdammter Arzt? Wissen Ärzte so was überhaupt? Bin ich so 'ne Servicehotline? Und weil er grad schon mal dabei war, hat er mich auch noch gefragt, wie lang so ein Schwanz sein muss. Und wie lang meiner ist.

Wahrscheinlich bin ich so rot geworden wie mein Lieblings-T-Shirt. Ich war dann aber total schlagfertig: »Häh?«, hab ich gefragt.

Leon konnte gar nicht mehr aufhören. Wir waren eigentlich zum Zocken verabredet, er hat 'ne neue Playstation zum Geburtstag bekommen, aber ich hatte das Gefühl, er hatte außer der neuen Playstation auch einen neuen Schwanz zum Geburtstag bekommen.

»Wird der eigentlich gemessen, wenn er runterhängt oder wenn er steht?«, fragte er mich. Das hatte ich mich allerdings auch schon gefragt.

»Das hab ich mich auch schon gefragt«, hab ich also gesagt und hätte mich ohrfeigen können. »Ich meine, jetzt, wo du es sagst, das ist eine interessante Frage!«

»Ich hab ihn hängend *und* stehend gemessen«, erklärte Leon und auf seiner Stirn stand tätowiert: »Frag nach den Maßen!«

»Was ist jetzt mit der Playstation?«, habe ich stattdessen gefragt. »Okay«, hat er erwidert. Als hätten wir nur über die Hausaufgaben für morgen geredet oder so.

Während Leon das Ding anwarf, habe ich dann so harmlos wie möglich gefragt: »Spielst du denn an dir rum?«

»Klar«, antwortete Leon und ich sah von der Seite, dass er grinste. »Du etwa nicht?«

»Natürlich nicht!«, log ich empört. Er grinste wieder und sagte nichts mehr.

Wir haben dann Playstation gespielt und ich habe den ganzen Nachmittag nur verloren.

Was hätte ich stattdessen sagen müssen, um Informationen zu bekommen? Ich hätte mindestens nach den verdammten Maßen fragen sollen! Ich Idiot!

Am Abend hab ich dann gegoogelt. Mein Vater behauptet immer, dass er alles ganz leicht in Büchern finden kann, was ich im Internet suche, aber das soll er einem anderen Doofen weismachen. »Penismessen für Dummies«?

Ich hab neue Forschungsergebnisse gefunden: Je kürzer der Zeigefinger im Verhältnis zum Ringfinger ist, desto länger ist der Schwanz. Wer denkt sich so eine Forschung aus?

MONTAG

Den ganzen Tag hab ich mir Finger angeguckt.

Finger untersuchen ist abartig schwer, weil alle ständig die Hände bewegen, in Hosentaschen stecken oder Fäuste machen – echt total lästig, aber ich konnte ja unmöglich sagen: »Zeig mal deine Finger, damit ich deine Schwanzlänge messen kann!«

Aber weil ich mich richtig reingehängt hab, gibt es trotzdem Ergebnisse: Alex hat den Längsten und Joe hat den Kürzesten. Ich bin echt froh, dass keiner meiner Kumpels in der Rangliste ganz vorn oder hinten steht, sonst wär' ich ab jetzt ständig abgelenkt. Der von Janusz ist kürzer als der von Karl und der von Karl wiederum kürzer als der von Marco. Der Rest ist solides Mittelfeld.

Ich hab mich lang nicht mehr so produktiv gefühlt nach einem Schultag.

FREITAG

Mein Bruder hat mir den Abend versaut. Das ist die schlimmste Strafe: ein großer Bruder. Das ist Pest und Cholera und Ekelpickel auf einmal, ein großer Bruder. Aber ich hätte das wissen können. Ich hätte mich mit Sarah nie, niemals am 13. August verabreden dürfen! Pechzahl!

Gestern hab ich sie gefragt, damit muss ich anfangen. Weil Julian mit ihr in der Pause geredet hat. Da dachte ich, wenn er sie jetzt fragt, ob sie mit ihm ins Kino geht, dann muss ich mich unter die nächste Straßenwalze werfen.

Also hab ich sie gefragt. Ich hab ungefähr so was gesagt: »Also, hey, Sarah! Also, du, also, ich dachte, du, also, hättest du Lust, äh, mit mir, äh, heute, äh, ins, also, ins Kino zu gehen?« Es ist echt schwierig, so viele dämliche Zusatzwörter in einem einzigen Satz unterzubringen, aber ich hab's geschafft. Ich hätte den Satz aufschreiben können und ihr auf einem Zettel geben können und dazuschreiben: Welche zehn Wörter muss man wegstreichen, damit ein vernünftiger Satz dabei rauskommt?

Aber, glaubt es oder glaubt es nicht, sie hat einfach »Ja!« gesagt. Einfach so!

Ich hätte mich in dem Moment vor Freude auf dem Boden wälzen können, aber das hätte vielleicht doch einen komischen Eindruck gemacht. Ich habe – ich bin so cool! – einfach »Prima!« geantwortet. Und dann, so über die Schulter: »Ich hol dich um fünf ab!«

Wirklich oberdämlich war natürlich, dass wir gar nicht darüber gesprochen hatten, was für einen Film wir uns angucken wollten, aber irgendwie war das ja auch egal. Irgendein Film würde um sechs schon laufen und so war es auch.

Das immerhin war nicht das Problem. Das Problem war mein Bruder. Der ging mit.

Der ging mit! Richard ist fünf Jahre älter als ich, wer geht denn da mit seinem Bruder zusammen ins Kino? Nur mein Pest-Cholera-Ekelpickel-Bruder, der nichts zu tun hat, weil, wer will schon mit so was wie meinem Bruder was unternehmen? Nur der arme kleine Bruder wird den nicht los. Und so hing der mir immer noch am Rockzipfel, als wir bei Sarah ankamen. Ich hatte ungefähr tausend Mal erklärt, er solle sich verpissen, zuerst habe ich es netter ausgedrückt, aber irgendwann habe ich einfach nur immer »Verpiss dich, verpiss dich, verpiss dich!« wiederholt, und ja, ich war echt den Tränen nah, ich hätte ihn gern verprügelt, aber hey, er ist fünf Jahre älter als ich. Ich habe sogar gedroht: »Ich sag's Mama und Papa!«, aber darüber musste er nur lachen wie der letzte Idiot und ich habe Angst bekommen, dass er das Sarah erzählt, also habe ich das nicht wiederholt.

»Hallo«, hat mich Sarahs Mutter begrüßt, als sie die Tür aufgemacht hat. »Du bist sicher Paul«, und ich habe genickt und auch »Hallo« gesagt und: »Ist Sarah da? Ich würd' sie gern zum Kino abholen.«

Das klingt jetzt vielleicht, als wäre ich monstermäßig gut erzogen oder als wär' ich der letzte Oberschleimer, aber das war einfach die Bedingung meiner Mutter: Wenn ich nicht genau diese Worte benützte, würde sie mir bei der nächsten Gelegenheit peinlich sein. Das ist ihre Lieblingsdrohung und dafür hasse ich sie. Nein, gelogen. Das ist ihre Lieblingsdrohung und dafür zittere ich vor ihr.

Die Mutter von Sarah sah ungefähr so zufrieden aus, wie meine Mutter vorhergesehen hatte, sie drehte sich um und rief nach Sarah.

Dann kam Sarah und sah echt zum In-Ohnmacht-Fallen aus. Der Wahnsinn! Sie hatte irgendwas an, da habe ich besser mal nicht so genau hingeguckt, das fand ich irgendwie unpassend, aber oben war schon ausreichend toll: Ohrringe an den – hatte ich das schon geschrieben? – wunderschönen Ohren, die haben so geglitzert, wenn sie sich bewegt hat, und so Klammern im Haar, dass man ihr Gesicht noch besser gesehen hat, und so glänzendes Zeug auf den Lippen, Lipgloss oder wer weiß was. Extra für mich, der Hammer!

Und dann tauchte hinter mir Richard auf und winkte. Er winkte, kann man sich das vorstellen? Wie peinlich ist das denn? Die Mutter sah ungefähr so irritiert aus wie Sarah und das kann man ihnen ja auch nicht verdenken.

»Mein Bruder«, stellte ich ihn zähneknirschend vor.

»Ich komme mit ins Kino«, erklärte er und ich dachte, es macht vielleicht keinen so guten Eindruck, wenn ich meinem Bruder vor den Augen von Sarah und ihrer Mutter in die Eier trete oder ihm die Augäpfel rausreiße.

Ich lächelte also nur grimmig und wir gingen los. Bis zum Kino sagte Sarah ebenso wenig wie ich. Nur mein Bruder. Der quasselte, als würde er dafür bezahlt werden. Vielleicht ist er auch dafür bezahlt worden! Von Julian zum Beispiel!

Er erzählte komisches Zeug von seinem Job, er trägt morgens Zeitungen aus, was so ziemlich der langweiligste Job der Welt ist. Dann erzählte er noch mehr komisches Zeug von seinem Job.

Ich meine, es war nicht lustig, es war nur merkwürdig. Aber Sarah lachte. Mein Bruder quasselte, Sarah lachte über seine Witze, ich trabte schweigend und dumpf nebenher. Wenn ich mir meinen schlimmsten Albtraum selbst konstruieren dürfte, würde er ungefähr so aussehen.

Der Albtraum wurde dann aber doch noch etwas komplizierter, ich habe nämlich in der Halle, wo die Kinokasse ist, auch mit Witzen angefangen. Wenn ich jetzt behaupten würde, mit lustigen Witzen, wäre das gelogen. Es waren echt schlechte Witze, peinlich und dumm, aber ich konnte irgendwie nicht damit aufhören.

Es war wirklich schrecklich, auch wenn immerhin mein Bruder mit den komischen Geschichten aufhörte. Ich konnte erst aufhören, mir und allen anderen peinlich zu sein, als das Licht im Kino ausging.

Vom Film habe ich mehr oder weniger nichts mitbekommen, weil ich zu sehr damit beschäftigt war, mich zu schämen. Das habe ich nach dem Film fortgesetzt. Was immerhin dabei geholfen hat, die Klappe zu halten.

Mein Bruder und Sarah hielten auch den Mund. Bis vor Sarahs Haus, da sagten wir alle Tschüss, das war's dann aber auch schon.

Als sie im Haus verschwand, ohne sich noch mal umzudrehen, dachte ich, ich muss auf der Stelle tot umfallen. Und dann dachte ich, ich will tot umfallen, aber erst nachdem ich meinem Bruder den Hals umgedreht hab.

Auf dem Weg zu uns habe ich irgendwann Richard voll die Faust auf den Oberarm geschmettert, er hat aufgebrüllt und mir dann auf der restlichen Strecke ungefähr hundert Hinterntritte verpasst, vielleicht waren es auch mehr.

Hinterntritte gehören zum Demütigendsten, was einem

große Brüder antun können, allerdings nicht ganz so demütigend, wie ihren Angebeteten komisches Zeug erzählen und die kleinen Brüder dann dazu bringen, sich zum Idioten zu machen.

Heute Morgen hab ich meiner Mutter mitgeteilt, dass ich krank bin, und sie hat das einfach abgenickt, manchmal ist sie einfach genau richtig.

So habe ich den ganzen Tag im Bett gelegen und darüber nachgedacht, wie ich mich an Richard rächen kann. In siedendem Öl braten, teeren und federn, Ohren und empfindlichere Körperteile abschneiden war der Anfang, bis ich mich schließlich zu realistischeren Aktionen vorgearbeitet habe: seinen Schulranzen verbrennen, Hundehaufen unter seinem Kopfkissen verstecken, neben die Toilette pinkeln und Mama erzählen, dass Richard neuerdings im Stehen pinkelt.

Es geht mir inzwischen ein bisschen besser, aber ich habe Angst vor Montag, wenn ich Sarah wiedersehe. Ich muss morgen mit Mama darüber sprechen, ob ich vielleicht die Schule wechseln kann, natürlich mit sofortiger Wirkung.

SONNTAG

Ich hab heute meine Mutter gefragt, ob sie sich eigentlich noch um Karims Mutter kümmert, und sie hat mich so prüfend angeguckt, so als wollte sie sehen, ob sie mir das erzählen kann. Hey, ich bin ihr Sohn!

»Klar«, hat sie dann geantwortet, offenbar hab ich die Prüfung bestanden, puh, da kann ich ja froh sein, dass mich meine Mutter nicht hat durchfallen lassen, hey, hey!

»Und?«, habe ich gefragt. »Geht's ihr besser?«

»Das dauert alles lang«, hat meine Mutter erwidert und ich hatte das dumme Gefühl, dass ich die Prüfung doch nicht bestanden hatte. »So eine Krankheit ist schwer, das kann Jahre dauern, bis es einem besser geht.«

Ich habe genickt, als hätte ich das verstanden, ach was, als hätte ich das alles schon vorher gewusst. Sie wollte dann wissen, ob mich Karim noch mal angesprochen hätte. Hat er aber nicht.

Mir ist das jetzt doch irgendwie unangenehm, dass meine Mutter das macht. Ich weiß ja nicht mal richtig, was sie da macht. Und eigentlich finde ich, dass ich das wenigstens wissen sollte. Weil, Karim ist schließlich mein Freund, damit hat alles angefangen.

Morgen geh ich zu Karim und red mit ihm.

MONTAG

Ich hab wirklich mit Karim geredet. Ich hab ihn nach der Schule abgefangen und dann hab ich gefordert: »Ich will mit dir über meine Mutter reden und über deine.«

Ich bin, glaube ich, ziemlich ruppig gewesen, aber es ist schließlich nicht einfach, das überhaupt zu sagen.

Karim ist an den Fahrradständern stehen geblieben und wir haben gewartet, bis die anderen weg waren. Manchmal ist es echt praktisch, dass ich der Meister im Trödeln bin, wir mussten gar nicht lang warten, weil kaum mehr jemand da war.

»Was denn?«, hat Karim gefragt und irgendwie komisch ausgesehen. So erschrocken.

»Meine Mutter, die fährt ja immer mit deiner Mutter zum Arzt!«, habe ich gesagt. Ich fand selbst, dass ich echt unfreundlich klang.

»Na und?«, fragte Karim. »Hast du was dagegen?« Er hat das nicht in so'm Ton gefragt wie »Willst du was in die Fresse?«, sondern eher in einem Ton wie »Soll sie damit etwa aufhören?«.

Wir haben uns einen Moment angestarrt, dann habe ich den Kopf geschüttelt. Wir haben uns noch einen Moment angestarrt, dann hat er genickt und gemeint »Na dann!«, dann haben wir beide so kurz gegrinst und dann sind wir gefahren. Es wär zu viel gesagt, wenn ich jetzt behaupten würde, dass wir das geklärt haben, aber irgendwie haben wir das *schon* getan.

SAMSTAG

Wozu gibt es Discos? Na, wozu? Um sich zum Trottel zu machen natürlich! Aber immerhin: um sich zum bestaussehenden Trottel des Bezirks zu machen.

Ich hatte meine Mutter weichgeklopft, mit mir eine neue Hose kaufen zu gehen. Und dann ist uns ein super T-Shirt direkt in die Beine gegrätscht, wirklich! Vom Klamottenständer ist es direkt vor uns gesprungen und hat geschrien: »Kauft mich! Kauft mich!«

Meine Mutter hat das komischerweise weder gesehen noch gehört, aber ich. Und ich habe dann meine Mutter dazu gebracht, das aufdringliche und gleichzeitig total obercoole lila Teil zu kaufen. Ich sah damit so was von zum Hinknien aus! Das und dazu Deo und Parfüm und noch mehr Deo und Parfüm und die Taschen voller Pfefferminzbonbons – was sollte jetzt noch schiefgehen? Aber, was soll ich sagen: Da konnte noch verdammt viel schiefgehen!

Ich jedenfalls mit dem Bus zur Disco. Ist nicht so 'ne richtige Disco mit Alkohol, Sex und Drogen. Aber immerhin mit Türstehern. Jugendclub mit Türstehern. Cool! Ich bin mit meinem Mega-T-Shirt, meiner Mega-Hose und meinem Mega-Geruch sofort reingekommen, die Türsteher haben mich schon von Weitem gerochen und nach vorn gewunken, haha, nein, das dann doch nicht, aber wir waren schnell drin, Leon und ich. Karl meinte, er würde nicht mal so früh in die Disco gehen, wenn man ihn dafür bezahlen würde, aber das musste er selbst entscheiden. Leon und ich waren drin und – Sarah auch!

Sie sah toll aus! Sie sah so was von toll aus! Ihr Haar war blonder als sonst, das leuchtete richtig. Und vorn war so ein Stück zu einem dünnen Zopf geflochten. Süß! Echt süß! Und dann die Klamotten – eine richtig heiße Jeans, eng anliegend und ein echt hübsches Dunkelblau. Und das T-Shirt war weiß und auch ziemlich eng, aber nicht so doof eng, so zum Hinglotzen eng, sondern einfach zum Tollfinden eng. Ausschnitt, Ärmel, alles pipapo. Perfekt! Sie sah mich und lächelte, echt! Aber ich roch ja auch so gut, dass man unbedingt lächeln musste. Dann hob sie die Hand und Leon winkte zurück. Na, toll!

Sie kam dann sogar rüber und ich dachte, jetzt fall ich einfach kurz und bündig in Ohnmacht, schnelle Sache, aber das klappt irgendwie auf Kommando nicht, aber sie kam also rüber und – strubbelte Leon durch die Haare. Leon, nicht mir! Aber dann wurde alles gut: Sie guckte zu

Tina, die neben ihr stand, und fragte: »Is' der nicht süß?« Wie über einen Hund, den sie verschenken wollte. Sarah wollte Leon an Tina verschenken.

Die grinste Leon angemessen zufrieden an, fragte ihn »Willst du was trinken?« und ich konnte endlich wieder atmen. Tina geht in die Parallelklasse und hat eine abgefahrene Zahnklammer. Wenn ich nicht mehr meine Wunden lecke, frage ich Leon, wie sich das beim Knutschen anfühlt.

Tina ging mit Leon weg und jetzt hätte Sarah mich ansprechen können, aber sie drehte ab. Gut, dachte ich, der Abend dauert ja noch. Beim zweiten Lied forderte ich sie zum Tanzen auf. Es war total oberpeinlich, weil niemand sonst tanzte, aber wir wackelten tapfer auf der Tanzfläche herum und ich trat ihr nur ungefähr zwanzig Mal auf den Fuß, obwohl bestimmt Zeit für fünfzig Mal gewesen wäre.

Danach versteckte sich Sarah, vermutlich auf dem Klo, denn ich sah sie zwei Stunden nicht mehr. Zwei Stunden! Was kann man zwei Stunden auf dem Klo machen? Und wie verzweifelt muss man sein, wenn man sich zwei Stunden auf dem Klo versteckt? Bin ich so furchtbar?

Als sie dann wiederkam, war ich schon ziemlich mit den Nerven fertig. Ich hatte mit keiner anderen getanzt, weil Sarah ja jeden Moment wieder auftauchen konnte. Also, Sarah kam zurück. Und dann! Und dann! – Ich kann kaum weiterschreiben! – Sie stand auf der anderen Seite der Tanzfläche, ich stand so in der zweiten Reihe, dann wurde die Tanzfläche kurz frei, ich stolperte los, direkt auf sie zu, aber der Typ in der ersten Reihe, der hatte ein verdammtes, verschissenes Glas mit keine Ahnung was in der Hand, ich stolperte zuerst gegen seine Hand mit dem

Glas, er kippte das Glas, das Zeug kippte direkt auf mich zu, ich stolperte weiter und spürte nur, es hatte mich voll getroffen, und als ich so halb auf die Tanzfläche gestolpert war und Sarah mich voll sehen konnte, merkte ich, dass das ganze mistige Zeug aus dem Glas ungefähr da gelandet war, wo man jetzt denken konnte, dass ich mich vollgepinkelt hatte. Denken konnte? Denken *musste*! Ich sah vollgepinkelt aus und alle, alle konnten es sehen. Auch Sarah.

Der Abend war danach für mich zu Ende. Es gab einen echten Tumult, also einen, als hätte es eine Riesenprügelei gegeben, alle schrien und zappelten herum, dabei war es nur Paul mit der vollgepinkelten Hose. »Apfelschorle«, meinte der Typ nachher, aber das hat kaum jemand mitbekommen. Da waren wir auch schon rausgewankt, ich und meine Hose und die Schande. Ich habe Rotz und Wasser geheult im Bus, aber das war dann auch schon egal.

MONTAG

Karl hat allen von der Apfelschorle erzählt. Und weil es Karl war, der es erzählt hat, haben es alle geglaubt. Außer mir erinnert sich offenbar keiner daran, dass Karl gar nicht in der Disco, war und ich werde bestimmt niemanden darauf aufmerksam machen. In der zweiten Pause haben dann also nicht mehr alle lachen müssen, sobald sie mich gesehen haben. Gleich morgen früh mach ich Karl einen Heiratsantrag.

MITTWOCH

Wir sind in Sport mit Basketball durch, deswegen gab es als Abschluss heute ein Basketballturnier. Ich weiß nicht, ob man es auch »Turnier« nennen kann, wenn nur eine Klasse gegen eine andere spielt, aber »Turnier« hört sich einfach gut an. Wir haben gegen die B gespielt.

Ich muss nicht extra sagen, dass ich nicht besonders gut in Basketball bin, oder? Das ist, glaube ich, eine Regel – je besser man Fußball spielt, desto schlechter spielt man Basketball. Und ich spiele wahnsinnig gut Fußball!

Der Berg hat zwei Teams gebildet, ein starkes und ein schwaches, und – Überraschung! – ich bin im zweiten gelandet.

Ich war also in der Luschenmannschaft. Marco, Lene, Nina und Karim waren in meiner Mannschaft, dafür war Janusz zusammen mit Steven in der Könnergruppe – in einer Gruppe mit Nico und Ludo, da konnte nichts schiefgehen. Kiki war die Nummer fünf. Leon und Karl saßen bei den Könnern auf der Bank, gemeinsam mit Nurit und noch einigen.

Ein paar aus der Klasse spielten gar nicht mit, Felix und Julian und Sarah zum Beispiel. Keine Ahnung, warum das der Berg so entschieden hatte, weil Sarah zum Beispiel echt gut spielt. Sie kann ja eigentlich so ziemlich alles echt gut. Sie saß auf der Tribüne und machte mich nervös. Steven, der Idiot, hat heute seinem üblichen Idiotsein echt noch einen draufgesetzt:

Wir Luschen spielten zuerst. Wahrscheinlich damit man noch was hatte, worauf man sich freuen konnte: ein *echtes* Spiel nach uns! Oder damit die Leute auf der Tribüne noch keinen Vergleich hatten und deshalb während unseres lausigen Spiels nicht gackernd auf dem Boden rumrollten.

Die ersten zehn Minuten konnte man glatt vergessen, dass die Körbe bei dem Spiel irgendeine Rolle spielten. Wir verloren ununterbrochen den Ball an die gegnerische Mannschaft und zwar abwechselnd und so früh, dass keiner auch nur in die Nähe eines Korbes kam. Dann aber stellten wir uns irgendwie noch einen Zacken blöder an und der Menschenknubbel bewegte sich in Richtung unseres Korbes. Der ja nur »unser Korb« heißt, weil er uns gehört, nicht weil wir da reinwerfen sollen! Das hat Marco aber glatt durcheinandergebracht. Einer von der anderen Mannschaft verlor den Ball, Marco schnappte ihn sich mit mehr Glück als Geschick – und dann schien ihm plötzlich was einzufallen, er blickte nach oben, grinste übers ganze Gesicht und warf dann den Ball mit einem zugegeben sauberen Wurf glatt in unseren Korb.

Zwei Punkte für die B und Steven rastete aus wie ein Löwe mit Pfeil im Auge. Er brüllte und pöbelte ohne Pause von der Tribüne runter, sein Team saß ja noch oben.

Marco hörte das natürlich. Alle hörten das. Und obwohl Karim und Lene und Nina und ich ihm auf den Rücken klopften und so, war Marco danach wie gelähmt. Der Berg, der irgendwie mit Konflikten nicht umgehen kann, der sagte gar nichts, der rief danach nur immer wieder Marco zu, dass er schneller laufen sollte oder den Ball annehmen, aber das hatte alles keinen Sinn. Marco war aus dem Spiel ausgestiegen und zu viert verloren wir noch höher, als wir vermutlich zu fünft verloren hätten.

Nach dieser schmählichen Niederlage wussten wir wenigstens, dass unsere A-Mannschaft gewinnen würde. Nico und Ludo, die würden vermutlich auch gewinnen, wenn sie zu zweit gegen unsere Parallelklasse antreten würden.

Das Spiel begann und war gleich von Anfang an total hart. Wenn man bei unserem Spiel lang nicht wusste, wozu die Körbe da hängen, weil wir sie eh nicht benutzten, wusste man bei den anderen lang nicht, warum der Raum zwischen den Körben so groß ist, wenn da eh nur alle zu den Körben durchrennen. Obwohl Nico und Ludo so gut sind, war das Spiel lang ziemlich ausgeglichen. Was aber daran lag, dass die beiden so edelmütige Teamspieler sind: Sie gaben einfach ständig an Janusz, Kiki und Steven ab.

Bis Steven zum zweiten Mal ausrastete. Nein, nicht etwa gegenüber Kiki oder Janusz, das wäre ja noch halbwegs weitsichtig gewesen, nein, er brüllte Nico an. Nico hatte den Ball, dribbelte ein bisschen damit, spielte ihn zu Janusz, der spielte zurück zu Nico und dann peilte Nico sichtlich Kiki an, statt selbst einen Korb zu werfen. Und Steven? Der röhrte quer über das Spielfeld: »Wirf auf den Korb, du Penner!«

Nicht gut! Gar nicht gut!

Nico ließ sich kaum anmerken, dass er das gehört hatte – vielleicht zuckte kurz sein Unterkiefer oder er zögerte kurz beim Dribbeln, das war's. Aber das war's auch für Steven. Der kam den Rest des Spiels über nicht mal mehr in die *Nähe* des Balls! Nico und Ludo waren immer schneller als er, wenn ein Ball mal auf ihn zuflog, und abgegeben haben sie natürlich gar nicht mehr an ihn.

Sie gewannen auch zu viert. Und als das Spiel abgepfiffen war und Steven herumlamentierte, dass das kein Sportsgeist sei, ihn auszuschließen, noch dazu bei seinem Format und so weiter, da drehte sich Nico nur um und meinte grinsend: »Du bist doch nur ein kleiner Hosenscheißer!« Ludo bleckte auch die Zähne und die beiden gaben sich five.

Steven konnte nicht aufhören, er ist nicht besonders schlau. Er rief: »Was hast du gesagt? Hä? Was hast du gesagt?« Mit so einem Spruch konnte er vielleicht Marco Angst machen, bei Nico war es umgekehrt. Der drehte sich langsam zu Steven um und hob ihn an seinem T-Shirt vorn hoch, als wäre er leicht wie eine Feder. Vermutlich stemmen die beiden täglich das Dreifache. »Halt die Luft an, Hosenscheißer, hab ich gesagt«, raunte er Steven zu. Ich bekam eine Gänsehaut und Steven vermutlich auch. Dann grinste Nico wieder und ließ ihn einfach fallen.

Steven rappelte sich auf, aber diesmal hielt er den Mund.

Marco war danach wieder in besserer Verfassung. Aber im Grunde ist das Quatsch. Im Grunde muss er seine Schlachten selber schlagen. Aber das sagt der Richtige, ich weiß!

DONNERSTAG

Heute wär' ich schon zum dritten Mal fast zu spät gekommen, weil mich Richard nicht ins Bad gelassen hat. Kann man das fassen?

Was macht der so lang im Bad? Schminkt er sich und wäscht dann alles wieder ab? Färbt er sich die Haare und wäscht dann alles wieder raus? Wenn er so lang im Bad braucht – müsste er dann nicht irgendwie besser aussehen, wenn er nach fünf Stunden oder so wieder rauskommt? Sieht er aber nicht!

Eins muss man sagen: Er riecht jedenfalls danach. Ob er besser riecht, kann ich nicht beurteilen, er riecht auf jeden Fall mehr. Viel mehr! Er gießt jeden Morgen eine halbe Flasche Zeug über sich, keine Ahnung, ob das bei Männern auch Parfüm heißt. Wenn er dann an mir vorbeikommt, und das muss er ja, weil ich die ganze Zeit gegen die Tür hämmere, dann bleibt mir für einen Moment die Luft weg, weil die ganz von seinem Parfümzeug aufgebraucht wird.

Heute bin ich zwischen Warten und Warten in die Küche gerannt und habe mich bei meiner Mutter beschwert. Sie sah ganz entspannt aus. »Früher oder später wirst du auch so lang das Bad besetzen«, behauptete sie und lächelte verständnisvoll.

Ich verstand gar nichts. »Hä?«, rief ich. »Soll mir das jetzt beim Zuspätkommen helfen oder was?«

Meine Mutter hörte auf zu lächeln und ranzte mich an, weil ich so unhöflich wäre, dabei war ich ja einfach nur unter Druck. Wenn ich bei der Zeitbombe zu spät käme, müsste das schließlich nicht mein Bruder ausbaden oder meine Mutter, sondern ich.

Meine Mutter kam also mit, rumpelte gegen die Tür und rief, dass Richard die Tür aufmachen solle. Das tat er und meine Mutter holte meine Zahnbürste raus. »Hier«, sagte sie. »Putz dir in der Küche die Zähne.«

Ich kann nicht glauben, dass meine Mutter diese komische Sache auch noch unterstützt! Aber immerhin kam ich nicht zu spät und die Zeitbombe hatte keine Gelegenheit, mich in kleine Fetzen zu zerreißen. Aber mit Richard hab ich jetzt noch ein Hühnchen mehr zu rupfen.

MONTAG

Mein Vater hatte Mitleid mit mir. Er hat mir heute, als ich mir schon wieder in der Küche die Zähne putzen musste, gesteckt, dass Richard »ein Mädchen kennengelernt« hat. So hat das mein Vater ausgedrückt. Und vorher musste ich ihm versprechen, dass ich Richard nicht darauf anspreche.

»Hä?«, fragte ich begriffsstutzig, ich habe das Gefühl, meine Familie macht meine Manieren gerade nicht unbedingt besser. »Ich lerne jeden Tag Mädchen kennen! Die halbe Schule besteht aus Mädchen!«

Ich hatte echt keinen Nerv, diese albernen Andeutungen meines Vaters zu entziffern. Mein Vater schüttelte den Kopf. »Er hat sich verliebt, meine ich«, eröffnete er mir und sah aus, als hätte er jetzt wirklich zu viel verraten. »Aber du hältst dich da raus, hörst du?«

Mann, Mann, Mann. Dachte er ernsthaft, diese Parfümnummer zog bei Mädchen? Hatte ich die Sache mit Sarah einfach immer falsch angepackt?

Und noch wichtiger: War etwa bald der Tag meiner Rache für den verhunzten Kinobesuch mit Sarah gekommen?

DIENSTAG

Weil ich meinem Vater dieses dumme Versprechen gegeben hatte, meinen Bruder nicht auf dieses ominöse Mädchen anzusprechen, waren mir bescheuerterweise die Hände gebunden. Oder eher: der Mund geknebelt. Was war das für ein Mädchen? Lief da schon was oder versuchte er noch, sie einzufangen – so wie man Fliegen mit so Duftfallen fängt?

DONNERSTAG

Er hat sie noch nicht eingefangen. Meine Eltern hatten mit meinem Bruder einen Riesenstreit heute, weil sie am Nachmittag eine Verabredung hatten und Richard so dumm gewesen war, sofort zu sagen, dass er was vorhatte und mich nicht mitnehmen wollte. Mein Vater hatte ein unnormal gutes Verhältnis zu seinem kleinen Bruder und manchmal reagiert er total komisch, wenn Richard und ich nicht Hand in Hand rumlaufen und uns gegenseitig bei den Hausaufgaben helfen.

»Oh doch, mein Freund«, ließ ihn also mein Vater wissen, »du wirst deinen Bruder mal schön mitnehmen! Ich will nicht schuld sein, wenn du später kein enges Verhältnis zu Paul hast!« Die Diskussion geriet ziemlich außer Kontrolle und mein Vater drängte Richard in dessen Zimmer und schloss die Tür hinter sich.

»Auf keinen Fall!«, hörte ich Richard irgendwann schreien und dann kam offenbar eine Drohung von meinem Vater, woraufhin er rief: »Das ist Erpressung«, was es bestimmt auch war. Meine Eltern sind total gut im Erpressen.

Und total erfolgreich, denn er nahm mich mit. Ich glaube kaum, dass wir auf diese Weise ein besseres Verhältnis zueinander bekommen, aber ich war längst höllisch neugierig, weswegen er mich auf keinen Fall dabeihaben wollte.

Wir gingen zu einem Volleyballspiel. »Hör zu«, sagte Richard auf dem Weg zur Sporthalle, »wir sehen uns jetzt das Volleyballspiel an und wenn du währenddessen was tust oder sagst, was peinlich für mich ist, wirst du das bereuen, das schwör ich dir. Mir fällt jetzt nicht ein, was dann passieren wird, aber du kannst sicher sein, ich werde so lang darüber nachdenken, bis mir was wirklich Schlimmes einfällt.«

Ich wies ihn nicht auf die üble Kinoaktion mit Sarah hin. Erstens war ich viel zu neugierig auf die, in die er sich verknallt hatte, zweitens wollte ich mir das für ein besseres Mal aufheben. Meine Eltern hatten ihn heute schon ausreichend gestraft.

Sie heißt Katja und sieht ganz unauffällig aus. Also nicht so wie Sarah, die so der Wahnsinn ist, dass man ganz aufhört zu atmen, wenn man sie anschaut. Katja sieht einfach normal aus. Braune Haare etwas länger als bis zum Kinn – sie hatte die Haare mit einem Gummi hochgebunden und der Pferdeschwanz war so kurz, dass das Gummi nur gerade so hielt.

Aber verdammt, konnte die gut Volleyball spielen! Das ist ja ein ganz schön merkwürdiges Spiel: Die reden fast gar nicht! Wenn wir Fußball spielen, also zum Beispiel bei Turnieren gegen andere Schulen, dann brüllt immer jemand – der Trainer oder die Auswechselspieler oder die Spieler oder alle zusammen. Und der Schiedsrichter pfeift, alle regen sich auf und palavern und der Schiedsrichter reißt gelbe und rote Karten aus dem Hemd, da ist echt was los.

Volleyball ist eher wie Schach mit Bewegung. Die haben gespielt, klatsch, klatsch, Hände gegen Ball, dann Ball auf den Boden, irgendwo klatschten Hände auf Hände,

VOLLEYBALL
IST EHER WIE
SCHACH MIT BEWEGUNG.
ALLES IRGENDWIE
ABER AUCH SEHR COOL.

die gaben sich ständig five, dann rückten in einer Mannschaft alle eine Position auf und schweigend ging's weiter. Klatsch, klatsch, klatsch, zwischendurch knallte eine von denen auf den Boden, eine andere half ihr auf, dann gaben sie sich wieder mal fünf, weil irgendwo der Ball auf den Boden geknallt war. Alles irgendwie aber auch sehr cool.

Nur in Katjas Mannschaft war's ein bisschen anders. Katja war ja die Beste, die hätte ständig High five bekommen können, war auch so, aber zwischendurch hat sie dann einfach mal einen Handstand gemacht, wenn eine andere einen Punkt machte, oder sie hat ein kleines Tänzchen um die andere Spielerin gemacht. Aber alles gar nicht angeberisch, sondern so, als wäre sie einfach in der Laune, um irgendeinen Quatsch und sich und den anderen eine Freude zu machen.

Einmal hatte Katja fast den Ball, da rannte ihr eine andere aus ihrer Mannschaft in die Quere, beide knallten mit dem Kopf aneinander und verloren den Punkt. Da war sie gar nicht sauer, wie man das manchmal bei anderen sah, die zwar nicht rumschrien, aber sich echt, echt sauer anstarrten. Katja rieb sich nur lachend den Kopf und klatschte die andere ab. Total nett.

Ich konnte verstehen, warum sich mein Bruder ausgerechnet in Katja verliebt hatte. Nur gut, dass sie zu alt für mich war, sonst hätte ich glatt zu seinem Konkurrenten werden können! Allerdings konnte ich mir vorstellen, dass Richard auch so genug Konkurrenz hatte. Und was sollte sie an ihm schon besonders finden – außer seinem besonders intensiven Parfümgeruch?

Nach dem Spiel wollte Richard sofort gehen. »Stell mir Katja doch mal vor«, protestierte ich, aber er packte mich nur mit den Händen vorn am Kragen und raunte: »Sag nicht ihren Namen!«, und dann rannten wir eher raus, als dass wir gingen. Vermutlich war ich ihm peinlich, also dass er mit seinem kleinen Bruder gekommen war. Und morgen erzählt er ihr vielleicht, dass er allein da war und danach schnell wegmusste, aber sie am tollsten gespielt hat und er es gesehen hat. Und beides wär' nicht mal gelogen.

MITTWOCH

Richard hat heute Geburtstag und ich hab ihm einen Volleyball geschenkt. Meine Eltern haben mir Geld dazugegeben, aber weil es meine Idee war, ist es trotzdem mein Geschenk.

Mein Bruder und ich, wir sind ja normalerweise nicht so die besten Freunde, aber heute war ein echt schöner Tag, weil sich Richard gefreut hat wie verrückt. Das hat mich richtig gerührt! Es hätte nur gefehlt, dass er anfängt zu heulen – er hat mich so glücklich angesehen, mit dem Volleyball in den Händen, dass ich ganz vergessen habe, warum ich ihn sonst immer so doof finde, meinen Bruder.

»Wenn du magst, können wir heute mal ein bisschen üben«, habe ich noch vorgeschlagen, und Wunder über Wunder: Richard wollte.

Als er von der Schule kam, hatte er es noch nicht vergessen und holte mich aus meinem Zimmer, um mit mir auf die große Wiese zu gehen. Da steht zwar das Gras so scheußlich hoch, dass ich immer denke, da leben irgendwelche ekligen Tiere drin, die mich anspringen könnten, aber für Volleyball war's gut da. Da kann nämlich der Ball nicht so gut wegspringen und man ist nicht den ganzen Nachmittag nur mit Ballhinterherrennen beschäftigt.

Wir übten Aufschläge. Verdammt, das war ganz schön schwer! Mein Bruder wusste ungefähr, worauf man achten musste. Er meinte, Katja hätte ihm das erklärt. Da kam raus, dass er ihr erzählt hat, dass ihm sein kleiner Bruder einen Volleyball zum Geburtstag geschenkt hat.

»Hast du zum ersten Mal mit ihr gesprochen?«, fragte ich ihn neugierig.

»Bist du blöd?«, fragte Richard, es klang aber ganz nett. »Sie geht in meine Stufe!« Als ich ihn weiter abwartend angeschaut habe, hat er hinzugefügt: »Aber ich hab noch nie privat mit ihr geredet.«

Was er damit meinte, wusste ich nicht genau. Vermutlich meinte er, dass er *doch* heute zum ersten Mal mit ihr gesprochen hat. »Ich hab ihr erzählt, dass wir heute Volleyball üben gehen«, berichtete Richard.

Ich fand es irgendwie nett, dass er mich bei Katja erwähnt hat. Und offenbar hat er mich auch nicht benutzt, um sich aufzuspielen. Aber er hätt' ja auch schlecht sagen können: »Ich bring meinem Bruder, dem kleinen Trottel, Aufschläge bei – wie gingen die doch gleich noch mal?«

Mein Bruder kann eigentlich ganz nett sein. Der Nachmittag zumindest war ziemlich schön. Wir haben viel gelacht, weil das echt schwer war mit dem Volleyball und dabei doch so einfach aussieht. Und als wir schließlich nach Hause gegangen sind, hatten wir beide das Prinzip halbwegs raus.

Richard meinte, er würde sich mal umhören, wo es einen öffentlichen Volleyballplatz gibt, damit wir besser üben können. Ich weiß schon, bei wem er sich umhören wird.

DONNERSTAG

Nächste Woche ist Tag X, Schaukastentag, der Tag, den unsere Klasse am meisten fürchtet und auf den sich der Rest der Schule am meisten freut.

Im Schaukasten im Foyer zeigt jeden Monat eine von den vierten, fünften und sechsten Klassen ihre tollsten Ergebnisse aus Kunst. So was wie Bilder von Obst, das wie Obst aussieht, oder Schuhe aus Ton, die wie Schuhe aussehen. Na ja, und einmal im Jahr ist es dann anders: wenn wir dran sind.

Keine Ahnung, warum wir so viele Kunstluschen in der Klasse haben. Frau Nieder, unsere Kunstlehrerin, fragt uns das ständig, weil sie auch keine Erklärung dafür hat. Und wenn der Schaukastentag vor der Tür steht, versucht sie immer, sich was Schlaues auszudenken. Damit es keiner merkt.

Letztes Jahr zum Beispiel hat sie uns was über abstrakte Kunst beigebracht. Sie hat erklärt, da muss man nix erkennen, da muss nur Farbe aufs Blatt und das wär's. Jaha, das klingt erst mal voll einfach! Das klingt, als könnten das sogar Nullen wie wir. Stimmt aber nicht! Keine Ahnung, was wir falsch gemacht haben, jedenfalls sah unsere Kunst irgendwie anders aus als die abstrakte Kunst, die uns Frau Nieder gezeigt hatte. Lukas aus der Vierten hat Marco hinterhergerufen, dass es nicht gilt, wenn die kleinen Brüder die Bilder malen.

Ich glaube, selbst in dem Jahr, als wir Tonkram ausgestellt haben, der aussah, als hätte uns Frau Nieder vor dem Kneten die Hände auf den Rücken gebunden, haben sie vor dem Schaukasten weniger gegeiert. Und jetzt sind wir noch ein Jahr älter, es gibt also noch einen zusätzlichen Zwergenjahrgang, der uns auslachen kann.

»So«, hat Frau Nieder gesagt, als sie heute reinkam. »Nächste Woche ist unser Schaukastentag und wir können mal wieder nur Schrott zeigen.« Frau Nieder darf so was sagen. Ich glaube, sie denkt, das ist alles auch ihre Schuld. Wir nickten also alle, als sie das feststellte, schließlich saßen wir alle in einem Boot.

»Gestern Abend hatte ich plötzlich einen Geistesblitz«, fügte Frau Nieder hinzu. »Wir machen Aktionskunst und fotografieren das. Und das stellen wir dann aus.«

Malen können wir vielleicht nicht – also, malen können wir *auf jeden Fall* nicht –, aber die Nieder hat uns echt eine Menge über moderne Kunst beigebracht. Nämlich dass Obst, das wie Obst aussieht, genauso Kunst sein kann wie nur Farbe aufm Blatt oder einfach ein paar Steine hinlegen, Hauptsache ist, man hat sich was dabei gedacht. Das lernen die anderen Klassen nie! Das lernen nur wir und wir haben auch echt 'ne Menge Sinn für so 'ne Art Kunst!

»Und deswegen werden wir jetzt was Extravagantes entwickeln, was wir dann fotografieren können.« Frau Nieder sah ein bisschen verrückt aus, als sie das sagte, weil sie so komisch lächelte. Vielleicht kam mir das aber auch nur verrückt vor, weil ich sie noch nie lächeln gesehen habe. Dazu gab es bei uns ja auch noch nie einen Grund.

Dann hat sie uns eine Menge über Aktionskunst erzählt und auch Zeug gezeigt: Fotos und Filmausschnitte. Es gab da so 'ne Frau, die hat Ausstellungen gemacht, da konnte man mit Farbpatronen auf Bilder schießen, echt cool! Und einen Typ, der hat überall Blut rumgegossen und rumgespritzt. Echtes Blut, total krass!

»Mit Blut machen wir nichts«, stellte Frau Nieder allerdings fest, »und auch nichts mit Schießen.«

Und dann guckte sie in den Mülleimer: »Na, was haben wir denn da?«

Der Mülleimer quoll über von unserer Tintenschlacht aus der ersten Stunde: Frau Markovicz war mit Nina und Felix losgegangen, um Instrumente zu holen oder das, was sie im Zusammenhang mit unserer Klasse Instrumente nennt: Triangel und Tamburin und Glöckchen und anderen Kindergartenkram. Außer Felix sind wir ja schon mit *diesen* Sachen völlig überfordert. Jedenfalls, als die drei weg waren, fing Steven an, Marco mit Tinte zu bespritzen. Wenn man einen guten Füller hat, dann kann man mit dem ordentlich Schwung nehmen und wenn man mit dem auf jemanden zielt, dann spritzt die Tinte von dem Füller demjenigen genau in den Nacken. Oder, wenn der sich umdreht, halt genau ins Gesicht.

Warum Marco genau in dem Moment aufgestanden ist, als Steven ihn mit dem Füller bespritzen wollte, das weiß ich gar nicht, er hat jedenfalls nicht Marco erwischt, sondern Nico. Und wenn man Nico erwischt, dann erwischt man automatisch Ludo mit, der fühlt sich immer sofort auch gemeint.

Nico war also am Haaransatz und im Nacken blau und

Steven rannte immer rund um die Tische, während ihn Ludo und Nico verfolgten. Das große Gejohle fing an und Pepe und Alex und Joe trauten sich natürlich nicht, sich mit Nico und Ludo anzulegen, die Feiglinge, die verteidigten ihren Anführer, indem sie Nico und Ludo mit Tinte beschossen. Und weil ja alle rannten, trafen diese Deppen alle, nur nicht Nico und Ludo. Und Leon und Julian und ich und so ziemlich alle Jungs und auch ein paar Mädchen, Kiki und Sarah und Nurit, wir alle beschossen wiederum die Trottel Pepe und Alex und Joe.

Und als Frau Markovicz mit Felix und Nina zurückkam, da sah es wirklich, wirklich schlimm aus. Ich glaube, die anderen erschraken genauso wie ich, schlagartig waren wir still und setzten uns schnell auf unsere Plätze, ganz ohne dass Frau Markovicz laut werden musste.

Sie starrte nur die Szene an, während wir alles, so gut es ging, aufräumten: das ganze beschmierte Papier in den Mülleimer, ein paar von uns versuchten, die Tinte vom Boden aufzuwischen, mit Taschentüchern und Tafelschwamm und was uns sonst noch so in die Hände fiel.

Anschließend verteilte die Markovicz wortlos ihre Instrumente und wir haben vermutlich noch nie so brav gebimmelt und getriangelt wie heute.

Davon jedenfalls waren noch die Spuren im Mülleimer zu finden. Also im Mülleimer und drumherum, es war so viel bekleckstes Papier gewesen, das hatte gar nicht alles reingepasst.

»Na, was haben wir denn da?«, wiederholte Frau Nieder und fing an, den Mülleimer auszuräumen und alles Papier glattzustreichen und überall auszulegen, wo sie Platz fand.

Dann strahlte sie uns an. Das war ziemlich komisch, weil noch nie jemand freundlich geguckt hatte, wenn es um eine Tintenschlacht ging. Keiner von uns traute sich zurückzulächeln.

»Ich habe gerade die Lösung für unser Schaukastenproblem gefunden«, eröffnete uns Frau Nieder. Sie begann, durch die Reihen zu gehen, und rief: »Einzige Bedingung ist, dass ihr mir erklärt, warum das Kunst genannt werden kann. Karl!«

Tja, wie sollte er begründen, warum eine Tintenschlacht in Wirklichkeit Kunst ist? Karl grinste. »Tut mir leid, Frau Nieder, aber das kann ich nicht.«

Wir wurden alle unruhig und kicherten vor uns hin, aber Frau Nieder wurde sehr ernst und blickte uns nacheinander alle an. »Diese Tintenschlacht von heute Morgen ist eure einzige Chance, Leute«, stellte sie fest. »Wenn ihr auch nur ein bisschen Grips habt, dann nutzt ihr sie. Also, warum kann das Kunst genannt werden?«

Mann, habe ich nachgedacht! Dass es mir nicht aus den Ohren geraucht hat, war alles. Mir fiel trotzdem nur ein, warum die Tintenschlacht eine Sauerei genannt werden kann oder ein Grund für ein Gespräch mit der Direktorin.

Aber Nina fiel was ein: »Jeder von uns macht das Gleiche, aber es sieht trotzdem immer anders aus«, sagte sie. »Und wenn man alle Blätter nebeneinanderlegt, sind die Blätter gleichzeitig verschieden und ähnlich. Das wär' auch so, wenn man viele Rosen nebeneinander sehen würde. Oder viele verschiedene Löwen.«

Frau Nieder sah so stolz aus, als hätte sie das Gehirn von Nina selbst gebastelt.

Leon flüsterte mir zu: »Hast du verstanden, was jetzt Löwen mit der Tintenschlacht zu tun haben?« Ich schüttelte den Kopf.

»Wem fällt noch was ein?«, fragte Frau Nieder.

»Vielleicht, dass aus Mist Gold werden kann«, rief Steven dazwischen und kam sich bestimmt mächtig schlau vor. Joe und Pepe gackerten auch gleich los, aber Frau Nieder starrte Steven nur konzentriert an und meinte: »Ja, aber erklär das mal genauer.« Nachdem Steven eine Weile herumgestottert hatte, sagte sie: »Okay, zurück zum Mist und zum Gold. Wo wird denn noch aus Mist Gold?«

»Beim Bauern?«, versuchte es Felix und Frau Nieder nickte. »Genau«, antwortete sie. »Und damit haben wir jetzt ein paar prima Erklärungen dafür, dass wir diese Bilder am Schaukastentag ausstellen können.«

Wir waren alle ziemlich sprachlos und, ganz ehrlich, verstanden hatte das eigentlich keiner von uns so richtig.

MONTAG

Heute war Schaukastentag und es war ein ganz schöner Tumult am Schaukasten. Ich glaube, besonders empört waren die Lehrerinnen. Die haben sich echt übel ausgedrückt, die haben Dinge gesagt, dafür hätten wir übelst Ärger bekommen.

Die aus den anderen Klassen haben sich alle weggeschmissen. Aber weil wir uns total gut vorbereitet hatten, konnten wir allen eins a erklären, warum das Kunst war. Verrückt, dass so 'ne tolle Kunst überhaupt noch nie im Schaukasten ausgestellt worden war! Und davon waren am Ende alle ziemlich beeindruckt.

Ich auch, so viel kann ich sagen. Ich war auch mächtig beeindruckt.

DONNERSTAG

Meine Mutter hat seit vorgestern Stress gemacht, weil mein Zimmer nicht aufgeräumt war. Hey, wohnt *sie* in meinem Zimmer oder ich? Schläft *sie* dort oder wer?

»Machst du in deinem Zimmer Hausaufgaben?«, fragte sie zurück. »Du machst überall Hausaufgaben, nur nicht in deinem Zimmer.«

»Heute habe ich meine Hausaufgaben nicht woanders gemacht«, sagte ich. Aber sie hat mich nur lang angesehen, in ihren Augen las ich: »Heute hast du einfach *gar keine* Hausaufgaben gemacht.«

Und damit hatte sie recht. Woher weiß sie so was immer?

»Der Schreibtisch muss frei sein, der Boden muss frei sein«, befahl sie wie die böse Königin in so ziemlich jeder garstigen Geschichte.

Das war einfach: Ich fegte sämtliches Zeug von meinem Schreibtisch auf mein Bett und deckte alles mit der Decke zu, sah echt prima aus. Leider passte der Kram vom Boden nicht auch noch unter die Bettdecke. Das war aber nicht weiter schlimm – ich hatte noch jede Menge Platz in meiner Kommode. Kurz habe ich mich gefragt, warum dort eigentlich so viel Platz ist, denn eigentlich sind da meine Klamotten drin, aber egal, der Boden war danach immerhin frei.

»Ich geh Fußball spielen!«, rief ich und war schon fast

zur Tür raus, als mich meine Mutter am Kragen zurückzog: »Vorher gucken wir uns uns dein Zimmer an!«

Wir standen in der Tür und ich war richtig stolz auf mich. Sah alles picobello aus.

»Lebt in deinem Bett ein Wal?«, fragte meine Mutter.

»Nö!«, antwortete ich. »Dann hast du sicher nichts dagegen, wenn ich mich mal aufs Bett setze.«

Verdammt!

»Der Wal muss hier raus und zwar sofort.« Und dann zog sie auch noch die Kommodenschubladen auf, eine nach der anderen. Danach war der Boden wieder voll. Meine Protestschreie ignorierte sie einfach.

Weil meine Matratze nur auf einem Lattenrost liegt, passte nicht viel darunter, aber ich konnte immerhin den Kram von meinem Tisch dort verstauen. Dann breitete ich eine bodenlange Decke über meinen Schreibtisch, das sah richtig hübsch aus, und jetzt passte der ganze Kram aus der Kommode darunter und niemand konnte ihn sehen.

Meine Mutter irgendwie schon. »Willst du mich verarschen?«, fragte sie, als wir diesmal in der Tür standen. Wenn sie sich so unfein ausdrückt, ist das immer ein schlechtes Zeichen.

»Es sieht toll aus!«, versuchte ich. »Man sieht nichts mehr!«

»Was wirst du beim nächsten Mal anbieten?«, schnauzte mich meine Mutter an. »Willst du dein Zimmer abdunkeln, dann sieht man auch nichts mehr?«

Diese Idee, fand ich, war noch viel besser als der Wal in meinem Bett oder die Tischdecke!

Meine Mutter nahm sich ein Buch und setzte sich damit mit dem Rücken an meine Tür. Von innen, damit sie mir besser Befehle erteilen konnte. »Alle Bücher ins Regal!« zum Beispiel.

Und »Schöner!« war der Befehl danach.

»Alle Klamotten auf einen Haufen!«, kommandierte sie.

Das klang erst mal supereinfach, aber »Nach sauber und schmutzig sortieren!« war schon schwieriger, weil meine Mutter nicht akzeptierte, dass alles schmutzig war.

»Hast du nur aus dem Schrank gerissen und nicht wieder reingelegt«, behauptete sie und ließ mich an allem schnüffeln. Igitt!

Als ich sie fragte, ob ich wenigstens alle Unterhosen unbeschnüffelt in die Wäsche werfen dürfe, war ich den Tränen nah. Auch wenn ich es nicht zu hoffen gewagt hätte – das ließ sie sogar durchgehen.

Der Befehl »Stifte sortieren!« hatte gleich mehrere Stufen, ich sollte sie sortieren, dann »Buntstifte anspitzen«, »Filzstifte ausprobieren, die kaputten wegwerfen« und »einordnen«, zuletzt hieß es: »Wenn du's noch mal so schlampig machst, dass ich mein Buch weglegen muss, kannst du gleich noch in der ganzen Wohnung die Böden wischen.« Ich fand zwar, dass es da echt keinen Zusammenhang gab, aber ich fühlte, dass es ein schlechter Zeitpunkt für Diskussionen war.

Zuletzt standen wir wieder in der Tür und es sah wieder gut aus – hatte es mit dem Zeug unter der Bettdecke oder unter dem Tisch aber auch schon getan. Ich persönlich fand den Aufwand echt übertrieben.

MONTAG

Leon ist ein Idiot, Leon ist ein Idiot, Leon ist ein Idiot! Ich kann das ganze Buch mit diesem Satz vollschreiben, dann trifft das ungefähr meine Meinung! Er hat heute Morgen gefragt: »Weißt du, was Ted gesagt hat?«

Ted ist sein Cousin und fünf Jahre älter als wir. Er kennt die besten Anmachsprüche und weil er in der Schulband E-Gitarre spielt, sind alle Mädchen hinter ihm her.

»Ted hat gemeint, Frauen, die tun nur immer so friedlich, die finden harte Typen total scharf!«

»Was meint er mit ›harten Typen‹?«, fragte ich und Leon meinte, total viele Frauen gehen zu Boxkämpfen, weil die das klasse finden. Die wollen, dass sich Männer prügeln, also, weil sie eine Frau verteidigen oder so.

»Boxer verteidigen keine Frauen«, wandte ich ein, aber Leon behauptete »Trotzdem!«, und irgendwie dachte ich, ich hätte ihn verstanden.

Jedenfalls dachte ich mir: Seit dem grässlichen Abend in der Disco überlege ich, wie ich das wiedergutmachen kann. Heute ist ein guter Tag, um mich für Sarah zu prügeln. Wenn ich das jetzt so geschrieben sehe, denke ich selbst, dass das bescheuert ist. Aber heute Morgen dachte ich darüber noch anders.

Nico und Ludo sind nicht ganz richtig im Kopf. Also nicht auf medizinische Weise, Erwachsene finden das vermutlich nicht, aber Erwachsene sind manchmal echt beschissene Beobachter. Wer Nico und Ludo auch nur ein kleines bisschen beobachtet, merkt sofort, dass die nicht richtig ticken.

Nico und Ludo sitzen nebeneinander in der ersten Reihe, in der Reihe für Streber und Spinner. Beide trainieren mit Gewichten, und zwar nachmittags und in der Pause. Die tragen Hanteln in ihrem Schulrucksack mit sich rum, kein Witz! Die machen überhaupt nichts anderes, keine Ahnung, wie die immer versetzt werden, irgendwie reicht's immer knapp.

Nico hat heute seine Hantel gerade in dem Moment in seinen Rucksack zurückgewuchtet, als Sarah vorbeiging. Er hat sie dabei, na ja, nicht richtig angerempelt, aber fast. Es hätte nicht viel gefehlt und ihre Jacken hätten sich berührt.

Ich ging gleich in die Vollen, sprang hoch, baute mich vor Nico auf und rief: »Hast du grad Sarah angerempelt, Spacko?«

Nico blickte von seinem Schulrucksack auf, so ganz langsam wie in einem Film, in dem gleich jemand mächtig was auf die Zwölf kriegt. Das war in diesem Fall natürlich ich.

Nico erhob sich ganz langsam und dann haute er mir überraschend schnell einen Haken in den Magen. Das tat grässlich weh und ich dachte, ich müsste ihm in seinen Schulrucksack kotzen, auf die Hanteln drauf, das wär' doch irgendwie passend, aber da flog Nico aus der Bahn, weil sich Karl auf ihn gestürzt hatte. Das ging so schnell, als hätte Karl schon wochenlang darauf gewartet, genau das zu tun.

Es wurde jetzt wahnsinnig laut.

Als sich Ludo auf Karl stürzte, der auf Nico lag, glaube ich, haben alle Mädchen gleichzeitig angefangen zu kreischen. Mir war jetzt nicht mehr so schlimm schlecht, also warf ich mich oben auf Ludo drauf und versuchte, den Muskelmann von Karl runterzuziehen. So etwa muss man sich fühlen, wenn man Bullenreiten macht, ich konnte nicht viel mehr tun, als nicht runterzufallen, während Ludo mich abzuwerfen versuchte.

Neben mir tauchte Steven auf, der die Gelegenheit nutzte, Karl eine reinzuhauen, Leon sah ich kurz vorbeifliegen, dann hatte mich Ludo abgeschüttelt und dann passierte alles ganz schnell:

Ich sah seine Faust, dann schmeckte ich Blut, dann hörte ich ein schlimmes Röhren, irgendein wild gewordenes Tier, dazu zwei Hände, die Ludo und mich am Kragen packten: die Zeitbombe, ausgerechnet! Die Prügelei war vorbei.

Mir fehlt jetzt ein Vorderzahn, aber dafür habe ich einen Tadel, prima Tausch. Sarah hat mich nach der Schule angesehen, als wäre ich ein tollwütiges Monster und als ich Leon sah, wäre ich auch fast dazu geworden.

»Grüß deinen beschissenen Cousin«, habe ich ihm zugerufen und bin nach Hause gehumpelt. Die Zeitbombe hatte nämlich gemeint, wer sich prügeln kann, kann auch danach weiter am Unterricht teilnehmen, deswegen konnte ich erst zwei Stunden nach der Prügelei zur Zahnärztin.

Mal sehen, wie die Sache ausgeht – ich hatte meinen Zahn dabei, um mich immer daran zu erinnern, was für ein Idiot ich bin, und damit sie ihn wieder reinbastelt. Ich sah einfach nur scheiße aus ohne den Zahn. Die Zahnärztin hat ihn dann aber nur weggeworfen und mir einen neuen aus so Knete gemacht, die nach und nach hart wird. Ich finde, der neue Zahn sieht komisch aus. Die Zahnärztin war völlig begeistert, aber sie konnte ja auch schlecht sagen: »Normalerweise krieg ich das besser hin!«

Bei Sarah bin ich jetzt doppelt unten durch, Zahn hin, Zahn her. Danke, Leon! Danke, Ted!

MITTWOCH

Ich dachte, ich wär' gestraft mit meinem Bruder, aber heute war ich bei Marco und seitdem weiß ich, was Gestraftsein wirklich bedeutet.

Marco hat zwei kleinere Brüder und wer denkt, dass kleinere Brüder was für Anfänger sind, der kennt Marcos Brüder nicht. Die sind direkt aus der Hölle gekrochen und die Hölle will sie jetzt nicht mehr zurückhaben.

Ich sollte ihm bloß ein paar Arbeitsblätter bringen, weil Marco schon zwei Tage fehlte und eine Menge verpasst hatte. Kranksein ist echt immer eine doppelte Strafe: Man fühlt sich beschissen, hat aber dafür nicht mal richtig frei, sondern muss zwischen Fieber und Klo oder was auch immer die Arbeitsblätter des Tages machen. Mies!

Ich brachte ihm jedenfalls die Dinger und als seine Mutter die Haustür öffnete, kamen zwei tödliche Kugelblitze über den Flur und zur Tür rausgeschossen und bissen mich in die Beine, einer rechts, einer links. Glücklicherweise hatte ich eine Jeans an, sodass es nur übelst wehtat, mir aber wenigstens danach nicht das Blut die Beine runtertropfte.

Marcos Mutter reagierte irgendwie gar nicht wie ein normaler Mensch! Selbst meine Mutter, die ja schon manchmal ganz schön komisch ist, hätte die beiden am Kragen von mir weggerissen und über dem Boden baumeln lassen wie Kaninchen vor dem Schlachter. Und wenn sie einen

MARCOS BRÜDER
SIND DIREKT AUS DER HÖLLE GEKROCHEN
UND DIE HÖLLE WILL SIE JETZT
NICHT MEHR ZURÜCKHABEN.

guten Tag gehabt hätte, wären sie am Leben geblieben, ausnahmsweise.

Marcos Mutter tat aber, als wäre gar nichts. Ich brüllte auf, sie blätterte die Arbeitsbögen durch und meinte dann: »Danke, die kann Marco machen, während er im Bett liegt.«

Dann lächelte sie mich kurz an, trat einen Schritt zurück und ich wollte schon lautstark protestieren, weil sie mich mit diesen beiden tödlichen Kobolden im Treppenhaus lassen wollte, aber da verschwanden die so schnell in der Wohnung, wie sie gekommen waren. Und hätte ich die Treppe nicht so abartig runterhumpeln müssen, ich hätte alles für einen teuflischen Traum gehalten.

MONTAG

Leon sagt, er will kein Fleisch mehr essen. Leon guckt sich immer so Wissenssendungen im Fernsehen an und ich weiß mal wieder ganz genau, warum ich das nicht mache. Er hat erzählt, was die mit den Tieren machen, bevor die zu Steak und Würstchen werden, und ich fand es schon widerlich, das erzählt zu bekommen! Wie kann man sich so was auch noch *ansehen*?

Leon hat erklärt, er kann das nicht verantworten, bei so was mitzumachen, bei so was Schrecklichem.

»Wieso mitmachen?«, habe ich gefragt. »Wolltest du Metzger werden?« Klar, ich stand auf der Leitung, jetzt ist mir das *auch* klar, aber er hat das wirklich blöd ausgedrückt: »Mitmachen«!

»Mann, Paul«, hat Leon gesagt und mich angesehen, als

frage er sich, ob er es verantworten kann, so einen trotteligen Freund zu haben. »Wenn ich das Fleisch esse, bin ich auch verantwortlich für die Tierquälerei.«

»Aber ich esse doch kein ganzes Schwein«, antwortete ich. »Und wenn ich diese eine Scheibe aus dem Bein oder dem Bauch ...« – »Dem Hintern«, quasselte Leon dazwischen – »... meinetwegen auch dem Hintern. Wenn ich die also nicht esse«, meinte ich zu ihm, »dann wird das Schwein doch trotzdem geschlachtet. Dann bleibt höchstens die Fleischscheibe übrig, die ich sonst gegessen hätte.« – Ich bin manchmal echt der Spitzenargumentierer!

»Wenn es mal ganz viele Vegetarier gibt, müssen weniger Schweine dran glauben«, stellte Leon fest und sah aus, als hätte er die Nase voll von diesem Gespräch. Genauso wie ich. Je länger wir über Fleisch redeten, desto lieber wollte ich welches essen. Fleisch! Wurst! Und am besten ganz viel davon!

DIENSTAG

Was mir auf die Nerven geht: Spacken, die ständig darüber reden, mit welchen Mädchen die schon zusammen waren und wie viele Exe sie haben und dass sämtliche Exe angeblich nichts Besseres zu tun hätten, als miteinander über die Spacken zu reden.

Ich habe mir heute den ganzen Nachmittag mit Leon über zwei Dinge den Kopf zerbrochen: Erstens, was machen die Spacken mit den Exen, bevor sie Exe werden, und zweitens, worüber bitte schön sollen die miteinander reden?

Die »Spacken«, das sind Steven und Alex und Pepe und Tim und ich hasse sie alle.

Klar, man könnte jetzt sagen, der Typ ist doch nur neidisch, aber das ist wirklich nicht wahr. Also, das ist schon deswegen nicht wahr, weil ich gar nicht richtig weiß, worauf ich dann neidisch sein müsste!

Leon sagt, Steven war schon mal mit Nina zusammen, weil er sie in der Disco gefragt hat, ob sie mit ihm gehen will. Leon stand zufällig daneben und kriegte natürlich Ohren wie Satellitenschüsseln.

Nina ist nicht so die große Rednerin, deswegen musste Leon hinsehen, sonst hätte er den ganzen dramatischen Vorgang in all seinen wichtigen Einzelheiten einfach verpasst. Nina hat nämlich bloß mit den Schultern gezuckt, ich wäre an Stevens Stelle vor Scham im Boden versunken! »Willst du mit mir gehen?«

Mit den Schultern zucke ich, wenn ich nicht weiß, ob ich lieber Apfel- oder Orangensaft trinken will, ob ich ein Zitronen- oder ein Kirscheis will! Nach so 'nem Schulterzucken muss man die blöde Kuh doch anschnauzen: »Du hast deine Chance gehabt, vergiss es!« Oder wenigstens eine Runde heulen! Aber nein, Steven wartet, bis Nina mit dem Schulterzucken fertig ist und »Jaaa?« sagt.

Haha! So hat sie geklungen, sagt Leon! »Jaaa?« Haha! Was soll das denn heißen? Dass sie grad nix Besseres zu tun hat? Oder dass sie »Ach nee, doch nicht« sagt, wenn man nur lang genug stehen bleibt? Steven hat »Okay« geantwortet und ist gegangen! Wie dämlich, wie unsagbar dämlich ist das denn?!

Eine Woche später ist dann Kiki, Ninas beste Freundin, zu Steven gegangen und hat ihm mitgeteilt, dass Nina nicht mehr mit ihm gehen will. Und jetzt ist Nina die Ex von Steven! Das ist doch total bescheuert! Und jetzt soll ich neidisch auf ihn sein, nur weil er so dämlich ist? Weil ich nie, niemals!, so was machen würde, ein Mädchen, das die Schultern zuckt, so lang belagern, bis sie sagt: »Na gut, wenn du mich dann nicht weiter nervst, dann nicke ich halt«, nur weil ich mehr Würde hab als Steven, hab ich noch keine Ex?

Leon findet, ich bin bescheuert, weil ich finde, dass ich eine Ex viel mehr verdient hab als Steven und vor allem als Tim, der immer einen fahren lässt, wenn er laut lacht, vor allem Tim, der hat doch keine Ex verdient! Das ist doch eklig!

Ich finde nicht, dass ich bescheuert bin. Ich habe nur einen ausgeprägten Sinn für Gerechtigkeit. Wenn Tim schon eine Ex hat und Steven so viele Exe, dass die miteinander über ihn reden können, dann müsste ich doch so viele Exe haben, dass es leichter ist, die Mädchen aufzuzählen, mit denen ich noch *nicht* zusammen war!

Leon hat an der Stelle meiner Argumentation gesagt, wenn ich jetzt nicht mit dem dummen Gequatsche aufhöre, dann geht er, also hab ich aufgehört, weil ich noch mit ihm besprechen wollte, was er denkt, was Exen so über einen reden. Weil ich noch nicht mal eine einzige Ex habe und weil ich ja immer noch in Sarah verknallt bin und deswegen eigentlich niemals eine Ex haben möchte, sondern nur eine Freundin für immer, ist das vielleicht eine unwichtige Sache, aber ich will es trotzdem wissen.

Leon hat gesagt, die reden vielleicht darüber, wie gut man aussieht. Weil die ja mit einem nicht zusammen wären, wenn man nicht gut aussehen würde.

Mich hat es wahnsinnig beruhigt, dass ich den neuen Zahn aus Zahnarztknete habe.

Wir haben eine Weile geschwiegen und über Steven nachgedacht und noch mehr über Felix und dann ist Leon eingefallen, dass die bestimmt auch darüber reden, wie gut man küsst, und dann haben wir an Steven gedacht und ein bisschen gewürgt und dann an Tim und noch viel mehr gewürgt.

Leon hat mal wieder über Schwänze reden wollen und über die Frage, ob Mädchen darüber wohl Mutmaßungen anstellen. Ich hab das Gesicht verzogen und den Kopf geschüttelt, das kann ich mir echt nicht vorstellen und das will ich mir auch nicht vorstellen! Letztes Mal hab ich mich geärgert, als ich die Chance auf ein Schwanzgespräch mit Leon versemmelt hab, aber heute war echt die falsche Gelegenheit.

Ich habe zur Ablenkung die Theorie entwickelt, dass Exe eigentlich nur darüber reden können, warum sie sich getrennt haben. Das heißt, sie reden vermutlich über Ohrenschmalz oder über schiefe Zähne oder über Fürze und dann lachen sie hysterisch.

Daraufhin hat Leon auch hysterisch gelacht und ich auch und viel mehr ist uns zu dem Thema auch nicht eingefallen. Ich hoffe, dass ich beim nächsten Mal, wenn Steven über seine Exe rumtrompetet und darüber, was die untereinander so reden, an Ohrenschmalz denken muss, dann fühl ich mich bestimmt gleich besser.

MONTAG

Julian hat voll die krasse Wunde! Die zieht sich von seinem Ellenbogen so im Bogen über seinen Unterarm und dann bis über die Hand und endet an seiner Zeigefingerspitze! Ein richtig blutiges Ding, er hat in der Pause ein Stück von dem Verband abgewickelt, so ein großes Pflaster würde es ja gar nicht geben.

Und was ihm da passiert ist! Er war gestern am Abend noch unterwegs, von seiner Oma nach Hause, da ist er an der U-Bahn-Station in eine Schlägerei reingeraten. Also er ist nicht angegriffen worden oder so, er ist da einfach vorbeigegangen, als die sich geschlagen haben, und dann hat einer sein Messer gezogen und plötzlich wurde alles unübersichtlich, die Gruppe wogte so auf Julian zu und plötzlich war er ganz nah dran an dem einen mit dem Messer und als der dann ausgeholt hat, um den anderen abzustechen, da hat er Julian voll erwischt. Und als der dann schrie, weil er natürlich blutete wie ein Schwein, da sind die alle weggerannt. Und Julian konnte gerade noch mit einer Hand sein Handy aus der Tasche fingern und seine Mutter anrufen. Hey, der hat nicht mal einen Krankenwagen gerufen!

Seine Mutter hat ihn dann ins Krankenhaus gefahren und da ist er dann versorgt worden. Die Polizei war natürlich auch da, wegen der Schlägerei, aber der hat Julian nichts erzählt. Er hat nur behauptet, das mit dem Messer und dem Blut wär' so 'n Schock gewesen, dass er ganz vergessen hat, wie die alle aussahen.

Uns hat er aber gestanden, dass er sich natürlich an die Typen erinnert, aber wenn er das der Polizei sagt, dann kommen die mit ihren Messern zu ihm.

Verdammte Axt, dass es schon wieder Julian erwischt hat!

FREITAG

Leon und Janusz und ich wollen heute in der Schule übernachten. Ich weiß noch nicht, ob das klappt, aber wenn, dann wird das der Wahnsinn! Das hat noch nie jemand gemacht!

Ich hab mir heute nach dem Unterricht den Schlüssel von Frau Kerner geborgt. Weil ich was im Klassenraum vergessen hab, hab ich behauptet, als ich vor dem Lehrerzimmer stand. Und weil unser Klassenraum ziemlich weit weg vom Lehrerzimmer ist, hatte ich drauf spekuliert, dass sie mir bestimmt lieber den Schlüssel geben als selber mitkommen würde. So war's dann auch.

Ich bin also in unsere Klasse rein. Die Putzfrau fängt immer gleich nach der letzten Stunde am Freitag in unserer Klasse an, weil wir die letzte auf dem Gang sind, und sie war tatsächlich schon durch, als ich mit dem Schlüssel kam. Also konnte ich die Klasse aufschließen, eins der Fenster anlehnen und dann gehen, ohne die Tür wieder abzuschließen.

Jetzt warte ich, bis meine Eltern glauben, dass ich schlafe. Janusz, Leon und ich, wir treffen uns nachher auf dem Spielplatz. Ich bin ja nicht so der Freund von Dunkelheit. Ich hoffe, Janusz und Leon kommen vor mir an, dass ich da nicht allein im Dunkeln rumhocken muss.

SAMSTAG

Das war die schlimmste Nacht meines Lebens.

Ich hätte schon wissen können, dass es schlecht laufen würde, als ich der Erste auf dem Spielplatz war. Dass ich es so hasse, allein im Dunkeln zu warten, liegt daran, dass ich so gute Ohren habe. Weil ich dann nämlich immer höre, wenn sich jemand anschleicht. Meine Ohren sind so gut, dass ich sogar höre, wenn sich ein Käfer unbemerkt an mir vorbeistehlen will, nur dass ich den Käfer für irgendwas halte, das auf jeden Fall monstermäßig viel größer ist.

So saß ich also im Dunkeln auf dem Spielplatz und zappelte die ganze Zeit rum, weil ich mich immer umgucken musste, ob sich nicht ein Wolf, ein Kindesentführer oder ein Mörder anschleicht. Ich habe schon meine Gründe, warum ich keine Horrorfilme gucke! Das hab ich gar nicht nötig, ich grusel mich schon von ganz allein!

Endlich kamen Leon und Janusz. Leon hatte prompt den Wecker vergessen. Wir wollten ja ganz früh aufstehen, damit unsere Eltern nicht die Polizei rufen, wenn sie uns am Morgen nicht in unseren Betten finden. Wir wollten in der Schule übernachten, aber nicht verschlafen! Dass ich nicht lache!

Janusz hatte aber zum Glück sein Handy dabei. Auf dem ganzen Weg zur Schule fummelte er an dem Ding herum, weil er die Weckfunktion noch nie vorher benutzt hatte und erst mal rausfinden musste, wie die überhaupt funktioniert.

Als wir hinter der Schule nach dem Fenster unserer Klasse suchten, fand er es heraus. Plötzlich gab es einen total widerlichen und megalauten Weckton, Leon und ich sind vor Schreck bestimmt einen halben Meter in die Luft gehopst, dann erst schaffte es Janusz, ihn auszuschalten. Wir knufften ihn ein paarmal zur Strafe und waren alle froh, dass unsere Schule am Wald liegt und wir mit dem Mistwecker nicht die ganze Umgebung geweckt hatten.

Das Fenster war noch offen. Wir kletterten also nacheinander in unseren Klassenraum.

Es ist echt eine Sache, am Tag in einem Zimmer zu sein, und eine ganz andere, nachts dort zu sein. Es war voll unheimlich, vor allem weil wir das Licht nicht anschalten durften, um niemanden auf uns aufmerksam zu machen. Vielleicht war ja doch jemand um die Schule herum unterwegs. Ich dachte natürlich im Grunde nur an Raubtiere, Entführer und Mörder, aber es reichte ja schon jemand mit einem Hund, der noch mal rausmusste. Der würde Licht in der Schule sehen und die Polizei rufen.

Also schalteten wir unsere Taschenlampen an und schlichen aus unserem Klassenraum.

In irgendeinem Fach könnte man bestimmt lernen, warum drei Taschenlampen irgendwie viel mehr Schatten verursachen als vertreiben. Die ganze Schule war voll mit zappelnden Schatten und ich musste mir die ganze Zeit einreden, dass niemand vor uns das Fenster gefunden hatte und uns nun auflauerte. Janusz und Leon giggelten die ganze Zeit vor sich hin, weil sie das alles so toll fanden, völlig aufgedreht waren die.

Wir streiften einmal durch die gesamte Schule, bevor Leon die lustige Idee hatte, unheimliche Geräusche zu machen. Er rief »Huhu!« und »Huuuiiii!«, eigentlich total lächerlich und kindisch, aber es war doch abartig unheimlich. Ich stieß ihm immer wieder meinen Ellenbogen in die Seite und zischte: »Hör auf! Sonst hört uns noch jemand!«, aber das stachelte ihn nur noch mehr an.

Und dann passierte es:

Wir hörten ein tiefes, grausiges Lachen.

Es war gar nicht besonders laut, aber wir hörten es durch das Gequietsche von Leon durch. Ich kreischte laut auf und dann rannten wir alle in unser Klassenzimmer zurück, als wären wir vom Teufel gejagt. Und das waren wir ja auch! Wir schmissen die Tür hinter uns zu und ich war schon halb durchs Fenster, als Janusz mich aufhielt: »Hey, Leute, sind wir bescheuert oder was?«

Wir drehten uns beide zu Janusz um. »Wir hauen ab, nur weil wir uns was einbilden?« Ich konnte es nicht fassen. »Hier *ist* was!«, zischte ich ihn an und schwang ein Bein übers Fensterbrett. »Du kannst gern damit allein hierbleiben.«

Aber Leon schloss sich ihm an: »Komm schon, Paul! Janusz hat recht! Wer soll denn hier lachen?« Und als Janusz noch hinzufügte: »Verlier doch nicht die Nerven!«, da gab ich nach, ich Holzkopf.

Ich kletterte wieder zurück und wir schlichen wieder aus unserem Klassenzimmer. Wir streiften eine Weile mit den Taschenlampen herum, dann rollten wir am Ende eines Ganges unsere Schlafsäcke aus und schlüpften hinein.

Ich konnte nicht fassen, dass Janusz und Leon kurz darauf leise vor sich hin schnarchten. Wie konnten sie hier einfach schlafen? Ich hörte natürlich wieder alles Mögliche und diesmal konnten es ja wohl kaum Käfer sein. Jemand schlich herum!

Ich rüttelte Leon wach. »Hier ist jemand!«, wisperte ich mit ganz hoher Stimme, weil ich so panisch war.

Wir horchten beide, hörten aber nichts.

»Nichts«, stellte Leon fest. »Nur ein Wasserhahn tropft.«

Die Waschräume waren zwar einmal die Ecke rum, aber irgendwo hab ich mal gehört, dass man viel besser hört, wenn man nichts sieht.

»Hat er vorhin nicht!«, raunte ich zurück. Leon schnaubte und kroch aus seinem Schlafsack. »Ich dreh ihn aus«, flüsterte er und stapfte los. In meinem nächsten Leben möchte ich auch so mutig sein wie Leon, aber das sag ich ihm nicht. Kurz darauf kam er zurück und keine Minute später hörte ich ihn schon wieder leise schnarchen.

Ich war hellwach.

Wir hätten das Fenster in unserem Klassenzimmer zumachen sollen. Es konnte ja jeder reinkommen! Jeder! Ich rüttelte diesmal Janusz wach. »Wir hätten das Fenster zumachen sollen!«, raunte ich ihm zu. »Dann geh doch«, murmelte er und drehte sich auf die andere Seite.

»Kommst du mit?«, fragte ich. »Ich hab keine Lust, allein zu gehen.«

Es war zu dunkel, um sein Gesicht zu sehen, aber er rappelte sich auf. Gemeinsam tapsten wir durchs dunkle Schulhaus, auch mit zwei Taschenlampen ist einfach alles, alles voller abscheulicher Schatten.

Das Fenster war schon geschlossen. Ich wäre fast in Tränen ausgebrochen vor Angst. »Wer hat das zugemacht?«, fragte ich und meine Stimme klang ganz fiepsig.

»Keine Ahnung«, stellte Janusz ungerührt fest, »Leon, nehm ich an.«

»Aber ich war als Letzter am Fenster«, fiepste ich, »oder …?«

Janusz zuckte mit den Schultern, das konnte ich in dem

wenigen Licht sehen, das der Mond von draußen reinwarf. »Na und?«

Dazu hätte ich jetzt viel sagen können, aber was sollte ich schon sagen? – Außerdem konnten wir Leon nicht allein hinten rumliegen lassen. Und wenn Janusz so entspannt war, war ich vielleicht wirklich nur hysterisch.

Wir wanderten mit unseren Taschenlampen Richtung Leon, bis wir kurz vor der Ecke, die zum Gang führte, in dem Leon schlief, ein komisches Geräusch hörten. Mir rutschte natürlich sofort das Herz in die Hose und Janusz schaltete seine Taschenlampe aus. Ich tat es ihm nach.

Langsam gingen wir weiter. Wir schlichen um die Ecke und dann sahen wir es: Zwischen uns und dem schlafenden Leon stand was. Ein riesengroßes Monster. Arme und Beine und riesig, obendrauf was, das nicht wie ein Kopf aussah, sondern wie eine schwarze Flamme.

Ich kreischte los und Janusz kreischte los und Leon wachte auf und kreischte auch los. Er krabbelte aus dem Schlafsack, als das Monster begann, auf Janusz und mich zuzuwanken. Dabei gab es richtig ranzige Laute von sich, tief und hohl, wie von ganz weit unten aus seinem Monsterkörper. So etwa: »Muuuuooooooaaa!«

Janusz und ich drehten uns um und rannten, so schnell wir konnten, in Richtung unseres Klassenraums. Dort rissen wir die Tür auf und dann das Fenster.

Wir drehten uns um, denn ohne Leon konnten wir schließlich nicht abhauen, aber Leon war möglicherweise längst von dem Monster gefressen worden.

War er aber nicht.

Er kam in diesem Augenblick durch die Tür geschossen und schrie: »Haut ab, haut ab, haut ab!«, und das taten wir dann auch. Wir warfen uns mehr aus dem Fenster, als dass wir rauskletterten, und dann nahmen wir die Beine in die Hand.

Wir hielten erst an, als wir an einer Kreuzung standen, die richtig hell beleuchtet war und an der auch noch Autos fuhren. Wir stützten uns keuchend mit den Händen auf den Oberschenkeln ab und Leon war der Erste, dem es einfiel: »Unsere Schlafsäcke sind noch in der Schule!«

Wir blickten uns an und es war klar – wir konnten nicht zurück. Auf keinen Fall. Janusz immerhin versuchte einen Vorstoß: »Hey, Leute, was soll das schon gewesen sein? Das ist immerhin unsere Schule!«

»Eben«, sagte Leon und wir kicherten alle ein bisschen angestrengt. Klar, in unserer Schule konnte beim besten Willen kein Monster wohnen. Dummerweise tat es das trotzdem. Millionen im Lotto gewinnen ist auch sauunwahrscheinlich und trotzdem gewinnt jede Woche jemand.

Uns blieb wohl oder übel nichts anderes übrig, als ohne unsere Schlafsäcke nach Hause zu gehen. Das würde mächtig Ärger geben, aber immerhin nicht mehr heute. Für heute hatten wir genug Ärger gehabt.

Ich hab dann mächtig lang geschlafen heute, allerdings total mies, weil hinter jeder Traumecke ein hässliches oder ein schleimiges oder ein hässliches, schleimiges Monster gelauert hat.

Meine Eltern haben mit den Augen gerollt, als ich endlich aus meinem Zimmer gekrochen kam. Wenn die wüssten! Nee, wenn die besser mal nicht wüssten!

MONTAG

Das ganze Wochenende über hat niemand von unseren Eltern die fehlenden Schlafsäcke bemerkt. Vermutlich gibt das erst bei der nächsten Reise Ärger, das dachten wir alle das Wochenende über.

Leider hat das Monster die Schlafsäcke mitgenommen, wohin auch immer. Wir waren extrafrüh in der Schule und hatten völlig bescheuert gedacht, das Monster hätte sie einfach in der Schule in der Ecke liegen gelassen. Oder in die Fundkiste gesteckt, haha!

Was erzählen wir unseren Eltern, wenn sie irgendwann fragen? Und was um alles in der Welt will das Monster mit drei Schlafsäcken? Was für ein Monster überhaupt? Werd ich jetzt verrückt? Bin ich es schon?

DIENSTAG

Julian hat sich die Nase gebrochen. Er kam heute mit so einer weißen Gipsnase in die Schule und Frau Kerner war ganz durcheinander und hat uns mehrmals eingeschärft, dass wir Julian nur noch wie ein rohes Ei behandeln dürfen, weil der jetzt so empfindlich ist mit seiner gebrochenen Nase. Und dass sie uns nicht irgendwann bei einer Prügelei erwischen will, an der Julian beteiligt ist, weil wir zu blöd sind, an seine Nase zu denken.

Oh Mann, an die Nase müssen wir nicht mal denken, die leuchtet so hell, auf die würden wir auch ganz ohne Gehirn Rücksicht nehmen!

Bei Julian nebenan sind neue Leute eingezogen, die hat-

WAS UM ALLES IN DER WELT
WILL DAS MONSTER
MIT DREI SCHLAFSÄCKEN?
WAS FÜR EIN MONSTER ÜBERHAUPT?
WERD ICH JETZT VERRÜCKT?

ten so sperrige Möbel, dass die nur über den Balkon in die Wohnung reingeschoben werden konnten. Die hatten also so ein Möbeltransportband vom Bürgersteig zum Balkon aufgebaut, auf dem die Möbelpacker dann alles mit Riemen festgezurrt haben.

Aber ein großer Tisch war nicht richtig festgezurrt und der fing an zu wackeln, als er von dem Transportband hochgefahren wurde, und als Julian gerade unter dem Band durchging, da rasselte der ganze Tisch runter. Der war schon fast auf dem Balkon gewesen, dritter Stock oder vierter, habe ich vergessen, und von ganz da oben ist er dann runtergeknallt. Oh Mann, wenn Julian da drunter gestanden hätte, wäre er tot gewesen! Aber weil er über sich Krach gehört hat, ist er ganz schnell zurückgewichen unter dem Transportband und deswegen hat ihn der Tisch verfehlt. Aber einer von diesen Riemen, mit denen der Tisch so schlecht befestigt war, ist so runtergepeitscht und hat Julian, zack, die Nase gebrochen. Der kann froh sein, dass er ihm die Nase nicht abgerissen hat, der Riemen!

Julian passieren immer so dermaßen krasse Sachen, das ist unglaublich! Mir würde *eine* so 'ne Sache reichen! Die würde ich den Rest meines Lebens erzählen, abwechselnd mit meinem Sprung vom Zehnmeterbrett, und allen damit auf die Nerven gehen! »Zehnmeterbrettmann« würde einen neuen Film hochladen! Oder gleich mehrere! Aber Julian erzählt die Geschichten immer so ganz entspannt, das ist echt irre. Aber der muss ja auch nicht mit der immer gleichen Story angeben, dem passieren ja immer neue Sachen.

DONNERSTAG

Leon hat von seinem Cousin ein Zelt geerbt, weil der ein größeres bekommen hat. Und damit wollten wir zelten gehen, Leon und ich. Janusz hat das mitbekommen und will jetzt auch mitmachen. »Die Schulübernachtung war ja nix«, sagte er. »Dafür sollten wir alle drei zelten gehen.«

Er hat völlig recht, dumm ist nur, dass das Zelt nur ein Zweimannzelt ist. Wir haben das Zelt heute hinter unserem Haus aufgebaut und eigentlich passen wir da schon alle rein. Janusz sagt, das heißt nur deswegen Zweimannzelt, weil man normalerweise ja noch Gepäck dabeihat. Wir brauchen ja nichts mitzunehmen, also könnten wir auch zu dritt da drin schlafen.

Daraus folgt, dass wir nirgendwo zelten gehen können, wo man Gepäck braucht. Wir könnten bei uns hinterm Haus zelten, aber das ist mir echt zu blöd: Da brauchen meine Eltern nur oben aus dem Küchenfenster zu gucken und können runtergrölen: »Taschenlampe aus, Paul! Sonst schmeißen wir euch was aufs Dach!«

Wir haben also beschlossen, auf dem Spielplatz zu zelten. Gleich nächsten Samstag.

SAMSTAG

Janusz' Schwester ist mal wieder zu Besuch und die hat behauptet, dass Stürme vorhergesagt worden sind.

Stürme!

Das Wetter war klasse und wir würden uns von Janusz' Schwester sicher nicht für blöd verkaufen lassen. Meine

Mutter ist *die* Fachfrau für Wetter und die hatte grünes Licht gegeben.

»Gut, dass ihr Schlafsäcke habt«, stellte Leons Mutter fest, »nachts wird es jetzt schon ziemlich kühl!«

Da fiel uns siedend heiß ein, dass unsere Schlafsäcke ja noch beim Schulmonster waren! Jaha, gut, dass wir Schlafsäcke hatten!

Trotzdem haben wir mit verzerrtem Grinsen auf dem Gesicht so sehr genickt, dass wir uns fast den Hals gebrochen haben. Schließlich hatten wir dann doch ordentlich Gepäck: jeder eine Isomatte und einen fetten Rucksack voller Klamotten. Die leeren Rucksäcke würden wir dann als Kopfkissen benutzen. Wir waren so schlaue Füchse!

Auf dem Spielplatz saßen wir mit unseren Rucksäcken und dem verpackten Zelt fast zwei Stunden auf einer der Bänke herum, bis die letzten Eltern mit ihren Kindern abgezogen waren. Zuletzt befürchteten wir schon, die würden auch alle auf dem Spielplatz übernachten wollen.

Ich weiß nicht, ob ich später mal Kinder haben will. Nach der Erfahrung letztens mit Rana und nach dem Nachmittag heute kommt mir das wie extrem anstrengende Arbeit vor. Und wenn man nicht aufpasst, werden so Monster draus wie Marcos Brüder und dann kann man sie nicht mal zurückgeben.

Irgendwann war auch das letzte Kind zu müde oder hungrig zum Bleiben und wir konnten beginnen, das Zelt aufzubauen.

Es ist ein tolles Zelt, keine Frage, aber es war echt schwierig, es im Sand aufzubauen. Und woanders wollte Leon nicht, weil er extra eine halbe Ewigkeit lang den Sand plattgeklopft hatte und meinte, wenn wir daneben auf dem

Trampelpfad oder so schlafen wollten, hätten wir morgen überall blaue Flecken.

Irgendwie ging es auch ohne diese Dinger, die man in die Erde steckt. Wir würden ja nachher drinliegen im Zelt, da brauchte man schließlich echt keine Befestigung im Boden, nur damit uns ein zufällig vorbeispazierender Riese nicht aufpflücken konnte!

Wir zogen uns vor dem Zelt die ganzen mitgebrachten Klamotten an und kamen dann blöderweise nicht mehr zum Zelteingang rein. Ich zum Beispiel hatte zwei Hosen übereinander an, da konnte ich meine Knie gar nicht mehr beugen. Und Leon war mit vier Pullovern übereinander »voll grobmotorisch«, so hätte Frau Nieder es genannt, wenn sie uns gesehen hätte. Er war außerdem zu breit für den Zelteingang, wir standen also ratlos vor dem leeren Zelt und sahen dabei zu, wie Janusz versuchte, irgendwie rückwärts auf dem Bauch robbend ins Zelt zu kommen, und schließlich feststeckte und herumkrakeelte, bis wir uns endlich die überzähligen Schichten wieder abgepellt hatten und ihn befreien konnten.

Wir fluchten viel, während wir uns im Zelt drin alle Klamotten wieder anzogen. Dann legten wir uns hin, um zu schlafen. Weil es noch ziemlich früh war, wir uns aber jetzt auch beim besten Willen nicht wieder halb ausziehen wollten, um aus dem Zelt zu krabbeln und noch eine Runde was anderes zu machen, erzählten wir uns Witze.

Dann musste Leon pinkeln.

Janusz machte sich einen Spaß daraus, immer mehr albernes Zeug zu reden, damit Leon lachen muss und in die Hose macht. Ich versuchte, trotz der vielen Klamottenschichten irgendwie auf Janusz einzuboxen, damit er damit aufhörte, schließlich versuchte ich, mich einfach auf ihn drauf zu rollen, um ihm die Luft abzudrücken.

Meine Bemühungen, die vermutlich an einen ächzenden Zombie erinnerten, ließen Leon mehr aufquietschen als der ganze Mist von Janusz: »Hör auf, Paul, sonst piss ich mir in die Hose!«, kreischte er auf, aber da hatte er endlich alle Pullover bis auf einen abgepellt und warf sich durch den Zelteingang nach draußen und außer Sichtweite.

So vertrieben wir uns also die Zeit, bis schließlich Janusz und Leon leise zu schnarchen begannen. Verdammt, die beiden hätten vermutlich auch eine mittelalterliche Belagerung verschlafen, mit Kanonen und Gebrüll und scheppernden Ritterrüstungen!

So laut war es nämlich ungefähr, als ich mitten in der Nacht wach wurde. Ich lag in irgendwas Nassem, was für 'ne Sauerei!, war das etwa Leon gewesen?, und draußen ging gerade die Welt unter. Dass dort keine riesenhaften Kanonen abgefeuert wurden, leitete ich mir nur her, weil es vielleicht zwar noch welche gab in irgend'nem Museum, aber sicher nicht bei uns auf dem Spielplatz. Es handelte sich also wohl eher um Donner! Zeug prasselte auf unser Zelt, das die ganze Zeit hin und her wogte wie ein Schiff im Sturm. Sturm! Es musste Sturm sein! Und gleich würde ein Blitz ins Zelt einschlagen und wir wären alle Grillfleisch!

Ich rüttelte an Janusz und Leon herum, während ich versuchte, lauter zu schreien als der Sturm da draußen. Beide wurden ums Verrecken nicht wach und ich hätte fast geheult vor Angst und hilfloser Wut – Angst vor dem Scheiß da draußen und Wut auf die beiden Kerle, die behaupteten, meine Freunde zu sein, und jetzt ihren eigenen Tod verschlafen wollten. Als ich ihnen schließlich Ohrfeigen verpasste – das passte auch zu meiner Laune! –, wurden sie endlich wach. Und dann waren sie auch sehr schnell *sehr* wach.

Das Nasse unter mir war offenbar kein Pipi, dafür war es längst viel zu viel.

»Wir ersaufen!«, brüllte Leon gegen den Sturm an.

»Wenn wir nicht vorher vom Blitz erschlagen werden«, brüllte ich zurück. »Wir müssen hier raus!«

Als wir alle drei versuchten, aus dem Zelt zu kommen, brach es über uns zusammen. Nun prasselte das ganze Naturzeug ungebremst auf uns runter, ich nehme an, so Eicheln und Kastanien und was sonst noch von Bäumen fallen kann und vom Sturm so runtergeschmissen wird, Eichhörnchen vielleicht auch. Wir brüllten jetzt alle drei mit dem Sturm um die Wette.

»Wo ist der Ausgang?«, schrie Janusz und da fiel uns ein, dass wir ja gar nicht aus dem Zelt rauspassten, so dick angezogen, wie wir waren.

Trockene Klamotten ausziehen ist ja einfach! Trockene Klamotten in einem aufgebauten Zelt. Wir aber hatten die höchste Schwierigkeitsstufe: nasse Klamotten, ein zusammengekrachtes Zelt, das sich längst hoffnungslos um uns herumgewickelt hatte, Angriff der Killerkastanien und mindestens zehn Menschen zu viel im Zelt.

Wir kreischten, was das Zeug hielt, bis Leon uns überbrüllte: »Auf der Seite da drüben muss das Spielhaus sein!«, schrie er. Ich hielt den Mund, während ich mich zu erinnern versuchte, und auch von Janusz war nichts mehr zu hören. »Wenn wir da hinrollen, können wir uns da drin unterstellen!«, brüllte Leon.

»Unterstellen«, das war wohl so ziemlich die unpassendste Wortwahl, aber vom Prinzip her war das eine gute Idee. Es war monstermäßig kompliziert, aber es hat sich mal wieder gezeigt, dass wir Asse sind: Mit Übereinanderkugeln und vielen Schmerzensschreien kamen wir schließlich an, zuerst rumpelten wir an die Rutsche, dann hatten wir das Zwergenhaus erreicht. Während draußen weiter die Eichen oder Kastanien oder die Sturmmonster arme Opfer suchten, lagen wir völlig erschöpft als Riesenzeltklumpen in dem Spielhaus und verschnauften.

Dann fingen wir an zu frieren. Mit viel Mühe gelang es uns endlich, nach und nach einige Kleidungsstücke auszuziehen. So kamen wir gefühlte Stunden später aus dem Zelt raus und hockten uns zitternd und bibbernd in den Spielhauseingang und sahen dem Sturm beim Toben zu. Er fand echt kein Ende, der Sturm, aber irgendwann verzogen sich Blitz und Donner, der Tornado wanderte weiter und dann regnete es nur noch.

»Rennen wir nach Hause?«, fragte Janusz mit klappernden Zähnen. Leon und ich nickten heftig. Klamotten und Zelt ließen wir zurück, das würden wir alles morgen holen. Oder im nächsten Leben.

Um es kurz zu machen: Die Sachen holte am nächsten Tag mein Bruder und brachte sie zu uns nach Hause, wo ich sie auseinandersortierte. Dann verteilte Richard sie an Leon und Janusz, die genauso krank im Bett lagen wie ich.

In der Hose, die ich zuunterst angehabt hatte, fand ich mein Handy mit einer Nachricht von Marco: »Sturm, Leute! Baut das Zelt ab und haut ab!« Ich hatte es im Zelt sogar vibrieren gespürt, aber es war einfach viel zu tief an mir vergraben gewesen.

Gut, dass Janusz' große Schwester nicht meine große Schwester ist. Die hat bestimmt ganz viele Sachen gesagt, die wir alle drei nicht hätten hören wollen, Janusz sich aber anhören musste, weil er nicht wegkonnte.

Mein Bruder meinte nur: »Noch so 'ne Aktion und ihr werdet zu den Trotteln des Jahres gewählt.« Und dabei kannte er nicht mal unsere Schlafsackaktion in der Schule!

Meine Eltern sagten gar nichts – vermutlich weil meine Mutter mit der Wettervorhersage so falsch gelegen hatte.

DONNERSTAG

Marco ist heute mit einem fetten Verband am Bein zur Schule gekommen. Er wollte nicht mit der Sprache raus, was passiert ist. In den Pausen durfte er drinbleiben und nach der Schule hat ihn seine Mutter abgeholt. Direkt von der Klasse! Selbst wenn ich gar kein Bein mehr hätte, würde ich lieber wegkriechen, als mich von meiner Mutter abholen zu lassen!

Als Karl an mir vorbeiging, nach der Schule, befahl er nur knapp: »Um vier bei Marco«, und mir blieb nichts anderes übrig, als zu nicken.

Punkt vier tauchte Karl bei Marco vorm Haus auf. Er hatte ein Mathebuch unterm Arm, der Schlaukopf. Ich nickte anerkennend und spielte kurz darauf mein Programm: »Guten Tag, Frau Tozzi«, rief ich in die Gegensprechanlage, »hier sind Karl und Paul aus Marcos Klasse. Dürfen wir ihn besuchen, bitte?«

Die Tür summte und wir waren drin. Karl konnte nicht aufhören zu grinsen, als wir die Treppe hochgingen. Vor der Tür raunte er »Super Vorstellung!« und ich fühlte mich weniger dämlich.

»Deine Freunde sind hier«, rief Marcos Mutter, als sie uns reingelassen hatte, und zeigte uns, welche Tür die zu Marcos Zimmer war. In der Wohnung roch es lecker nach Knoblauch und irgendwie auch nach Fleisch, ich kann so was nicht gut zuordnen. Lecker auf jeden Fall. Marcos Mutter war auf eine Weise dick, wie ich mir Gutes-Essen-dick vorstelle. Vielleicht war ich aber auch knoblauchvernebelt.

Aus einem Zimmer kam nun der erste Knirps geschossen und trat mir gegen's Schienbein. Ich schrie auf und war kurz versucht, ihn mit dem Fuß gegen die nächste Wand zu kicken wie einen tollwütigen Köter.

Während ich noch quiekte, kam der zweite Knirps aus dem Zimmer und rammte Karl den Kopf direkt in die Eier.

Ich war so starr vor Schreck, dass ich mein Schienbein glatt vergaß. Karl brüllte auf wie ein angeschossener Bär und der ganze Lärm aus Monstergeschrei und Brüllen wurde von Marcos Mutter flankiert, die herumgackerte und so tat, als wäre das ein lustiger Scherz der kleinen Racker und nicht ein heimtückischer Angriff zweier minderjähriger Bestien. Wer solche Brüder hat, dachte ich mal wieder, braucht keine Feinde.

Keine Ahnung, wie lang das Höllenspektakel im Flur dauerte, bis Marco endlich seine Tür öffnete. Vermutlich lag das nicht nur daran, dass er humpelte, sondern auch daran, dass er nichts anderes gewohnt war. Die kleinen Scheißer fallen wahrscheinlich morgens den Zeitungsjungen, mittags den Briefträger und abends die Nachbarn an, die von der Arbeit kommen. Und die Mutter zwitschert, dass die beiden doch nur spielen wollen.

»Hey«, sagte Marco, ich verstand das nur, weil ich Lippen lesen kann. Er trat von der Tür zurück und ich nahm das als Einladung. Ich zog Karl von dem Eierrammbock weg, auch wenn ich eigentlich lieber gewartet hätte, dass er sich weit genug erholt, um dem Kleinen den Hals umzudrehen. Marco schloss die Tür hinter uns und drehte den Schlüssel im Schloss rum. Kluger Junge!

»Mach mal Musik«, Karl legte sein Mathebuch auf den Tisch und Marco fummelte sein Smartphone an die Boxen. Während die Musik durchs Zimmer hämmerte und die Tür vibrierte, weil entweder jemand dagegen klopfte oder dagegen trat, erholten Karl und ich uns. Irgendwann kam ein ruhigeres Stück und Karl zeigte auf Marcos Bein: »Wie ist das passiert?« Marco zuckte die Schultern. »Ist doch egal«, meinte er.

Hatte ich schon erwähnt, dass ich in den unpassenden Momenten meinen Mund nicht halten kann? Ich sagte also: »Es ist voll peinlich, von seiner Mutter an der Klassentür abgeholt zu werden!«

Karl warf mir einen vernichtenden Blick zu, deswegen legte ich im Rausch des Schwachsinns noch einen nach: »Wenn man eh das Opfer ist, macht so was es bestimmt nicht besser!«

Ja, und dann gackerte ich kurz los. Zwar konnte ich das auch schnell wieder stoppen, aber es genügte, um mich total ins Aus zu schießen. Karl erklärte: »Paul hab ich nur mitgenommen, weil er an der Gegensprechanlage ganz gut Mütter vollsülzen kann.«

Zu meiner Ehrenrettung muss ich sagen, dass ich selbst da wieder gackern musste. Hey, ich kann über mich selbst lachen, ist das nichts? Marco grinste jedenfalls und das war ein Anfang.

»Du brauchst einen Plan«, sagte Karl. Das Wort »Opfer«

hat Karl nicht benutzt, obwohl er das natürlich gemeint hat. Der Unterschied zwischen ihm und mir ist bloß, dass ich ein Rindvieh bin und er nicht. Er hat Marco erklärt, dass er seine soziale Position in der Klasse verändern muss. Im Klartext hat er gesagt: »Voll auf die Fresse hilft immer.«

»Die sind aber mehr als ich«, wandte Marco ein und sah weinerlich aus, ich finde ja selbst, dass Marco voll das Opfer ist.

»Wenn du *einen* verdrischst, bleiben dir die anderen von der Pelle«, sagte Karl und man konnte sehen, dass er aus Erfahrung sprach.

»Und wenn dem was passiert?«, fragte Marco und ich musste schon wieder gackern.

»Wenn du nicht aufhörst, musst du zu den kleinen Scheißern auf den Flur«, fuhr mich Karl an. Danach fiel es mir ganz leicht, nicht mehr loszulachen.

»Wer angreift, muss mit den Konsequenzen leben«, sagte Karl und Marco nickte wie ein gelehriger Schüler. »Wir treffen uns morgen nach der Schule hinter der Turnhalle«, ordnete Karl an. »Dann zeig ich dir ein paar Tricks.«

»Ich hab ein schlimmes Bein«, sagte Marco. »Meine Mutter holt mich ab.«

Er guckte kurz zu mir rüber, aber ich muss nicht immer ein Idiot sein.

»Sag deiner Mutter, ich bring dich nach Hause.« Marco nickte. Den Rest des Nachmittags saßen wir in Marcos Zimmer und hörten CDs. Marcos Nachbar macht irgendwas mit Musik und schiebt ihm immer CDs rüber, die er nicht mehr braucht. Alter Schwede, hat Marco eine coole Musiksammlung! Kleine Wohnung, Monsterbrüder, peinliche Klamotten, aber echt, echt abgefahrene Musik!

FREITAG

Marcos Bein hat wieder zu bluten angefangen, aber er kann jetzt Schwitzkasten von hinten und den Gegner zu Boden reißen.

Danach hat Karl ihn hinten auf dem Fahrrad nach Hause gebracht. Die Jeans war total durchgeblutet, aber Marco benahm sich wie ein Irrer, er plapperte ohne Punkt und Komma und malte sich und uns allen aus, wen er alles am Montag fertigmachen würde. Als Erstes Steven. – Also war *der* das mit Marcos Bein.

Ich hab Marco am Abend angerufen, um zu fragen, was seine Mutter zu der Hose gesagt hat. Ich musste dafür aber gar nicht mit Marco sprechen, das hat mir seine Mutter schon selbst mitgeteilt, beziehungsweise: Das hat sie mir ins Ohr geschrien. Sie fand's, wenn ich sie richtig verstanden habe, nicht richtig supertoll.

Ich werd nicht so gern am Telefon angeschrien, aber ich dachte zwischendurch, wenn sich Marco von seiner Mutter 'ne Scheibe abschneiden könnte, dann müsste er für Typen wie Steven gar keinen Schwitzkasten üben.

MONTAG

Heute hat Leon Janusz' Nase blutig geschlagen. Meine Fresse! Angefangen hat es damit, dass Janusz mal wieder Würste dabeihatte.

Janusz hat ständig Würste dabei, weil seine Eltern im Restaurant arbeiten und irgendwie nie zum Einkaufen kommen. Und Janusz kommt nie zum Einkaufen, weil er immer andere Sachen zu tun hat, glaube ich. Jedenfalls bringen sie ihm dann für die Schule immer Sachen aus dem Restaurant mit, wenn sie abends nach Hause kommen. Und weil Janusz ja schlecht Schnitzel mit Pommes vom Vorabend (würg!) mitnehmen kann oder Rouladen mit Reis in glibberiger, kalter Soße (dreimal würg!), hat er meistens Würste dabei. Ich würde oft gern mit ihm tauschen, vor allem wenn meine Mutter wieder ihre Vollkornbrotphase hat.

Und heute fiel Janusz zum ersten Mal auf, dass sich an Leon etwas verändert hat. Dass Leon jetzt nur noch Salat auf seinen Broten hat. Und weil außer Leon keiner von uns freiwillig Salat essen würde, hat Janusz ihn eben gefragt, was mit ihm los ist.

»Ich esse keine Tiere mehr«, eröffnete uns Leon.

Oh Mann! Wenn er einfach gesagt hätte: »Ich bin jetzt Vegetarier«, oder meinetwegen auch »Ich esse kein Fleisch mehr«, Janusz hätte bestimmt nicht mit der Palaverei angefangen. So aber schon.

»Tiere, ja?«, fragte er. »Du meinst, so wie diese Wursttiere, ja?«, und er wedelte mit den Bockwürsten vor Leons Nase herum. »Oh, das arme Wursttier, gleich wird es gegessen!«, rief er. Er biss hinein und starrte Leon an. Dann starrte er die Wurst an. Dann fing er wieder an zu wedeln. »Schau mal, wie es zappelt!« Janusz' Stimme wurde immer lauter.

Und dann hat Leon ausgeholt und Janusz voll einen Schwinger auf die Nase gesetzt. Die Nase hat geblutet und es gab einen Mordsauflauf auf dem Schulhof, aber das Gespenstische war, dass Janusz die ganze Zeit weitergegeiert hat. Er saß auf dem Boden, hielt sich die blutende Nase mit einem Taschentuch und geierte und geierte.

DIENSTAG

Leon ist schlauer als ich, das weiß ich längst. Das würde ich ihm nie sagen, auch wenn er mein bester Freund ist, aber es ist die Wahrheit. Während ich abends von meiner Mutter mit Vokabeln oder wer weiß was gequält werde, hängt er über seinen Comics. Klar, das würde ich auch gern, aber vor allem hätte ich gern seine Ideen.

Er hat zum Beispiel mal in einem Scherzartikelladen Tinte besorgt, die nach kurzer Zeit durchsichtig wird. Dieses Zeug hat Leon während des Matheunterrichts vorn an seine Tischkante geschmiert. Und dann hat sich die Zeitbombe wie immer an den Tischen entlanggedrückt. Das tut sie immer, um uns so nah wie möglich zu sein und uns so viel Angst wie möglich zu machen. In ihrem früheren Leben war sie ein Drache und hat die Nacken ihrer Opfer immer mit ihrem Feueratem angekokelt.

Die Zeitbombe hat sich also an Leons Tisch entlanggedrückt und sich die ganze weiße Bluse mit blauer Tinte eingesaut.

Und dann gab es ein echt übles Donnerwetter, die Zeitbombe tobte und schrie und ich dachte an dieses Märchen von Rumpelstilzchen und dass sie sich gleich in Stücke reißen würde.

Aber als die Zeitbombe gerade richtig, richtig in Fahrt war, fuchtelten ein paar aus der Klasse plötzlich herum und als die Zeitbombe noch mal auf ihre Bluse guckte, war da nichts mehr zu sehen. Gar nix!

Es war wirklich toll, wie das die Zeitbombe von hundertachtzig auf null abgebremst hat! Sie musste sich den nächsten Wutschwall verkneifen, das hat ihr die Augen richtig aus den Höhlen getrieben, sie hat nach Luft geschnappt und ein paarmal »Also gut« wiederholt: »Also gut. Also gut. Also gut ...« Sie drehte sich um und stand bestimmt fünf Minuten stumm vor der Tafel.

Wir starrten ihren Rücken an, sie starrte die Tafel an und es war echt schwer, nicht in grölendes Gelächter auszubrechen.

Sie schrieb dann noch ein paar sonderbare Sachen an die Tafel, nuschelte, das sollten wir alles abschreiben, schließlich drehte sie sich schwungvoll um und erklärte: »So, das reicht für heute.«

Dann rauschte sie raus, eine Viertelstunde vorm Pausenklingeln. Als wir sicher waren, dass sie weit genug weg war, rasteten wir total aus vor Lachen.

Heute hatte sich Leon eine neue Sache ausgedacht: In der großen Pause suchte er alle Leute aus unserer Klasse und ließ uns probeweise schielen. Und dann gab er seine Anweisungen.

In der nächsten Stunde hatten wir Bio bei der Müller-Wüsten. Sie ist echt, echt ätzend. Timo aus der Parallelklasse sagt, Bio sei sein Lieblingsfach. Er hat bei der Steinert und darf ständig was mikroskopieren oder auseinanderschneiden und bald kriegen die sogar Sexualkunde. Toll!

Die Müller-Wüsten lässt uns bloß Zettel beschriften, Pflanzen und Tiere und Querschnitte durch Menschen, bei denen ich nur an der Lochung erkennen kann, wo oben und wo unten ist. Wir haben noch nie etwas angefasst oder auch nur gesehen, was mal gelebt hat. Das ist doch ungerecht!

Schließlich kam die Müller-Wüsten mit dem heutigen

Stapel Kopien rein und wir waren bereit. Als sie Leon, der in der ersten Reihe sitzt, den Kopienstapel gab, damit der ihn durchgeben konnte, schielten wir alle. Wir saßen alle brav auf unseren Plätzen, niemand quatschte oder zappelte, wir lächelten nur und schielten.

Nachdem sie Leon die Blätter gegeben hatte, guckte sie irritiert herum.

»Was ist hier los?«, fragte sie dann. Sie fragte Nina, die ist die Beste in Bio. Nina ist ziemlich schüchtern, deswegen ist sie wahrscheinlich auch so gut in der Schule – sie würde sich nie trauen, Mist zu machen oder zu quatschen, deswegen kriegt sie wohl automatisch alles vom Unterricht mit. Aber sie ist echt voll in Ordnung, sie würde nie jemanden verpfeifen oder so und jetzt war sie auch voll in Ordnung, denn sie schielte, während sie fragte: »Was meinen Sie, Frau Müller-Wüsten?« Ohne das Gesicht zu verziehen, verdammt cool!

Die Müller-Wüsten kam voll aus dem Konzept. Statt sie anzublaffen: »Die bescheuerte Schielerei, du kleine Ratte!«, so was hätte mich zum Beispiel sofort rausgebracht, fragte sie bloß: »Also, hat jetzt jeder eine Kopie?«

Wir lächelten, nickten und schielten.

Auf den Kopien sah man den Querschnitt durch einen Maulwurfsbau, mit Wohnhöhle in der Mitte und Gängen nach oben und unten. Ich wunderte mich, weil wir das schon in der ersten Klasse mal gemacht haben, da waren wir auch im Zoo und haben uns das in echt angeguckt. Da hatten wir noch nicht die Müller-Wüsten. Vielleicht hatte ich damals auch noch Grips.

»Was seht ihr auf dem Blatt?«, fragte sie und blickte unruhig zwischen uns hin und her. Ich sage eigentlich nie etwas in Bio, was aber daran liegt, dass ich einfach nie was weiß. Heute war meine große Stunde.

Ich meldete mich wild, damit mir keiner zuvorkam, und die Müller-Wüsten war, wenn ich das mit meinen schielenden Augen richtig erkannte, jetzt nicht nur beunruhigt über uns alle, sondern auch verblüfft über mich – und nahm mich dran.

»Maulwurfsbau«, rasselte ich runter, »Wohnhöhle in der Mitte, Gang nach oben und Gang nach unten.« Oh, kam ich mir schlau vor!

Die Müller-Wüsten sah mich lang an. Während sie mich anstarrte und ich schielend zurückstarrte, fragte sie: »Andere Vorschläge?« Keiner hatte einen anderen Vorschlag.

Dann sagte sie: »Das ist der Querschnitt durch den menschlichen Magen.« Und dann ging sie raus und schloss ganz leise die Tür hinter sich.

Sie kam nicht wieder.

Es dauerte eine ganze Weile, bis wir begriffen, dass sie auch nicht zurückkommen würde.

Es gab einen ziemlichen Tumult in der Klasse, einige sprangen auf, um Leon auf die Schulter zu klopfen, ein paar kamen auch zu mir und meinten, das wär' ja echt eine lustige Idee gewesen. Haha, fand ich auch: Ich bin nicht dämlich, ich bin nur lustig! Schön wär's!

Kurz vor Ende der Stunde – wir waren natürlich überaus brav im Klassenraum geblieben – kam dann die Direktorin rein. Alle flitzten auf ihre Plätze, mit ihr ist nicht zu spaßen. Und um Spaß ging es auch in ihrer kurzen Ansprache. Sie blickte uns alle streng an und meinte dann, sie hoffe, dass wir unseren Spaß gehabt hätten, aber wenn so was noch mal vorkomme, gebe es eine Woche Nachsitzen für alle, und zwar unter ihrer Aufsicht und sie sei sicher, das würden wir nicht wollen. Danach schwieg sie und starrte uns an und wir starrten zurück. Ich musste mich beherrschen, nicht zu schielen.

Dann lächelte sie und meinte, gerade sei ihr eingefallen, dass heute mal der Laubbläser vom Hausmeister geschont werden könne, weil nämlich wir das Laub zusammenfegen würden. Auf dem Schulhof und auf den Grünflächen und überhaupt überall, und zwar gleich nach der Schule.

Nach der sechsten Stunde streiften wir also mit allerhand Gartengeräten über den Schulhof, schlurften über den Rasen und krochen unter kahlen Büschen herum, aber ich bin sicher, das war es allen wert. Mir auf jeden Fall – und bei Leon hat sich auch keiner beschwert.

FREITAG

Die Müller-Wüsten ist eine schlechte Verliererin. Klar, ich hatte nicht gerade erwartet, dass sie am nächsten Tag rein kommen und rufen würde: »Cool, Leute, give me five!«, und uns abklatschen würde, aber dass sie mit einem Test ankommt, das fand ich echt billig.

Sie kam rein und guckte richtig wild. Ich denke mal, sie war darauf vorbereitet – Nachsitzdrohung hin oder her –, dass wir jetzt immer schielen würden.

Schade, dass wir nicht schielten, aber zweimal derselbe Witz ist einfach nicht witzig.

Es schielte keiner und die Müller-Wüsten knallte nach einem langen prüfenden Blick Blätter aufs Pult.

»Test!«, schnauzte sie uns an. Sie hatte einen Ton drauf,

als müsste sie sich mächtig zusammenreißen, nicht »Ätschibätsch!« hinterherzuschicken.

Die Arbeit war natürlich voll unfair. Man kann erraten, worum es ging, oder? Richtig, der Magen des Menschen! Der Maulwurfsbau mit Wohnhöhle. Klar, keiner wusste was darüber. Ich war nah dran, »Wohnhöhle, »Gang nach oben« und »Gang nach unten« zu beschriften, aber ich hatte Angst, dafür nicht nur ’ne Sechs, sondern ’ne Sieben oder Acht zu kriegen. Außerdem waren es natürlich nicht nur drei Leerstellen, ich hätte mir also noch eine Menge dazu ausdenken müssen: »Wohnhöhle«, »Pipiecke«, »Schlafecke«, »Leseecke«, »Stelle, wo der Regenschirm trocknen kann«.

Habe ich mir alles gespart. Stattdessen habe ich geschleimt, oh, wie habe ich geschleimt!

Ich habe nichts ausgefüllt, sondern in meiner schönsten Schrift druntergeschrieben: »Der Streich tut mir leid.«

Ja, ich schäme mich für diese Schleimerei und ich schäme mich immer noch und vermutlich werde ich die ganze Nacht wach liegen müssen, um irgendwann mal mit dem Schämen fertigzuwerden. Aber frag den Cowboy auf dem Pferd, dessen Hals in einer Schlinge steckt und die Schlinge ist oben um einen Ast gebunden: Frag ihn, ob er »Hüah!« brüllt oder lieber »Braves Pferdchen!« flüstert. Ich jedenfalls bin der, der flüstert und vielleicht doch versetzt wird.

So, jetzt muss ich aufhören zu schreiben, um mich ordentlich weiterschämen zu können.

MITTWOCH

Es ist eine Sache, Schwitzkasten zu können, und eine andere, ihn auch anzuwenden.

Karl war in der Pause mit Ludo und Nico am Basketballkorb. Ich hätte ja immer Angst, wenn ich einen Korb werfe, brechen mir Ludo oder Nico einfach nebenbei zur Strafe das Genick, aber Karl hängt irgendwie nicht so an seinem Leben. Leon und ich standen neben dem Fußballfeld und guckten Mädchen. Wir standen natürlich mit dem Rücken zum Fußballfeld. Wen interessiert schon Fußball, wenn neben dem Feld Mädchen ihre Pause verbringen? Wir redeten nicht viel, deshalb hörten wir auch sofort, als es hinter uns laut wurde. Wir drehten uns um und sahen hinter dem Fußballfeld den Menschenhaufen. Klarer Fall: eine Prügelei.

Karl war total erschüttert, als er zum ersten Mal mitgekriegt hat, dass man sich auf unserem Schulhof prügeln kann bis zum Nasenbluten. »Wo ist denn eure Pausenaufsicht?«, hat er fassungslos gefragt und Leon und mir ist aufgefallen, dass wir uns das noch nie gefragt hatten. Die war einfach nie da, das kennen wir nicht anders.

Karl meinte, wegen einer Prügelei konnte man von seiner alten Schule fliegen. Da hatte einen die Pausenaufsicht schneller zur Direktorin geschleift als man »Ich hab nicht angefangen!« schreien konnte.

Wir haben dann mal gezielt drauf geachtet, wo die Pausenaufsicht so ist, wenn es eine Prügelei gibt, und haben festgestellt, dass die sich immer versteckt, wenn's unangenehm wird: irgendwo hinter einer Ecke oder gleich drinnen vor der Schulbibliothek, einmal hat sie sich umgedreht und ist aufs Klo gegangen. Auch jetzt war wieder kein Erwachsener zu sehen.

Als Leon und ich hingejoggt waren, löste sich der Haufen schon wieder auf und zum Vorschein kamen Steven, der stand und gerade auf den Boden rotzte, und Marco, der auf dem Boden lag und sich den Bauch hielt. Steven ist ein Arschloch; der schlägt nicht ins Gesicht, weil dann Spuren bleiben. Der tritt in den Magen oder in die Eier, das tut stärker weh, lässt sich aber schlechter nachweisen.

MONTAG

Wenn man jemanden wirklich liebt, sollte man schon mal was riskieren. Aber vielleicht sollte sich das Risiko auch in Grenzen halten.

Ich habe jedenfalls vorgestern im Kiosk diese Herzen gesehen: rote Herzen aus Weingummi. Und davon hab ich ein paar gekauft.

Ich hab die erst mal einen Tag mit mir rumgetragen, weil mir nichts dazu einfiel. Klar, Sarah sollte die kriegen, aber wie sollte ich das bewerkstelligen? Sollte ich zu ihr gehen und ihr die Tüte mit den Herzen einfach in die Hand drücken? So als wäre ich stumm und dämlich noch dazu? Nee! Aber es gibt auch wirklich nichts Schlaues, was man dazu sagen könnte. Ich kann ja wohl kaum »Alle meine Herzen schenk ich dir!« oder so was Grässliches sagen!

Ich dachte dann, mir würde vielleicht was einfallen, wenn ich eins von den Herzen esse. Mir ist aber nix eingefallen. Gestern Abend war nur noch eins von den Herzen übrig. Und das habe ich dann heute Morgen in Deutsch in ein Papier gewickelt und »Sarah« draufgeschrieben. Und dann Leon neben mir gegeben, damit er es weitergibt. Leon hat es rüber zu Nina gegeben und die hat es weitergegeben und Pepe, der Idiot, hat es natürlich aufgemacht, hätte ich mir denken können! Der hat das Herz gesehen und angegrabbelt, dann nach hinten geguckt und gegrinst wie ein Idiot.

Dann hat er es wieder eingepackt und weitergereicht und ich hab mich total aufgeregt, weil das jetzt doch so aussehen musste, als hätte Pepe es für Sarah eingepackt. Jetzt waren ja sogar seine Fingerabdrücke drauf!

Die Kerner hat von alldem nix mitbekommen, bis das Herz bei Sarah ankam. Die hat es ausgepackt. Und dann hat sie geguckt. Und weil dann alle anderen auch geguckt haben, Kimberly hat zu Pepe geguckt und Pepe irgendwo nach hinten, Nina hat zu Leon geguckt und so weiter, da hat die Kerner gemerkt, dass irgendwas nicht stimmt. Und weil ich mit aller Kraft dachte »Guck mich an!«, guckte *sie* mich an. Als ob ich *sie* gemeint hätte!

»Paul«, sagte sie, »wie viele Präpositionen kannst du in diesem Satz hier finden?« Ich spielte kurz mit dem Gedanken, spontan in Tränen auszubrechen.

Natürlich fand ich keine einzige Präposition. Die Kerner hätte mich in diesem Moment foltern können, ich hätte trotzdem keine gefunden.

Ich bekam dann eine Sechs und einen Monsteranschiss, weil ich stumm auf die Tafel gestarrt hatte, als wär' ich vom Mond gefallen und hätte nicht die letzten drei Stunden Deutsch ausschließlich nutzlose Präpositionen durchgenommen. Als die Kerner damit fertig war, mich anzuschnauzen, schaute ich wieder zu Sarah rüber. Aber die hatte das Gummiherz einfach aufgegessen und blickte sich nicht mehr um.

Irgendwie könnte ich mich treten, dass ich nicht außen auf das Papier »Sarah« und innen meinen Namen draufgeschrieben habe. Aber irgendwie bin ich auch erleichtert: Das Schicksal hat seine Chance gehabt. Das Schicksal gackert wahrscheinlich gerade und gackert und gackert.

SAMSTAG

Es gibt Helden, die jeder kennt und jeder bewundert. Und dann gibt es noch die wahren Helden. Das sind die, die keiner kennt, weil sie so heldenhaft sind, dass sie es nicht nötig haben, das groß rauszuposaunen. Wie Karl und ich! Aber weil ich es wenigstens irgendjemandem sagen muss, weil ich sonst platze und doch allen davon erzähle und alles vermassele, schreibe ich es wenigstens hier auf. Karl und ich sind Helden!!! Aber von vorn:

Heute Nachmittag war ich mit Karl unterwegs. Ich hatte meiner Mutter Geld für Döner abgeschwatzt. Wir diskutierten gerade auf dem Rückweg Mädchenoberteile und ob es besser ist, wenn die eng sind oder eher so mitteleng. Ich finde ganz klar, dass mitteleng viel interessanter ist, weil man sich dann noch was vorstellen kann, aber Karl hat einfach keine Fantasie, der will es eng oder eng. Wir waren grad mächtig vertieft, als wir Geschrei hörten, Jungsgeschrei.

Wir liefen dem nach und blieben hinter einer Ecke stehen. Karl hatte die bessere Sicht und flüsterte mir zu, was er sah. Marco, der gerade eine Wand besprühte. Alter

Schwede, mitten am Nachmittag, wem fällt denn so was ein? Aber gleich neben ihm standen ein paar Spacken aus der A, einer rammte ihm grad die Faust in die Seite. Ein anderer rief: »Los, du Idiot!« Und als Marco nicht gleich weitersprayte, trat er ihm von hinten in die Kniekehlen. Einer schubste ihn, als Marco weitermachte, und der letzte Buchstabe verrutschte. Die Dreckschweine johlten.

Karl wollte sofort losrennen, aber ich hielt ihn auf. In dem Moment öffnete sich nämlich die Tür von dem Haus, dessen Mauer Marco gerade besprühte.

Jetzt wurde alles unübersichtlich: Die Spraydosen lagen auf dem Boden, die Kerle aus der A stolperten übereinander, Marco stand wie festgenagelt da und der Typ aus dem Haus war mit ein paar Schritten daneben.

»Los!«, zischte mir Karl zu und ohne groß nachzudenken, rannten wir zu dem Tumult und schnappten uns zwei Dosen. Zwei Doofe, ein Gedanke! Und als sich der Typ, ein echter Schrank!, umdrehte, standen wir da, die Dosen in der Hand, und einen Augenblick später hatte er uns beide am Kragen, in jeder Pranke einen von uns.

»Ihr kleinen Scheißkerle!« Er blies uns seinen heißen Drachenatem ins Gesicht. Ein Schwenk und er presste unsere Rücken in die Schmierereien und fing an, uns mordsmäßig zu beschimpfen. Klar, immerhin hatten wir soeben seine Wand beschmiert.

Marco, das Schaf, wollte alles richtigstellen, als ihm Karl einen Blick zuwarf. Mit dem Blick hätte er eine Horde wilder Hunde in Schach halten können, Marco hielt jedenfalls den Mund. Jetzt war mein Moment gekommen: Ich fing an zu jammern und je länger ich vor mich hin greinte, desto mehr Mitleid hatte ich mit uns.

»Bitte«, jammerte ich, »wir bringen alles wieder in Ordnung, nur sagen Sie der Polizei und unseren Eltern nichts!«

Karl fing jetzt auch an zu jammern, aber er war ein Waisenkind gegen mich.

Der Drachenatem beruhigte sich immer mehr, je länger wir vor uns hin winselten. Als er uns schließlich losließ, hatten wir versprochen, mit unserem Taschengeld Wandfarbe zu kaufen und das Geschmier am nächsten Wochenende zu übermalen. Wir ließen ihm als Pfand Karls Handy und meine Armbanduhr da.

Marco saß auf einem Mauervorsprung zwei Häuser weiter. Er fing an zu stammeln wie ein Idiot, als wir näher kamen, aber Karl winkte ab. »Lass gut sein«, sagte er.

Marco ging neben uns und er brauchte ziemlich lang, bis er hervorstieß: »Warum habt ihr das gemacht?«

»Weil wir bescheuert sind«, stellte Karl mürrisch fest. Erst als ich einen hysterischen Lachkrampf bekam und stehen bleiben musste, fing auch Karl an zu grinsen. »Lass gut sein«, meinte er diesmal freundlicher. »Wir sind halt Teufelskerle.«

»Ich kauf die Farbe«, sagte Marco. Wir nickten, einen Samstag malern war genug gute Tat. »Mein Vater hätte mich totgeschlagen«, fügte Marco leise hinzu. Ich sah Karl an, dass er das genauso vorhergesehen hatte wie ich.

MONTAG

Es ist echt eklig, darüber zu schreiben, aber was soll's, die Aktion sollte ja auch eklig sein!

In der Pause haben sich Karl und ich in den Klassenraum der A geschlichen. Marco hat Schmiere gestanden. Wir schnappten uns nacheinander die Trinkflaschen der fünf Schweine, die Marco zum Sprayen gezwungen hatten. Wir leerten sie ins Waschbecken in der Ecke und pinkelten hinein. Ja! Es war echt schwierig reinzutreffen, ich gackerte die ganze Zeit vor mich hin, was für ein toller und abartig böser Schachzug! Marco machte sich fast in die Hose, als er sah, was wir taten, er wusste ja vorher nicht, wofür er Schmiere stehen sollte.

Nach der Schule drückten wir uns noch eine halbe Ewigkeit vor dem Haupteingang rum, die aus der A kamen und kamen nicht, vermutlich hatten sie Angst, wir könnten sie verpfeifen wollen.

Endlich tauchten sie in der Tür auf und wir taten ganz unbeteiligt und versuchten, sie nicht anzugaffen wie Zootiere. Weil keine Erwachsenen in der Nähe waren, fühlten sie sich offenbar stark und johlten zu uns rüber.

Wir lungerten weiter einfach nur rum, als der Erste seine Trinkflasche rausholte und es ihm die anderen wie auf Kommando nachmachten. Ich musste grinsen, nie hätte ich gedacht, dass es so großartig laufen würde!

Marco sah ziemlich fassungslos aus, als alle fünf fast gleichzeitig die Trinkflaschen zum Mund führten. Karl sah aus wie aus Stein gemeißelt.

Dass sie sich die Pisse gegenseitig auf die Klamotten spuckten, war dann noch das Sahnehäubchen. Unsere Pisse innen, unsere Pisse außen, wir hätten uns das nicht schöner ausdenken können! Jetzt wird mir sogar das Malern am Wochenende irgendwie Spaß machen.

DONNERSTAG

Heute habe ich zum ersten Mal in meinem Leben die Schule geschwänzt. Bisher fand ich Schwänzen immer irgendwie lächerlich: böse sein für Anfänger. »Hoho, ich gehe nicht in die Schule! Guckst du: Ich bin ein echter Gangster!« Die Wahrheit ist: In der Schule ist immer zu viel los, als dass ich das verpassen wollte.

Aber heute bin ich aufgewacht und habe den Fehler gemacht, in den Spiegel zu gucken. Ich habe geschrien, wirklich! Ich hatte drei riesige Pickel im Gesicht, die aussahen, als hätte sie mir ein ausgeflippter Maskenbildner aus einem Alienhorrorfilm angeklebt! Ein Gigant auf der Nase rechts, zwei Giganten auf der Stirn, rechts und in der Mitte. Wenn ich so rausgehe, dachte ich, wechseln die Leute die Straßenseite! Da hatte ich gerade die Mundgeruchsache in den Griff gekriegt und jetzt das. Mein Körper will mich fertigmachen!

Auf meinen Schrei kam meine Mutter reingestürzt, morgens bin ich normalerweise nicht wach genug, um laut zu schreien, sie ahnte also ganz richtig: Es musste etwas Schreckliches passiert sein. »Oh«, sagte sie, als sie mich sah. Und dann noch mal: »Oh!«

Wir starrten uns eine Weile an, die Mutter und das Monster, und dann sagte sie eher so, wie man ein Insekt unter dem Mikroskop bestaunt: »Aha, jetzt geht es also los!« Ich gebe es ungern zu, aber ich fing an zu heulen.

»Aber, aber«, sagte sie so bescheuert zupackend, »das ist halt die Pubertät, das geht allen irgendwann so.«

»Kannst du das wegmachen?«, flennte ich wie ein Baby, nur dass Babys keine Pickel haben.

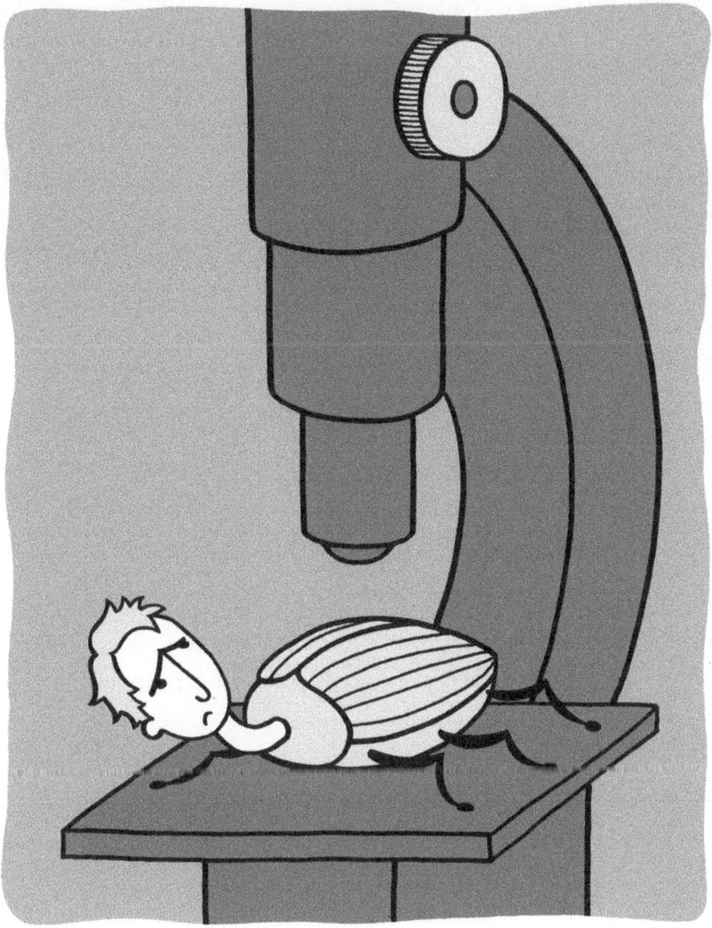

MEINE MUTTER SAGTE EHER SO,
WIE MAN EIN INSEKT
UNTER DEM MIKROSKOP BESTAUNT:
»AHA, JETZT GEHT ES ALSO LOS!«

»Ich kann sie ausdrücken«, schlug meine Mutter vor. Sie sah aus, als hätte sie große Lust dazu. Hatte ich das schon mal erwähnt, dass meine Mutter pervers ist?

»Tut das weh?«, fragte ich. Meine Mutter nickte.

»Sind sie dann weg?«, fragte ich. Diesmal nickte meine Mutter leider nicht.

»Sie sehen immerhin besser aus«, stellte sie fest. Das ist ungefähr so, als würde man dem Horrorfilmtyp, dem gerade das halbe Gesicht weggefetzt wurde, auf die halbe Lippe Lippenstift auftragen. Sieht besser aus, na prima!

»Das mach ich selber«, forderte ich. Ich muss sagen, als ich gefühlt eine Stunde später mit Quetschen fertig war, sah ich *nicht* besser aus! Erstens war ich total fertig von den krassen Schmerzen und zweitens waren die Pickel jetzt zwar nicht mehr gelb, sondern glutrot und dafür doppelt so groß! Meine Mutter starrte mich immer noch mit diesem Mikroskopblick an und kündigte an: »Es kann sein, dass der Eiter wiederkommt. Du musst einfach in der Pause noch mal auf dem Klo gucken.«

»Kann ich nicht zu Hause bleiben?«, stieß ich hervor. Wenn meine Mutter ein menschliches Wesen war (manchmal war ich mir da nicht sicher), dann würde sie Erbarmen mit mir haben. Was soll ich sagen? – Sie ist kein menschliches Wesen. Und statt eine nächste Runde zu heulen, packte ich meine Sachen, warf, ohne Tschüss zu sagen, die Tür hinter mir zu und verbrachte den Vormittag wie so ein Penner auf einer Bank beim leeren Bolzplatz.

Nachmittags war der Eiter wiedergekommen, vielleicht auch irgendwann zwischendurch, ich hatte keinen Spiegel dabei, aber das war mir egal.

Als ich heimkehrte, sah mich meine Mutter an und fragte: »Und, war es schlimm?«

Ich fand das ganz schön mies, dass sie mich zur Schule geschickt hatte, obwohl ganz offensichtlich die Wahrscheinlichkeit, dass es schlimm werden würde, mächtig hoch gewesen war. Deswegen schnauzte ich sie an: »Ich war nicht in der Schule!«

Schwänzen geht so nicht, glaube ich; dass man seiner Mutter davon erzählt, noch ehe der Tag rum ist. Aber es war ja auch um die Pickel gegangen und nicht um das Schwänzen.

Meine Mutter blickte mich lang an und nickte. Anschließend setzte sie sich hin und hielt mir einen langen Vortrag über Pickel. Meine Mutter ist irgendwie ein Freak, sie weiß über abartige Sachen viel zu viel. Wer weiß genug über Pickel, um einen Vortrag von einer Stunde zu halten? Meine Mutter.

Aber es war echt interessant, wenn man so was mag. Ich weiß jetzt, wie Pickel entstehen, warum Pickel entstehen und wann sie wieder weggehen. Und meine Mutter hat mir bizarr detailliert erklärt, wie ich Mitesser ausdrücken kann. Das Wort »Mitesser« ist wirklich das widerlichste Wort des Universums, aber das Ding, das Mitesser genannt wird, ist ja auch das widerlichste Ding des Universums und mein Plan ist, all die kleinen Scheißer auszumerzen, ehe sie solche Ekelklumpen werden, wie ich sie heute im Gesicht hatte.

Ach ja, danach hat mir meine Mutter eine Entschuldigung geschrieben, wegen Übelkeit. Und sie hat sich tatsächlich bei mir entschuldigt.

SONNTAG

Marco wollte nicht nur die Farbe besorgen, sondern auch beim Anstreichen mitmachen, aber er schickte eine Nachricht, dass er seiner Mutter bei irgendwas helfen musste und schlecht sagen konnte: »Ich kann nicht, ich muss die Hauswand streichen, die ich letztens besprüht hab.« Karl und ich standen also allein bereit, glücklicherweise hatte Marco die Wandfarbe bei uns untergestellt.

So eine Hauswand sieht immer kleiner aus, als sie wirklich ist. Das hab ich an diesem Wochenende gelernt. Die Wand mit dem Graffiti drauf sah eigentlich nicht so groß aus – bis wir angefangen haben, sie anzustreichen. Meine Fresse, war die da plötzlich groß! Wir haben dazu ungefähr eine Woche gebraucht und dann nach dem Mittagssnack, den uns der Hausbesitzer rausgebracht hat, noch eine Woche.

Dann hat uns der Hausbesitzer noch Kekse und Kakao gebracht und ich dachte, wenn er findet, dass wir noch im Kakaoalter sind und noch nicht im Kaffeealter, ist er eigentlich ein übler Kerl, der Kinderarbeit unterstützt. Aber dann dachte ich an die Schmierereien und dass wir noch glimpflich davongekommen waren.

Inzwischen war er auch gar nicht mehr so finster wie letztes Wochenende. Er hieß Herr Berger und hat sogar ein bisschen mit uns geredet. Er hat erzählt, dass er eine Frau hat, aber keine Kinder und dass seine Frau woanders lebt, aber nicht weil sie sich gestritten haben, sondern weil ihr das Wetter in Deutschland zu schlecht ist. Und dass er sie immer im Januar und Februar besucht, denn da wäre auch ihm das Wetter in Deutschland zu schlecht. Herr

Berger war eigentlich ziemlich nett und wenn wir es selbst gewesen wären, die ihm die Wand beschmiert hätten, hätte ich mich spätestens jetzt ziemlich dafür geschämt.

Als wir gerade auf dem Rasen neben der Wand unsere Kekse knabberten, kam Karim vorbei. Er war auf dem Weg, um seine kleine Schwester von ihrer Freundin abzuholen. »Was macht ihr da?«, fragte er und starrte dabei auf unsere Köpfe, die fast so viel Farbe abbekommen hatten wie die Wand.

»Wir sitzen in der Buddelkiste und backen Sandkuchen«, antwortete Karl und ich musste ein bisschen gackern. »Wonach sieht's denn aus?«

Karim starrte uns weiter an, besser gesagt unsere bekleckerten Köpfe. »Ihr streicht die Wand«, verkündete er dann.

»Hundert Punkte«, sagte ich und grinste blöd.

»Aber warum?«

»Weil wir so nette Menschen sind«, antwortete Karl und grinste auch.

»Krieg ich auch einen Keks?«, fragte Karim und ich hielt ihm die Schüssel hin.

»Also«, versuchte es Karim noch mal. »Warum malt ihr hier die Wand an? Kriegt ihr Geld dafür?«

Ich schüttelte den Kopf.

»Lange Geschichte«, erklärte ich und dann erzählte ich ihm die lange Geschichte. Wie die Mistkerle Marco gezwungen hatten, die Wand zu beschmieren, und wie Herr Berger ihn erwischt hatte und wie wir die Schuld auf uns genommen hatten, weil die Mistkerle abgehauen waren und er uns bestimmt nicht geglaubt hätte, dass zwar wir drei noch da waren, aber zufällig keiner von uns die dumme Wand beschmiert hatte. Und dass wir behauptet hatten, dass wir es waren, weil Marco ganz schlimmen Ärger zu Hause bekommen hätte und wir nicht. Also schon schlimm, aber nicht so schlimm wie bei Marco. Aber dass es dann gar keiner zu Hause erfahren hat, weil wir versprochen hatten, die Wand neu zu streichen, und Herr Berger eigentlich ganz in Ordnung sei und unseren Eltern nicht Bescheid gesagt habe.

Das war eine ziemlich lange Geschichte geworden, die ich da erzählt habe, und in dem Moment kam Herr Berger raus. An seinem Gesicht sah ich sofort, dass auch er die ganze Geschichte gehört hatte. »Ich will die Namen von diesen kleinen Scheißern«, zischte er und ich sah seinem Gesicht an, dass er schlimme Pläne mit ihnen hatte.

Karl grinste von einem Ohr zum anderen und sagte fröhlich: »Wir haben ihnen in der Schule in die Trinkflaschen gepinkelt, die brauchen keine weitere Abreibung.«

Karim fing an zu lachen wie eine Figur in einem Zeichentrickfilm und Karl und ich mussten auch lachen.

Als wir fertig waren, grinste Herr Berger und meinte, wir hätten ganze Arbeit geleistet, mit den Trinkflaschen ebenso wie mit der Wand, und wenn wir wollten, könnten wir mit ihm in den Keller kommen und uns was aussuchen. Als Dankeschön oder als Entschädigung und weil wir so in Ordnung wären. Und wenn wir wollten, könnten wir ihn außerdem Manfred nennen.

Karim grinste zu Herrn Berger hinauf und krächzte mit verstellter Stimme: »Kommt mit in meinen Keller!« Er rollte die Augen und fügte hinzu: »Dann kann ich euch einsperren und euch das Herz rausreißen!«

Es war ein komischer Moment, also nicht komisch wie

lustig, sondern komisch wie Ich-wär-grad-lieber-woanders, aber Herr Berger reagierte ziemlich cool.

Er grinste und meinte: »Clever, mein Freund! Dann bleiben wir zwei am besten hier und die beiden gehen allein!« Das war echt seltsam, aber gleichzeitig auch voll die gute Idee. Es gibt da so ein Denkspiel, bei dem man einen Wolf, ein Schaf und einen Blumenkohl oder so über einen Fluss bringen muss, aber immer nur zwei auf einmal mitnehmen kann. So kam mir das in dem Moment vor mit Manfred: Wolf und Blumenkohl blieben draußen.

Manfred hat einen echt abgefahrenen Keller. Seine Frau, die er immer besuchen fährt, lebt nämlich in Ghana und Manfred bringt von da immer Masken und so Zeug mit und alles, was er nicht im Haus unterbringt, das bewahrt er im Keller auf.

Zuerst wusste ich echt nicht, was wir mit so unheimlichen Holzmasken anfangen wollten, aber dann fielen mir Marcos Brüder ein und ich suchte uns zwei besonders schlimme Masken aus. Manfred meinte, ich hätte einen echt guten Geschmack und dass er jemandem mit so einem guten Geschmack die Masken echt gern schenke.

Wir bedankten uns für alles und Manfred bedankte sich auch für alles. Es war ziemlich lustig, wie wir immer wieder hin und her »Danke« sagten, bis wir endlich gingen.

Wir sollten ihn mal wieder besuchen, meinte Manfred noch. Als wären wir zum Kaffeekränzchen da gewesen und nicht zur Sklavenarbeit. Aber Sklavenarbeit hin oder her, zum Schluss war es richtig nett gewesen und Karl meinte hinterher, wir sollten Manfred wirklich noch mal besuchen, denn er wollte schon immer mal mit jemandem reden, der mal in Afrika war. Keine Ahnung, warum sich

Karl dafür interessiert, aber ich komme bestimmt mit. Außerdem waren Manfreds Kekse echt lecker.

Und die Masken, was ich mit den Masken vorhabe, das werde ich Karl morgen erzählen. Morgen, wenn ich vor Muskelkater eh nichts anderes machen kann als reden.

MONTAG

Ich hab meine absolute Spitzenidee mit den Masken heute Karl vorgestellt. Er hätte begeisterter sein können, aber ich will mich nicht beklagen – immerhin macht er mit. Und ohne ihn klappt es nicht, den Teufelsbrüdern von Marco den Schreck ihres Lebens zu verpassen.

Hier kann ich es ja zugeben: Ich tue zwar so, als wollte ich es den Brüdern von Marco nur heimzahlen, weil ich ihm was Gutes tun will. Stimmt aber nicht, ich bin schließlich nicht ständig die Heilsarmee.

In Wahrheit kann ich einfach nicht vergessen, dass ich fast eine Woche lang gehumpelt bin, weil mir bei meinem ersten Besuch einer dieser kranken Trolle das eine Scheinbein blau getreten hat und der zweite Troll beim zweiten Besuch das zweite Schienbein.

Ich hätte gern beide an einem Fuß aus dem Fenster baumeln lassen, bis sie um Gnade winseln, immerhin wohnt Marco im dritten Stock, aber ich hätte Angst, dass sie mir »ganz aus Versehen« aus der Hand rutschen würden.

Karl hatte noch viel mehr als ich ein Hühnchen mit ihnen zu rupfen: Sie hatten seine Eier erwischt, auf so was stand eigentlich die Todesstrafe.

Der Tag der Rache war gekommen.

Wir weihten Marco ein, obwohl wir Angst hatten, er würde uns verraten. Nachdem wir es ihm erzählt hatten, hatten wir erst recht Angst davor: Wir hatten ihn nach Mathe eingeweiht und danach hatten wir Deutsch. Die Kerner ist echt nicht streng, aber sie hat Marco nach zwanzig Minuten rausgeschmissen, weil er ungefähr alle fünfzehn Sekunden losgeierte, so toll fand er unseren Plan. Die Kerner sagte irgendwas über Genitivobjekte und Marco fiel vor Lachen vom Stuhl. Die Kerner sagte was über Akkusativobjekte und Marco legte die Stirn auf den Tisch, weil er vor Lachen den Kopf nicht mehr aufrecht halten konnte. An ihrer Stelle hätte ich keine zwanzig Minuten gewartet, ehe ich ihn rausgeschmissen hätte.

»Du Trottel«, fuhr ihn Karl in der Fünf-Minuten-Pause an. Er war genauso beunruhigt wie ich und das soll bei Karl was heißen. »Wenn du den Plan deinen Brüdern verrätst, bist du tot!«

Marco sah ihn völlig verblüfft an und fragte: »Aber wieso sollte ich ihnen den Plan verraten? Meinst du, ich bin blöd?«

Karl gab ihm darauf keine Antwort, war aber immerhin besänftigt.

Am Abend holte mich Karl offiziell zum DVD-Gucken bei sich zu Hause ab und Marco schleuste uns in sein Zimmer. Das Teufelsdoppel guckt immer *Sandmännchen*. Echt! Das glaubt einem ja keiner, dass zwei so Babys, die noch das *Sandmännchen* gucken, einem, ohne mit der Wimper zu zucken, die Knochen zertrümmern würden, wenn sie nicht solche Fliegengewichte wären. Wir würden der Welt eindeutig einen Gefallen tun, wenn wir die Teufelsbrut in ihre Schranken weisen, ehe sie so groß sind, dass man Panzer gegen sie einsetzen muss.

Karl und ich schlüpften ins Kinderzimmer und dort unters Hochbett und dann war Warten angesagt. Zuerst dachte ich, das wäre der langweiligste Teil der Sache, aber weit gefehlt! Die *Sandmännchen*-Freaks lagen in ihren Betten und redeten noch. Aber erst nachdem ihnen ihre Mutter die Schlafanzüge angezogen und ihnen noch ein Schlaflied vorgesungen hatte. Ein Schlaflied! Ich hätte mich fast eingepinkelt, weil ich mir so dringend das Lachen verkneifen musste, vor allem weil neben mir Karl lag, der beim Schlaflied anfing zu wackeln, und ich wusste, ein Piep von mir und der würde in grölendes Gelächter ausbrechen und unser ganzer schöner Plan wäre im Eimer. Wir rissen uns also mächtig zusammen und überstanden das Mond-und-Sterne-Schäfchen-und-Schäfer-Gejodel und Mutti-Gute-Nacht-Gesage. Danach war erst mal Ruhe, bis der Troll über uns fragte, ob sich Motten auch unter Betten verstecken konnten.

Wir versteinerten vor Schreck, weil sich schließlich heute vor allem wir uns unter Betten versteckten, aber unsere Angst war ganz unbegründet. Der andere Troll rief nämlich empört: »Wenn du meinst, ich guck da nach, bist du noch blöder, als du aussiehst.«

Ich musste grinsen, denn für einen Zwilling war das eine bemerkenswert dämliche Beleidigung. »Aber wenn da Motten versteckt sind?«, fragte der andere Troll und klang diesmal ganz weinerlich.

»Soll ich etwa Mama rufen?«, fragte Troll eins. Er klang, als wollte er verächtlich wirken, »Ha-ha, schisseriger Bruder, du willst wohl deine Mama?«, aber ich hörte auch durch, dass er die Idee so falsch gar nicht fand. Wir versteinerten wieder, denn von Marcos Mutter entdeckt zu werden, das war noch ungünstiger, als von seinen Brüdern entdeckt zu werden. Marco hatte uns versprochen, dass seine Mutter beim Elternabend der Zwillinge sein würde – war da etwa was dazwischengekommen?

»Mama ist nicht da«, fügte der Troll aber hinzu und ich musste aufpassen, nicht laut aufzuatmen.

»Ich glaube, Motten sind nicht unter Betten«, schloss der andere die Diskussion. Wenn sie alle Gespräche auf diese Weise führten, würden sie bis zur Volljährigkeit *Sandmännchen* gucken müssen, um zumindest ein wenig klüger zu werden.

Jetzt war es eine Weile still. Das Zimmer war dunkel wie ein Grab und ich spürte, wie Karls Hand nach der Maske tastete. Ich lag weiter außen und schob mich deswegen so lautlos wie möglich unter dem Bett hervor.

In einer Hand hielt ich eine der abscheulichen Masken, die ich nun leise aufsetzte. Leider gab es keine Möglichkeit, die Dinger vernünftig am Kopf zu befestigen, weil sie aus Holz waren und übelst schwer. Aber wir hatten das vorher geübt: Wenn wir sie mit einer sonderbaren Armabspreizung von oben oder der Seite festhielten, dann sahen wir fast noch scheußlicher aus, weil wir dann dermaßen verrenkt waren, als hätten wir außer einer widerlichen Fratze auch nicht alle Tassen im Schrank.

Ich hörte, wie Karl inzwischen ebenfalls herausgekrochen war. Jetzt kam das Meisterstück: Wir legten einen dieser Lichtknöpfe auf den Boden, die man anschaltet, indem man draufdrückt. Ich trat mit dem Fuß drauf und das bläuliche Licht schien uns von unten an, was schlimmer war als jede andere Art von Beleuchtung, die wir ausprobiert hatten. Baah!

Karl gab ein grollendes Geräusch von sich und die Zwillinge erwachten. Wir brummten tief und möglichst horrormäßig.

Sofort gab es ein Wahnsinnsdurcheinander! Der eine sprang panisch vom oberen Bett direkt auf den anderen Troll, der seinen Sturz abfederte. Beide Zwillinge brüllten wie am Spieß und wir konnten froh sein, dass die anderen im Haus das gewohnt waren, sonst hätte innerhalb der nächsten Minuten jemand die Wohnungstür aufgebrochen, so schlimm klang das!

Sie brüllten und dann brüllten sie noch mehr und dann hüpften sie herum, als hätte man sie in einen Haufen aggressiver Ameisen gesetzt, sie wirbelten durchs Zimmer wie Querschläger und warfen sich in wilder Panik gegen die Tür.

Eigentlich hätten sie ein Loch reinstanzen müssen, aber sie kriegten sich dann doch so weit unter Kontrolle, um die Tür nach innen aufzumachen, damit sie endlich über den Flur und in Marcos Zimmer fliehen konnten. Dort ging der Irrsinn weiter, aber wir machten, dass wir davonkamen.

Das Finale gehörte ausschließlich Marco: Er würde das Zimmer der Trolle von Dämonen reinigen und mit etwas Glück von nun an immer etwas gegen die beiden in der Hand haben. Und wenn nicht, kann er sich ja noch was Schönes mit Motten ausdenken.

Karl und ich flohen mit unseren Masken in der Hand die drei Stockwerke hinunter und um die nächste Ecke, bevor wir endlich in wildes Gelächter ausbrechen konnten.

Wir lachten, dass uns die Tränen die Wangen runterrollten, wir mussten uns mit den Händen auf den Knien abstützen, um dabei nicht umzufallen.

Sollte ich mal keinen Schulabschluss kriegen, werde ich professioneller Kinderschreck. Und sollte ich einen Schulabschluss kriegen, kann ich ja trotzdem Kinderschreck werden.

DIENSTAG

Marco hat uns heute nach der Schule zu Kalle eingeladen, das ist der Kioskbesitzer von gegenüber, und da haben wir den Rest seines Sparschweins, der nach der Wandfarbe noch übrig war, zu Süßigkeiten gemacht. Marco sagte, das gibt sicher Ärger mit seiner Mutter, wenn sie das merkt, aber das sei es ihm wert.

Mit einem Berg aus Schokoriegeln, Kaugummis und Gummizeug haben wir uns auf die Mauer an der Schule gesetzt und Marco hat uns vom Finale erzählt.

Er war der Held der Helden, er hat sich in das Zimmer getraut, in dem die vermutlich schlimmsten Fratzen des Universums brüllten und Feuer spuckten, und dann hat er sie verjagt.

Wir schüttelten vor Bewunderung die Köpfe. »Mann, Mann«, sagten wir, »du Teufelskerl!«, und dann lachten wir eine Weile.

»Danke«, antwortete Marco und ich hatte Angst, er könnte uns gleich küssen vor Rührung und Glück.

Karl wedelte mit dem Mars, das er gerade in der Hand hielt. »Ja, danke gleichfalls«, rief er fröhlich und stopfte es komplett in sein Maul.

MITTWOCH

Janusz hat ein ferngesteuertes Flugzeug zum Geburtstag bekommen, das fliegt so allererste Klasse, das kann man gar nicht beschreiben! Allerdings nur, wenn man es gut kann, versteht sich.

Wir haben zuerst hinter unserm Haus geübt, dann auf dem Spielplatz und schließlich auf dem Schulhof. Es war nur noch Nachmittagsbetreuung, da ist es normalerweise kein Problem, wenn wir uns da auch rumtreiben, solange wir keinen Mist bauen.

Mist hatten wir natürlich vor, aber wir sahen immerhin harmlos aus: Karim, Janusz und ich ließen reihum das Flugzeug fliegen und der Plan war, irgendwo ein Fenster zu finden, durch das wir das Ding hindurchsteuern konnten. Blöde, dass es schon so kühl war, deswegen waren alle Fenster zu. Alle Fenster bis auf ein Klofenster. Karim war es, der den Flieger da durch steuerte, allerdings blieb er dann irgendwie hängen. Wir hörten ein großes Gebrüll, weil das Flugzeug offenbar jemanden drin erwischt hatte – und danach erwischte dieser Jemand dann das Flugzeug. Es war der Hausmeister.

Er kam aus dem Haus gerannt, immerhin hatte er sich schon die Hose hochgezogen, denn bestimmt hatte ihn das Flugzeug mit runtergelassener Hose erwischt. Er kam aus dem Haus gestürmt, fuchtelte mit dem Flugzeug rum und schrie, dass er das Ding in seine Einzelteile zerlegen würde, wenn er es noch mal in die Finger bekäme.

Dabei vergaß er glatt, uns vom Gelände zu scheuchen. Also warteten wir, bis der tobende Hausmeister wieder verschwunden war, und ließen es wieder starten. Diesmal war ich dran und klar, dass ich es mal wieder versemmelte. Ich flog das Flugzeug in einem eleganten Schwung weit nach oben, es überschlug sich in der Luft und man hätte es Looping nennen können, wenn es danach nicht aufs Schuldach gekracht wäre.

»Verdammt, Paul!«, fauchte Janusz. »Hol das Ding wieder runter!«

Weil ich nicht Spiderman bin, war das leichter gesagt als getan. Ich wanderte um die Schule herum, aber was stellte ich mir vor? Dass unerwartet plötzlich jemand eine Strickleiter runterwarf? So blieb mir nichts anderes übrig, als die Werkstatt des Hausmeisters anzusteuern.

Normalerweise hätte ich ihn einfach fragen können, ob er uns eine lange Leiter ausleihen könnte, aber so ein bestimmtes Gefühl sagte mir, dass das heute keine so gute Idee sein würde. Ich entschied mich also, mich in seine Werkstatt zu schleichen und selber nachzusehen.

Der Schlüssel steckte und ich horchte, ob sich drin was tat. Stattdessen hörte ich nebenan den Hausmeister mit einer Hortbetreuerin diskutieren. Freie Bahn! Leise öffnete ich die Tür und schlüpfte hindurch.

Die Werkstatt ist riesig und alles ist durcheinander und über- und untereinander gestapelt, deswegen hatte ich immer noch keine brauchbare Leiter gefunden, als sich die Stimmen der Tür näherten.

Panisch kroch ich hinter einen Stapel Plunder, gerade

noch rechtzeitig, ehe sich die Tür öffnete und der Hausmeister reinkam. Verdammt, dachte ich, was sollte ich bloß tun, wenn er jetzt das Licht ausmachte und die Tür abschloss? Sollte ich zum Abendessen ein paar Schrauben und Muttern essen und bis morgen auf Bretterhaufen schlafen?

Vor Angst geriet ich aus dem Gleichgewicht und stützte mich nach hinten ab, um nicht mit großem Scheppern mein Versteck auffliegen zu lassen. Fast hätte ich aufgeschrien, weil meine Hände dabei in etwas unerwartet Weiches fassten.

Während der Hausmeister Schachteln mit irgendwelchen Dosen oder so durchstöberte, blickte ich vorsichtig hinter mich: Ich hatte mich auf meinem eigenen Schlafsack abgestützt! Und daneben lagen Leons und Janusz' Schlafsäcke. Ich befand mich in der Höhle des Schulmonsters!

Der Hausmeister hatte zum Glück noch mehr zu tun, denn er verließ die Werkstatt, ohne das Licht auszumachen oder die Tür zuzuschließen.

Draußen wartete offenbar die Horterzieherin, sofort fingen die beiden wieder an zu palavern. Ich wartete, bis sich die Stimmen entfernt hatten, dann glitt ich zur Tür hinaus und rannte auf den Schulhof.

»Wo ist mein Flugzeug?«, schrie Janusz, als er mich mit leeren Händen sah, aber ich hielt keuchend vor Aufregung vor ihm an, packte ihn am Kragen, rüttelte an ihm herum und stammelte immer wieder: »Janusz! Janusz! Das Monster!«

Janusz starrte mich an, während ich weiter an ihm herumzerrte, dann flüsterte er mit aufgerissenen Augen: »Du hast das Monster gesehen?«

VERDAMMT, SOLLTE ICH
ZUM ABENDESSEN
EIN PAAR SCHRAUBEN
UND MUTTERN ESSEN?

Ich schüttelte wild den Kopf.

»Komm!«, Janusz zog mich am Arm vom Schulhof und Karim trabte hinter uns her.

»Es ist der Hausmeister!«, stieß ich hervor, als wir weit genug von der Schule entfernt waren. »Ich habe in seiner Werkstatt unsere Schlafsäcke gefunden! Sie sind da versteckt!«

»Und wenn er sie nur gefunden hat?«

»Warum hat er sie dann nicht in die Fundkiste getan? Warum hat er sie nicht der Direktorin gebracht, damit die weiß, dass jemand in der Schule übernachtet hat?«

»Er könnte ein Dieb sein«, vermutete Janusz, sah aber so aus, als würde er das selbst nicht glauben.

»Quatsch«, mischte sich jetzt Karim ein, der die Geschichte natürlich damals von uns erzählt bekommen hatte. »Dann würde er doch nicht riskieren, dass man sie in seiner Werkstatt findet, oder?«

Wir würden es nicht hundertprozentig wissen, wenn wir ihn nicht fragten. Aber dass wir ihn niemals fragen würden, das wussten wir auch hundertprozentig.

FREITAG

Meine Mutter sagt immer, Halloween ist nicht nur das dümmste und unnötigste, sondern auch das primitivste Fest des Jahres und »Fest« reime sich ziemlich gut auf »Pest«.

Ich finde, Halloween ist ein ziemlich brauchbares Fest, wenn man einen Hausmeister hat, der Schlafsäcke klaut. Weil man zu Halloween nämlich tolle Sachen kaufen kann, zum Beispiel Spinnen. Janusz hat sich von seinem Taschengeld eine Plastikspinne gekauft, die sieht so abartig echt aus, dass ich immer aufs Neue vergesse, dass sie nur aus Kunststoff ist. Sie ist ungefähr so groß wie eine Hand, und zwar wie eine Monsterpranke, und wir hatten eine Menge Spaß damit in unserer Klasse, bis Frau Kerner gedroht hat, sie verschwinden zu lassen, wenn es noch ein einziges Mal Kreischalarm gibt.

Heute haben wir sie dann noch einmal gebraucht.

Wir haben uns mal wieder während der Nachmittagsbetreuung auf dem Schulhof rumgedrückt. Janusz' Flugzeug war zwar auf dem Schulhof aufgetaucht, offenbar hatte es der Wind über Nacht runtergeweht, aber wir wollten unser Schicksal nicht noch mal herausfordern. Der Hausmeister hat irgendeine Dauerarbeit irgendwo im Hort und muss ständig was mit der Betreuerin besprechen. Und wenn die also palavern, ist seine Werkstatt offen. Leon und ich haben Schmiere gestanden und Janusz hat seine Plastikspinne in den Werkzeugkasten vom Hausmeister gesetzt.

Dann haben wir uns hinter der nächsten Ecke versteckt und gewartet.

(Jetzt, während ich das aufschreibe, frage ich mich, warum wir nicht bei der Gelegenheit die Schlafsäcke mitgenommen haben. Janusz' Schwester würde vor Lachen tot umfallen, wenn sie das wüsste!)

Ich hätte nicht gedacht, dass der Hausmeister so schrill schreien kann. Er schrie so: »Haaah! Haaah! Haaah! Haaah!«, und dann kam er zur Tür rausgeschossen und sah uns. Wir saßen nebeneinander auf dem Boden, Janusz und Leon und ich, und mussten uns vor Lachen so die Bäuche halten, dass wir halb im Gang lagen.

Der Hausmeister starrte uns an und dann fiel der Groschen. Und statt uns zusammenzustauchen, zog sich ein Grinsen langsam über sein ganzes Gesicht. Dann verschwand er wieder in seiner Werkstatt. Als er zurückkam, hatte er unsere Schlafsäcke dabei. Er knuffte sie uns auf die Arme, und obendrauf warf er die Plastikspinne.

Er ist ganz schön cool, unser Hausmeister – ganz schön cool.

Janusz, der Spaßvogel, hat mir übrigens heimlich die widerliche Spinne in den Schlafsack geschmuggelt. Ich hab sie gefunden, als ich den Schlafsack bei uns in der Kammer verstauen wollte. Was haben wir gelacht! Zumindest mein Bruder, der aber dafür genug für uns beide.

MONTAG

Julian hat jetzt einen angenähten Finger. Echt wahr!

Der hat sich den Mittelfinger rechts total abgeschnitten, da hat sogar das Knochenende rausgestanden, hat er erzählt. Im Krankenhaus haben sie ihm den Finger wieder drangenäht. Mit Nadel und Faden und mit Stichen einmal rund um den Finger. Ich bin höllisch gespannt, wie das aussieht, wenn der irgendwann den Verband abmacht! Der muss ja aussehen wie Frankensteins Monster! Das kam mal bei den *Simpsons* vor und sah echt eklig aus und Leon hat gemeint, in echt sieht das noch viel ekliger aus, das hat er mal bei seinem Cousin auf DVD gesehen.

Wir haben jetzt unser eigenes Frankenstein-Monster, nämlich Julian.

Und das ist ihm in der U-Bahn passiert, also auf dem U-

Bahn-Gleis: Da war ein kleiner Junge runtergefallen, also runter auf die Gleise, und der kam nicht mehr raus und die U-Bahn war schon angekündigt und blinkte schon auf der Anzeigetafel, man konnte sogar schon die Lichter von der Bahn sehen!

Da ist Julian einfach auf die Gleise gesprungen. Und weil er mal gelesen hatte, dass man das überleben kann, wenn man sich nur flach genug auf den Boden legt, ist er zu dem Jungen hin, hat den mit seinem eigenen Körper runtergedrückt und dann ist die U-Bahn über sie drübergefahren und beide haben überlebt. Nur eine Hand, die konnte Julian nicht schnell genug wegziehen, da ist dann die U-Bahn drübergefahren.

Er hat geschrien, weil es so wehgetan hat, aber die Bahn war lauter als er. Als die U-Bahn weg war, hat er den Jungen seiner Mutter hochgereicht und ist mit seiner blutenden Hand und dem abgeschnittenen Finger hinterhergeklettert und die Mutter von dem Jungen, die hat ihn dann ins Krankenhaus gebracht.

Die müssen ihn da ja längst schon kennen! Dort haben sie seinen Finger ordentlich sauber gemacht und dann wieder angenäht. Wahnsinn!

Karl kam gerade vorbei, als Julian die Geschichte Leon, Karim und mir erzählt hat. Als er fertig war und wir alle »Wahnsinn!« und so gerufen haben, da hat Karl nur gegrinst und ist weitergegangen.

Ich bin ihm hinterher und habe ihn am Arm festgehalten. »Was gibt's da zu lachen?«, hab ich ihn gefragt. »Das ist doch wohl der Wahnsinn, oder?«

Karl hat eine einzelne Augenbraue hochgezogen, so was kann er. »Du bist so lustig, Paul«, sagte er.

»Was meinst du?«, fragte ich, weil ich nun echt nicht verstand, was das alles mit mir zu tun hatte.

»Das ist doch totaler Scheiß, was Julian da erzählt!«, sagte Karl und grinste jetzt richtig.

»Woher willst du das denn wissen?«, fragte ich. »Julian passieren ständig so Sachen!«

»Eben!«, antwortete Karl spöttisch. »Der muss sich ja nicht mal mehr eine glaubwürdige Geschichte ausdenken, ihr glaubt ihm ja so oder so jeden Quatsch!«

»Was davon kann man denn nicht glauben?«, fragte ich. Mir kam Julians Geschichte voll realistisch vor.

»Ein kleiner Junge hüpft ins U-Bahn-Gleisbett und Julian springt schneller hinterher, als dass ihn seine Mutter rausziehen kann? Und Julian drückt ihn ins Gleisbett, lässt aber seine Hand entspannt auf den Schienen liegen? Und ein zig Tonnen schwerer U-Bahn-Zug hat so scharfe, dünne Räder, dass die ihm den Finger sauber abtrennen, anstatt ihn zu Brei zu zermalmen? Und obwohl er blutet wie Sau, klettert er mit abgerissenem Finger in der Hand selbst aus dem Gleis? Und das alles steht nicht schon überall im Internet? Mit Foto und allem Pipapo?«

Ich überlegte ziemlich lang.

»Also, das mit den scharfen, dünnen Rädern, das ist ein Argument«, gab ich schließlich zu.

»Bevor ich auf eure Schule gekommen bin, war ich übrigens ein Mädchen. Ich hab mich umoperieren lassen, deswegen musste ich dann auch die Schule wechseln«, eröffnete mir Karl so nebenbei, als würde er mir einfach nur sagen, was er heut zum Frühstück gegessen hat.

»Im Ernst?!«, fragte ich und musste husten, weil ich mich vor Schreck verschluckt hatte. »Das ist … das …«, stotterte ich, doch dann lachte Karl schon so heftig, dass er sich die Tränen aus den Augen wischen musste. »Nee!«, prustete er schließlich. »Nee, ich hab mich nicht umoperieren lassen!«

Er fing wieder an zu lachen.

»Du glaubst jeden Scheiß«, stellte er fest, als er sich endlich beruhigt hatte. Ich hatte Karl noch nie so lachen sehen.

Obwohl ich wahrscheinlich knallrot war, musste ich auch ein wenig grinsen. »Ja, kann schon sein«, räumte ich ein. »Aber warum sollte Julian lügen?«

Karl zuckte mit den Schultern. »Keine Ahnung«, erklärte er. »Aber dass er es tut, das ist mal sicher.«

Er hat wahrscheinlich recht. Aber dann möchte ich doch zu gern rausfinden, warum Julian sich so was immer ausdenkt!

MITTWOCH

Dieses Jahr ist echt der Wurm drin – in den Herbstferien fahren alle weg, alle außer mir. Leon ist bei seinen Großeltern in Westdeutschland, Karim ist irgendwo, wo es heiß ist, Janusz fährt zu seinem Cousin und Karl, der ist Trainer oder Betreuer oder so in einem Kampfsportcamp. Nur ich hocke hier rum und kann auf dem Bolzplatz aufs leere Tor schießen.

Meine Mutter meinte heute beim Abendessen, sie hätte in den Herbstferien was vor mit mir. Ich war so blöd und dachte, sie würde mit mir wegfahren, an irgendeinen tollen Ort in ein tolles Hotel, haha! Aber weit gefehlt.

»Ich bring dir die Grundlagen des Kochens bei«, kündigte sie an. Dass meine Mutter es immer wieder schafft, mich reinzulegen! Wieso kann sie sich nicht mal was Tolles ausdenken für mich?

Als ich ihr das an den Kopf geschleudert hab, hat sie mich ganz verblüfft angesehen:. »Ich bin für deine Erziehung zuständig«, erklärte sie, »nicht für deine Unterhaltung.« Meine Mutter ist so ein Freak!

Ich bin in mein Zimmer gerannt und hab die Tür hinter mir zugeschmissen. Als meine Mutter kurz danach meine Tür aufmachte, dachte ich, jetzt bekomme ich bestimmt Ärger, weil ich so rumgeschrien habe. Stattdessen hat sie sich auf mein Bett gesetzt und vorgeschlagen: »Ich könnte dir eine Woche lang Kochen beibringen und danach machen wir eine Fahrradtour, nur du und ich. Was hältst du davon?«

Das ist echt cool! Vielleicht ist meine Mutter doch ein Mensch aus Fleisch und Blut. Zumindest kann sie gut verhandeln.

FREITAG

Morgen geht unsere Fahrradtour los. Wir fahren an die Ostsee, meine Mutter und ich, und unterwegs mieten wir uns in Pensionen und so ein. Meine Mutter hätte lieber gezeltet, aber ich habe, glaube ich, verzweifelt genug ausgesehen – nach einer Woche Kochunterricht muss ich mir doch zumindest ein Bett in der Nacht verdient haben und nicht nur eine Isomatte! Meine Mutter meinte, es gäbe Luftmatratzen, nicht nur Isomatten, aber sie sah mir wohl an, dass das keine Alternative war.

Der Kochunterricht war voll stressig! Aber ich kann jetzt richtig gut kochen – Suppe mit so Grießklumpen und Pfannkuchen, Kartoffelbrei, Tomatensoße und salzigen Kuchen. So richtig habe ich nicht verstanden, warum meine Mutter sich mit mir so viel Arbeit gemacht hat, weil man die meisten Sachen doch auch fertig kaufen kann, aber meine Mutter beharrte darauf, dass man das selber machen können sollte.

Ich weiß also jetzt, woraus Brühwürfel eigentlich gemacht werden – aus Möhren, Sellerie, Zwiebeln, Lauch und Petersilienwurzel. Wenn wir in der Schule mal wieder Galgenmännchen spielen, wird mein Rätselwort »Petersilienwurzel«, da kommt keiner drauf! Ich wusste bisher nicht mal, dass es so was gibt!

Meine Mutter wollte, dass ich den ganzen Kram klein schneide und das hab ich dann auch getan. Es war echt übelst viel Arbeit, aber als ich irgendwann zu meiner Mutter und ihrem Gemüsehäufchen rübergesehen habe, war ich kurz davor, einfach alles hinzuschmeißen: Sie hatte das ganze Zeug zu so winzigen Krümeln geschnitten, dass man die gerade noch mit der Lupe erkennen konnte! Bei mir hieß »klein«, dass ich halt aus einer Möhre mehrere Teile geschnitten hatte. Mehrere, nicht Millionen!

Gut war, dass meine Mutter ziemlich nett und geduldig war. Sie hat ihre Gemüseatome und meine Gemüsebrocken zusammengeschmissen, als wären die alle ungefähr gleich groß, und die Suppe hat nachher auch ganz gut geschmeckt. Wenn man Suppe mag. Satt werden konnte man davon natürlich nicht, deswegen glaube ich auch nicht, dass ich jemals wieder Suppe kochen werde, aber immerhin hatte meine Mutter einen schönen Abend.

Der Kartoffelbrei war irre lecker, wir haben so Experimente gemacht – die Kartoffeln richtig wüst gematscht und größer gelassen, dann Butter reingetan oder Sahne oder Milch oder gar nichts und Salz rein oder Salz und Pfeffer oder so was Braunes (hab ich vergessen, wie das hieß). Das war voll profimäßig! Wie die Erfinder! Und geschmeckt hat es auch.

Tomatensoße war genauso Unsinn wie Suppe – dauert voll lang und schmeckt dann wie gekauft. Meine Mutter meinte zwar, sie würde tausendmal besser schmecken, aber das liegt höchstens daran, dass man nach der ganzen Kocherei auch tausendmal hungriger ist! Abgefahren war allerdings, was da alles drin ist! Man denkt ja, da sind halt Tomaten drin, Überraschung, Überraschung, deswegen heißt es ja Tomatensoße! Aber da sind noch tausend andere Sachen drin und auch so gegenteilige Sachen wie Salz *und* Zucker. Wer ahnt denn so was?

Meine Mutter meinte, sie muss mir solche Sachen beibringen, damit ich später mal weiß, was ich für einen Beruf machen will. Das immerhin hat es gebracht: Ich will nicht Koch werden. Das weiß ich jetzt schon mal ganz genau! Und zur Entschädigung hat meine Mutter mir versprochen, dass wir auf unserer Fahrradtour ganz viele ungesunde Sachen essen, die wir uns alle nicht selber gekocht haben. Strike!

SAMSTAG

Meine Mutter hat irgendwas mit ihrem Tacho gemacht, um mich übers Ohr zu hauen! Wir waren nämlich schon viehisch weit gefahren, mir taten alle Muskeln weh und die Knochen auch und dann meinte meine Mutter: »So, jetzt haben wir fünf Kilometer geschafft.«

Fünf Kilometer! So weit kann ich ja auf einem Bein hüpfen, ohne müde zu werden! Den Scheiß soll sie einem anderen erzählen! Jetzt brauch ich erst mal ein Stück Pizza. Gut, dass wir noch in der Stadt sind, wo man wenigstens an jeder Ecke was Ordentliches zu essen kriegt! Andererseits fühlt es sich echt nicht nach Radtour an.

IMMER NOCH SAMSTAG

Meine Mutter hat vorgeschlagen, unsere Route zu ändern: Eigentlich wollten wir bis ans Meer fahren, aber sie sagt, dass wir dann viel durch Gegenden kommen, wo es keine Supermärkte gibt. Zum Meer könnten wir vielleicht in ein paar Jahren mal hinfahren.

Ja! Jajaja! Umkehren will ich aber jetzt auch nicht mehr, immerhin haben wir schon fast 20 Kilometer geschafft. Davon kann ich noch meinen Enkelkindern erzählen!

SAMSTAGABEND

Keine Ahnung, wie das passiert ist, vielleicht hat meine Mutter nur gnädig ihren Tacho wieder zurückmanipuliert, jedenfalls hab ich die restlichen 80 Kilometer heute total locker runtergefahren! Und wir sind durch voll viel Natur gefahren, das war echt schön! So Felder und noch mehr Felder, wir haben sogar mal angehalten und Mais gegessen, der wird monstermäßig hoch und dann verstecken sich die Maiskolben zwischen ganz vielen Blättern unter ganz vielen Schichten faserigen Zeugs.

Einmal sind wir auch durch einen ziemlich tiefen Wald gefahren, da wurde meine Mutter plötzlich ganz still, weil sie, glaube ich, dachte, sie hätte sich verfahren, und ich sollte nichts davon merken.

Ansonsten haben wir nämlich die ganze Zeit geredet. Wir sind voll die Multitasker: Wir sind gefahren und haben geredet *und* geguckt! Meine Mutter hat erzählt, wie sie meinen Vater kennengelernt hat und dass sie am Anfang dachte, der wäre ihr viel zu nett.

Das ist mal typisch meine Mutter, dass sie sich nur in einen verlieben kann, der nicht nett ist! Das ist doch völlig verrückt! Und sie hat erzählt, wie das war, als ich klein war und als Richard klein war. Die meisten Geschichten kannte ich schon, aber ich hör die immer wieder gern.

Und ich hab von der Schule erzählt und dann noch mehr von der Schule und vom Fußball und die Zeit verging ganz schnell und als wir uns dann durch diesen Wald geschwiegen hatten, waren wir schon fast in Eberswalde.

Wir wohnen heute Nacht in einer Pension hinter einer Tankstelle, das ist praktisch, weil wir uns da gleich noch Chips kaufen können und Limo. Also *ich* kann das kaufen – meine Mutter trinkt Wasser und isst die Reste von unserem Proviant auf: halbe Möhren und so Zeug. Sie ist zwar ein Freak, aber sie kann ein echt netter Freak sein.

SONNTAG

Heute waren wir in Niederfinow, da ist ein Schiffshebewerk. Das merke ich mir fürs nächste Mal Galgenmännchen, das ist ein echt prima Wort. Das ist auch ein echt prima Ding: voll riesig und alles nur Stahl und Treppen. Man kann hochklettern, das dauert fast so lang wie unsere ganze Fahrt hierher! Und dann kann man von oben sehen, wie so ein Schiff gehoben wird, deswegen ja auch Schiffshebewerk.

Auf dem Rückweg nach Hause kamen wir noch an einer Straußenfarm vorbei. Meine Mutter war ganz aus dem Häuschen deswegen und hat mich voll viele Fotos von ihr neben einem Vogel Strauß machen lassen.

Unsere nächste Station war dann der Zoo in Eberswalde. Der ist kleiner als in Berlin, aber in Berlin kriege ich immer nur ein Eis und hier habe ich ein Eis und eine Portion Pommes gekriegt. Außerdem war ich schon seit Jahren nicht mehr im Zoo und eigentlich gucke ich mir ganz gern Tiere an.

Als wir wieder zu Hause waren, hat sich das angefühlt, als wären wir voll lang weg gewesen, so als hätten wir richtig Urlaub gemacht und nicht nur zwei Tage auf unseren Fahrrädern gesessen. Meine Mutter hat mich umarmt und gemeint, dass sie das unbedingt bald mal wieder mit mir machen möchte. Ich war ganz gerührt, weil sie sonst nicht so nett ist. Und jetzt war sie gleich zwei Tage lang nett und plant, das bald mal wieder zu sein! Verrückt!

MONTAG

Die Schule hat wieder angefangen und meine Mutter hat sich doch nicht ernsthaft verändert.

Weil ich mein Mathebuch in der Schule liegen lassen hatte, hat sie mich dazu gezwungen, mir eins von einem aus meiner Klasse auszuleihen. Und weil Julian so nah wohnt, sollte ich ihn anrufen. Julian macht normalerweise immer ein Riesentheater, wenn er was verleihen soll, deswegen wollte ich ihn gar nicht anrufen, aber meine Mutter blieb hart.

Julian war ganz kurz angebunden und meinte, ich sollte vorbeikommen, es wäre okay. Als ich bei ihm ankam, schien er mich aber schon ganz vergessen zu haben. Unser Telefonat war ja auch schon mindestens fünf Minuten her!

Er meinte schließlich, ich sollte in sein Zimmer gehen, er würde gleich kommen. Aber was sollte ich in seinem Zimmer? Ich wollte doch nur das Buch und gleich wieder gehen!

Weil ich so verwirrt war, blieb ich im Flur stehen, als Julian in die Küche zu seiner Mutter ging, die da offenbar telefonierte. Ich hörte, wie er herumflüsterte, konnte ihn aber nicht verstehen.

Seine Mutter konnte ich dagegen ziemlich gut verstehen. Sie telefonierte mit Frau Kerner. »Es tut mir leid, Frau Kerner«, rief sie gerade, während Julian irgendwie herumwisperte. »Ja, genau.« Sie schwieg einen Moment, vermutlich sagte Frau Kerner etwas. »Das weiß ich auch nicht, Frau Kerner. Mein Mann und ich, wir sind beide nicht so. Aber Julian passieren die aberwitzigsten Dinge! Das müssen Sie doch auch schon erlebt haben! Er läuft gegen Laternenpfähle und bricht sich die Nase! Er will sich nur eine Scheibe Brot abschneiden und rutscht mit dem Messer ab! Andere hätten vielleicht einen Kratzer, Julian schneidet sich gleich den ganzen Mittelfinger ab!« Sie hörte wieder zu. Die Küchentür schloss sich, vermutlich hatte Julian Angst, ich könnte etwas hören. Hatte ich aber bereits!

Karl hatte also recht! Julian erzählte einfach unglaublichen Unsinn! Ein Riemen von einem Umzugstransportaufzug hat ihm die Nase gebrochen? Die U-Bahn hat ihm den Finger abgetrennt? So leise ich konnte, schlüpfte ich aus Julians Wohnung. Das Mathebuch hab ich dabei völlig vergessen, ich musste unbedingt mit Karl sprechen. Und Julian hatte mich vermutlich auch schon wieder vergessen.

Und dann saß ich keine halbe Stunde später bei Karl und erzählte ihm die ganze Geschichte. Karl grinste von einem Ohr zum anderen und schwieg eine Weile, nachdem ich fertig war.

»Und jetzt?«, fragte er dann.

»Das wollte ich *dich* fragen«, sagte ich.

»Na, nix«, antwortete Karl und grinste immer noch. »Ich find das lustig.«

»Dass Julian uns alle verarscht?«

»Na, na«, meinte Karl, »verarscht, das ist echt zu hart. Er wär' doch blöde, wenn er sich ständig freiwillig auslachen ließe, nur weil er so ein Trottel ist.« Karl gluckste. »So was nennt man Win-win-Situation: Alle hören eine Bombengeschichte und Julian ist nicht der Klassendepp. Wen interessiert's, ob das alles stimmt?«

Wir saßen uns noch eine Weile schweigend gegenüber,

bis ich Karl durch dieses ganze Durcheinander hinterhergedacht hatte. Dann musste ich auch grinsen, weil er natürlich schon wieder total recht hatte.

Karl hat mir dann übrigens auch noch sein Mathebuch geliehen. Happy End für alle und wenn sie nicht gestorben sind, dann leben sie noch heute.

DONNERSTAG

Seit Tagen schneit es. Ich musste meine Eins-a-Turnschuhe gegen so gigantische Fußklötze eintauschen, mit denen man kaum gehen kann, geschweige denn auf dem Schulhof Fußball spielen.

»Ich will nicht, dass du krank wirst«, hat meine Mutter erklärt und sehr nach »Keine Diskussion« ausgesehen. Ich hätte meine Schuhe heimlich mitgenommen, wenn mein Bruder nicht gesagt hätte, dass Schnee so eklige Linien auf dem Leder hinterlässt und die Dinger dann im Frühjahr hinüber sind.

Schneeballschlachten sind echt das Einzige, was einen den Winter überleben lässt. Nur Leon sieht das seit heute vielleicht ein bisschen anders.

Wir kamen heute früh alle mit Monsterstiefeln in die Schule, das war immerhin ein Trost.

Mit Fußball war's natürlich nix. Wär' aber eh nix gewesen, weil wir im Winter in der Pause nicht rausdürfen. Weil sich die Kinderchen was abfrieren könnten? Nee! Sondern weil wir kleinen Ratten Steine in unsere Schneebälle hineinpopeln, um uns gegenseitig Augen auszuwerfen. Klar!

Das machen wir also nach der Schule, wenn wir endlich frische Luft hinter die Kiemen kriegen. Es gab die *Monsterschneeballschlacht*! Steven und Pepe fingen an, die hatten draußen vor der Schule einen richtigen Wall aufgetürmt, hinter dem sie einen Haufen Schneebälle gebunkert hatten. Mit denen warfen sie uns dann ab. Aber wir waren zu viert, Leon, Janusz, Karim und ich, und wir können echt die monsterharten, monsterschnellen Schneebälle und wir treffen immer.

Also Karim und Janusz und ich, wir treffen immer das, was wir treffen wollen, und Leon – Leon trifft die Zeitbombe.

Als uns allen klar war, dass Leon der Zeitbombe gerade einen monsterharten, monsterschnellen Schneeball mitten ins Gesicht gepfeffert hatte, waren wir alle starr vor Schreck. Keiner bewegte sich, nur die Zeitbombe.

Die riss die Hände hoch und dann gab sie einen Schrei von sich. Keinen menschlichen Schrei, sondern einen wüsten Röhrer, bei dem Sturm aufkommt und sich die Häuser flachlegen. Ich habe kurz gedacht, vielleicht sollte ich anfangen zu heulen, so eine Angst hatte ich, ganz ehrlich.

Aber warum war die auch immer noch da? Warum war die nicht schon längst nach Hause gegangen wie die anderen Lehrer? Keiner traute sich, ihr diese naheliegende Frage zu stellen.

Als sie mit Röhren fertig war, warf sich die Zeitbombe auf Leon. Meine Fresse, war die schnell! Plötzlich lag sie auf ihm drauf und stopfte ihm Schnee in den Kragen, noch ehe sich jemand von uns rühren konnte!

Das war natürlich voll unfair! Bei jedem anderen hätten

wir uns jetzt draufgeworfen und Leon rausgehauen, aber bei der Zeitbombe?

Leon quiekte also nur wie angestochen und wir standen daneben und starrten auf die Zeitbombe runter, die weiter Leon einseifte. Was ist denn das für 'ne Lehrerin? So was darf die doch gar nicht! Dafür kann die bestimmt sogar ins Gefängnis kommen!

Natürlich hat keiner von uns die Zeitbombe darauf hingewiesen. Inzwischen war sie auch fertig, rappelte sich auf, klopfte sich den Schnee von den Klamotten und ging davon, ohne sich noch mal umzudrehen.

Als wir sicher waren, dass sie nicht nur um die Ecke war, sondern auf jeden Fall schon zu Hause, sind Steven und Pepe völlig ausgeflippt. Sie haben sich grölend im Schnee gewälzt und Leon ausgelacht, bis Karim, Janusz und ich uns auf sie geworfen haben und sie eingeseift haben, bis sie auch quiekten wie ein Rudel Schweine. Dann haben wir sie festgehalten und Leon hat sie mit Schnee ausgestopft. Ja, das war vielleicht auch irgendwie unfair, aber danach ging's uns auf jeden Fall besser.

MITTWOCH

Zwei Tage haben wir jetzt die Eisbahn vor der Schule bearbeitet und jetzt ist sie perfekt: Man kann mindestens zehn Meter drauf schlittern, nachdem Alex gestern nach der Schule noch eine ganze Flasche Wasser aus dem Schulklo geholt und über die Bahn geschüttet hat.

Karl sagt, das sind nicht mehr als zwei Meter, aber Karl untertreibt ja gern. Wir mussten die Eisbahn ein bisschen verstecken, damit der Hausmeister sie nicht findet, Salz draufstreut, sie absperrt oder sonst was.

Die haben ja immer alle mordsmäßig Schiss, dass uns was passieren könnte. Dabei hätten sie bestimmt überhaupt nichts dagegen, wenn ein paar von uns für einige Wochen aus dem Verkehr gezogen werden würden, vermutlich haben sie nur Angst, dass unsere Eltern sie verklagen könnten.

Also, meine Eltern, die würden die Schule bestimmt nicht verklagen, die würden sich eher noch dafür entschuldigen, dass sie mich nicht jeden Tag an Händen und Füßen gefesselt in der Schule abgeben, damit ich nichts anstellen kann.

Und jetzt machen wir so Formen schlittern. So wie bei den olympischen Spielen, nur ohne Schlittschuhe. Zum Beispiel auf einem Bein, die Arme zur Seite ausgestreckt und ein Bein nach hinten. Oder auf einem Bein, die Arme zur Seite ausgestreckt und ein Bein nach vorne. Klar, die echt krassen Sachen, also Schlittern, dann Hochspringen, 'ne dreifache Schraube und dann wieder aufkommen, so Sachen müssen wir noch üben. Oder man schlittert und hält dann mit einer Hand jemand anders in die Höhe und der macht dann so 'ne coole Figur, sitzt zum Beispiel ganz entspannt mit übergeschlagenen Beinen und verschränkten Armen auf der Hand von dem, der unten gerade schlittert ... also daran üben wir auch noch.

DONNERSTAG

Wir haben unsere Aufsätze zurückbekommen und ich hab eine Zwei. Karl hat eine Sechs.

Ich habe Karl erzählt, dass ich Tagebuch schreibe und man davon echt prima Noten in Deutsch kriegt, zumindest in Aufsätzen, und dass er doch auch Tagebuch schreiben könnte, aber er meinte, ich solle mit meinen hohlköpfigen Ideen andere nerven. Statt das zu tun, habe ich ihm noch berichtet, dass ich bis zu der Tagebuchschreiberei auch immer gedacht hatte, ich wär' 'ne schreibende Null.

Manchmal wundere ich mich selbst, wie viel Mist ich so von mir geben kann, wenn man mich nicht knebelt oder bewusstlos schlägt. Karl starrte mich an und fragte dann: »Welchen Teil zwischen ›hohlköpfige Ideen‹ und ›andere nerven‹ hast du nicht verstanden?«

Statt darüber nachzudenken, meinte ich daraufhin noch, eine Sechs wär' doch keine Schande, sondern eine Chance. Das war dann endgültig so dämlich, dass ich anschließend auf mein Kinn zeigte und sagte: »Hier, hau mir eine runter!«

An dieser Stelle musste Karl grinsen und meinte: »Du bist schon gestraft genug damit, dass du du sein musst.«

Die Eins hat mal wieder Nina bekommen. Die hat bestimmt auch ein Tagebuch, aber bestimmt wäre sie ohne Tagebuch genauso gut. Und anders als ich kann sie nicht nur Aufsätze, sondern auch noch alles andere in Deutsch.

SAMSTAG

Mein Cousin wohnt in Köln und hat es gut. Er geht einfach auf die Oberschule, die am nächsten ist, Punkt. Er hat ein prima Zeugnis, also hatte er genau zwei Möglichkeiten: nächstes Gymnasium oder nächste Gesamtschule. Noch dazu hat er das alles schon hinter sich – der ist schon seit zwei Jahren auf dem Gymnasium und schmeißt sich immer weg, weil ich noch zur Grundschule gehe.

Wir in Berlin haben außer zwei Jahren länger Grundschule noch eine zweite Arschkarte gezogen: Wir müssen durch die ganze Stadt eumeln und Schulen aussuchen. Und mit etwas Pech müssen wir uns da bewerben, als wollten wir Deutschlands Superstar werden! Meine Mutter findet das super, die kriegt immer ein Glitzern in den Augen, wenn an irgendeiner Schule Tag der offenen Tür ist. Und ich muss natürlich mit.

Wenn so ein Tag der offenen Tür ist, lohnt es sich, krank zu werden. Meine Mutter denkt nämlich, dass sie ihr Wunderkind mit den tausend Hobbys und Talenten nur der perfekten Schule ausleihen darf. Ich glaube, mein echt mittelmäßiges Zeugnis will sie meinem Doppelgänger unterjubeln, das ist der ohne Stärken und Interessen.

Ich will nicht in die Schulband, weil ich nämlich kein Musikinstrument spiele! Ich bin voll unmusikalisch! Und es macht mir gar nichts aus! Ich brauche keine tolle Sporthalle, ich brauch nur ein Stück Betonboden zum Fußballspielen, notfalls reicht ein Bolzplatz mit Maulwurfshügeln! Ich brauch keine hypermoderne, tolle Aschenbahn! Ich hasse Laufen! Ich kann es auch nicht! Das *macht* mir was aus, aber daran kann auch eine tolle Aschenbahn nichts ändern!

Ich kann keinen Nagel gerade in irgendwas reinhauen. Und ich glaube auch nicht, dass ich das unbedingt fürs Leben brauche. Wenn Sarah das kann, reicht das dicke. Dann kann die unsere Bilder aufhängen. Ich brauche also keinen Eins-a-Werkraum für Holz-, Stein- und Metallbearbeitung! Ich will kein Handwerker werden, ich brauche nur eine ganz normale Schule.

Das sind nur ein paar der super Sachen an den Schulen, über die sich meine Mutter heute ein Loch in den Bauch gefreut hat. Sie findet es auch immer toll, wenn man ganz viele Sprachen lernen kann. Oder, das hatten wir heute auch, wenn die Schule bei irgendwelchen landesweiten oder weltweiten, was weiß ich denn, Mathewettbewerben toll abschneidet. Haha, weil ich ja so ein Mathe-Ass bin!

Ich glaube, wenn meine Mutter richtig ehrlich wäre, müsste sie zugeben, dass sie in Wirklichkeit selber wieder zur Schule gehen will. Und dann alle in Grund und Boden rechnen will, wenn sie nicht gerade mit der Schülerband einen Auftritt hat, Chinesisch lernt oder irgendwelche Metallviecher zusammenschweißt.

Mich deprimieren diese Tage der offenen Tür – heute waren es drei, die wir besucht haben – und ich hab noch 'ne ganze Reihe vor mir. Ich denk dann immer, ich sollte mal an ihrer Jacke ziehen und sagen: »Mama, weißt du, dass in Wirklichkeit die Niete hier neben dir dein Sohn ist?« Ich hab heute jedenfalls in jeder Schule zwei Waffeln und zwei Würste gegessen und jetzt ist mir schlecht.

WENN MEINE MUTTER EHRLICH WÄRE,
MÜSSTE SIE ZUGEBEN,
DASS SIE IN WIRKLICHKEIT SELBER
WIEDER ZUR SCHULE GEHEN WILL.

MONTAG

Julian hat sich die Hand gebrochen. »Von den Erwachsenen darf das keiner wissen, aber das ist auf der Eisbahn passiert«, hat er erzählt.

Julian weiß nicht, dass Karl und ich wissen, dass dies wieder eine fette Lüge ist, und Karl hat entschieden, das wird auch so bleiben.

»Niemand wird das erfahren«, hatte er mir eingetrichtert und mich dabei drohend angeguckt.

Es fiel mir echt nicht leicht, ruhig zu bleiben, vor allem als Julian auch noch erzählte, dass er zwei Schrauben ohne Probleme gesprungen wäre, aber bei der dritten mit Rückwärtsanlauf, da hätte er sich dann leider hingepackt.

»Hoffentlich heilt deine Hand, solange noch Schnee liegt, damit du mal die zwei Schrauben zeigen kannst«, meinte Leon zu Julian.

Als Julian daraufhin wie ein Roboter gegrinst und genickt hat, ich schwöre, es stand ihm der Schweiß auf der Stirn! Da ging es mir gleich wieder besser.

DIENSTAG

Karl geht jetzt ohne Quatsch zweimal die Woche zum Tanzen! Also nicht in der Disco cool in der Ecke stehen, höchstens mal 'n bisschen rumwackeln und sich vorn was auf die Hose schütten lassen, nein, so Tanzen mit Tanzkurs und allem Pipapo.

Ich hab ihn heut mal gefragt, warum er so was Komisches macht. Eigentlich dachte ich, das wär' mal wieder so ein Fall von Paul-steht-monstermäßig-auf-der-Leitung und Karl ist einfach in Nina verknallt, aber so ist es gar nicht.

Karl hat mich gar nicht lang angeguckt, wie er mich immer anguckt, wenn ich was besonders Dämliches gesagt habe und er einfach nur sprachlos ist. Stattdessen sagte er: »Ich brauch 'ne Zwei in Deutsch, besser noch 'ne Eins.«

Und Nina hat mit ihm ausgehandelt, dass sie ihm in Deutsch hilft, wenn er mit ihr dafür zu dem Tanzkurs geht.

Vielleicht sollte ich Sarah mal wegen Nachhilfe ansprechen, vielleicht will sie dann auch mit mir zum Tanzkurs gehen.

SAMSTAG

Wenn ich jemanden in meinem Zimmer warten lasse, also richtig lang warten lasse, will ich dann, dass er rumschnüffelt und meine geheimsten Geheimnisse herausfindet? Aber wenn ich meine geheimsten Geheimnisse so liegen lasse, dass sie halb unter dem Bett rausgucken?

Wollte Leon, als er mich in seinem Zimmer warten gelassen hat, bis er mit seiner Großmutter fertigtelefoniert hatte, also, dass ich seinen Loser-Ordner finde?

Leon hat einen echt unheimlichen Ordner, in dem er Zeitschriftenartikel und so Sachen abgeheftet hat, Ausdrucke von Internetseiten und anderes Zeug. Und alle handeln von Losern! Ich müsste jetzt eigentlich schreiben, von prominenten Losern, aber das ist ja irgendwie ein Widerspruch, nicht wahr?

Auf jeden Fall geht's um Väter, das hat Leon nämlich

dazugeschrieben. Er hat an alle Blätter in dem Ordner Zettel mit Büroklammern drangepappt und darauf steht, wie viele Kinder die Typen haben und wann sie geboren wurden. Zum Beispiel der Artikel: »Michael Lohan prügelt sich bei Kommunionfeier«, daran ein Zettel: »Lindsay, geboren 1986, Michael, geboren 1987, Aliana, geboren 1993, Dakota, geboren 1996«. Oder: »Pete Dohertys Konzert wegen Vollrausch abgebrochen«, daran ein Zettel: »Astile, geboren 2003«. »Rihanna: Vater ein Junkie«, auf dem Zettel: »Kandy, geboren 1979, Samantha, geboren 1981, Jamie, geboren 1984, Rihanna, geboren 1988«.

Ist Leon verrückt?, fragte ich mich, als ich den Ordner wieder halb unter sein Bett schob. Wird er zum Amokläufer, wenn ich nicht aufpasse? Müsste ich das hier irgendwie irgendwo melden?

MONTAG

Ich hab mit Karl geredet. Karl ist von allen, die ich kenne, der Einzige, der immer ganz sicher den Mund halten kann. Wenn ich Leon wäre, würde ich nur Karl allein in meinem Zimmer lassen, wenn ich so durchgeknallte Ordner hätte.

Ich hab Karl jedenfalls von dem Ordner erzählt und ihn gefragt, was ich machen soll.

»Frag ihn«, forderte Karl, als ob das die nächstliegende Sache der Welt wäre.

»Meinst du, Leon wird ein Amokläufer?« Ich *musste* das einfach wissen. Karl blickte mich nur lang und ein bisschen mitleidig an und ich trollte mich schließlich.

Ich fuhr also zu Leon. Als er mir öffnete, fiel ich gleich mit der Tür ins Haus. »Was ist das für ein irrer Ordner, den du unter deinem Bett versteckst?«

Auch Leon starrte mich daraufhin lang an, dann sagte er: »Komm rein«, und ich folgte ihm in sein Zimmer.

Als ich hinter mir die Tür zumachte, zog er bereits den Ordner hervor. Wir saßen dann nebeneinander auf seinem Bett und blätterten uns durch die ganzen üblen Typen.

Schließlich begann Leon zu reden: »Das sind doch echt alles Väter, für die man sich voll schämen müsste. Oder?«

Ich nickte. »Klar! Voll!«

Er hatte da aber auch die Hammergeschichten drin. So ein Rocker, der die Asche von seinem Vater mit Koks vermischt und dann in die Nase gezogen hat! Wie ranzig ist das denn? Und so 'ne Schauspielerin, die erzählt hat, dass sie ihren Vater nie nüchtern gesehen hat! Krasse Scheiße! Zu Charlie Sheen zum Beispiel hat er eine richtige Artikelserie, der hat sogar mal einer Freundin in den Arm geschossen.

»Meine Fresse!«, rutschte mir raus. Leon guckte mich von der Seite an und grinste.

»Und warum sammelst du den Scheiß?«, fragte ich ihn schließlich.

Er starrte eine Weile auf den beunruhigenden Ordner. »Wegen meinem Vater«, eröffnete er mir schließlich. »Ich will nicht der Einzige sein mit so was.«

»Mit so was?« Ich weiß, ich stehe öfter auf der Leitung, als sich andere Leute am Kopf kratzen.

»Mit so 'nem Loser, du Idiot!«, schnauzte mich Leon an.

»Hast du nach unserem Schwimmen mit der Sammelei angefangen?«, fragte ich.

»Genau«, gab Leon zu.

»Meine Idee also«, stellte ich ein bisschen stolz fest, »ich bin ein Genie!«

Dann fiel mir wieder ein, was ich zuerst gedacht hatte: »Ich dachte, du würdest vielleicht ein Amokläufer werden.«

»Klar, du Genie«, sagte Leon. »Ich lauf Amok in irgendeiner Vätergruppe und das war dann alles deine Idee. Du Glückspilz, damit kommst du dann bestimmt sogar in die Zeitung!«

Ich starrte ihn entgeistert an, aber Leon fing an zu prusten. »Du bist so ein Idiot, Paul«, stieß er hervor und dann rollten wir uns auf dem Boden rum, bis ich gewonnen hatte, auf Leon drauf saß und seine Arme festhielt.

»Selber Idiot«, keuchte ich ziemlich außer Puste.

Dann holte Leon eine Packung Salzstangen aus der Küche und wir guckten uns weiter seinen Ordner an. Leon musste es nicht aussprechen und ich, Wunder über Wunder!, hab's auch geschafft, meine Klappe zu halten: Aber im Verhältnis zu dem ganzen Schmodder in seiner Sammlung hat Leon echt ein richtig großes Los gezogen mit seinem Vater.

DIENSTAG

»Und?«, fragte Karl mich heute in der Pause. Ich wusste sofort, was er meinte.

»Leon sammelt Loser-Väter«, sagte ich. »Ich denk mal nicht, dass er ein Amokläufer wird.«

Karl wollte natürlich wissen, wozu er die Loser-Väter

braucht, nicht mal Karl ist so cool, da nicht neugierig zu werden.

Ich erzählte ihm von Micky und dem Schwimmen im letzten Sommer und Karl nickte. »Gute Idee, so ein Ordner«, meinte er und klang richtig anerkennend.

MONTAG

Karl hat im Aufsatz eine Zwei plus geschrieben. Abgefahren! Die Kerner hat ihn vor der Klasse gelobt, weil sein letzter Probeaufsatz eine glatte Sechs gewesen wäre, wenn der gezählt hätte. Leider hat Sarah genauso eine luschige Drei geschrieben wie ich. So wird das weder was mit Nachhilfe noch mit einem Tanzkurs.

Was mich richtig wurmt, ist, dass Steven eine Eins geschrieben hat. Ausgerechnet! Er könnte Sarah nun Nachhilfe anbieten und dazu noch einen Tanzkurs und ich könnte absolut *nichts* dagegen machen!

DONNERSTAG

Mathetest: Drei. Meine Mutter hat voll die Krise gekriegt. Keine Ahnung, warum sie Mathe immer so persönlich nimmt, und keine Ahnung, warum sie ein Theater machen muss, als hätte ich die dritte Sechs am Stück geschrieben, auf jeden Fall hab ich Hausarrest bis zum Wochenende. Weil wir am Montag die Mathearbeit schreiben, und »das wird eine Eins«, wie meine Mutter verwegen behauptet hat. Kann sogar sein, dass sie damit recht hat, wenn sie so weitermacht: Heute habe ich zwei Stunden lang verschissene Rechnungen gemacht, bis es mir aus den Ohren geraucht hat. Und danach hat sie mit mir das Einmaleins geübt, kein Witz! Das hab ich zum letzten Mal geübt, als ich ungefähr in der ersten Klasse war! Das hab ich meiner Mutter auch gesagt, aber sie hat das komplett falsch verstanden und gemeint: »Dann wird's Zeit, das zu wiederholen!« Heißt das etwa: Ich muss nächste Woche, wenn die Deutscharbeit ansteht, wieder kleine As und Es malen?

FREITAG

Heute war Matheüben mit meiner Mutter echt großartig! Ich hatte nämlich Sarah mitgebracht. Die hatte im Test eine Vier geschrieben – dafür hätte mir meine Mutter nicht nur die Verabredungen am Nachmittag gestrichen, sondern auch noch Einmaleins-MP3s aufgenommen und die Nacht über laufen lassen!

In der Pause hab ich Sarah abgefangen. »Du hast doch 'ne Vier geschrieben in Mathe, oder?«, hab ich sie gefragt und gleich gemerkt, dass ich einen Fehler gemacht hatte. Sarah guckte mich ganz misstrauisch an und fragte zurück: »Wieso merkst du dir meine Noten?«

Klar, das war gestern gewesen, einen kompletten Tag kann ich mir normalerweise nicht mal meine eigenen Noten merken! Mir fiel keine Antwort ein, deswegen skipte ich in meinem Kopf einfach einen Track vor und meinte: »Meine Mutter ist so ein Mathefreak, die paukt bis Montag jeden Nachmittag mit mir. Wenn du willst, kannst du mitkommen, das ist bestimmt okay!«

Ich habe selber gestaunt, aber sie hat tatsächlich genickt und gemeint: »Das wär' super.«

Noch mehr gestaunt habe ich, dass ich keinen kleinen Salto vor ihr gemacht hab vor Glück, aber ich bin ja voll der coole Typ, ich hab einfach geantwortet: »Na, dann nach der Schule bei mir.«

Sarah ging zwar nicht mit mir gemeinsam nach Hause, aber sie stand immerhin kurz nach mir vor der Tür und hatte es sich nicht anders überlegt.

Meine Mutter war richtig glücklich, jetzt zwei Leute quälen zu können – man kann sie echt mit sonderbaren Sachen glücklich machen!

Wir haben wieder zwei Stunden Brüche gemacht, aber diesmal kam es mir gar nicht lang vor. Ich fand's auch nett, dass meine Mutter mich nicht die ganze Zeit gedemütigt hat wie am Tag davor. Da hatte sie immer so Sachen gesagt wie: »Was für eine Einöde hast denn du bloß in deinem Kopf?«, oder: »In einem früheren Leben wärst du ein guter Mammutjäger gewesen, Paul, dafür muss man nur grunzen können!«

Stattdessen hat sie mich sogar einmal aufgefordert, Sarah zu erklären, wie man Brüche kürzt. Ich hoffe mal, das hat sie gemacht, weil sie sicher war, dass ich das kann.

Sarah hat sich am Abend total höflich von meiner Mutter verabschiedet und gefragt, ob sie morgen wiederkommen dürfe. Wirklich! Wirklich, wirklich, wirklich! Ich bin der glücklichste Junge der Welt! Wenn man mir gesagt hätte, dass ich dem Mathehai, der mit mir zusammenwohnt und sich als meine Mutter ausgibt, jemals dankbar sein würde – ich hätt's nicht geglaubt!

DIENSTAG

Sarah stand heute Nachmittag mit einer Schachtel Pralinen vor der Tür. »Für deine Mutter von meiner Mutter«, erklärte sie. Sarah hat nämlich 'ne Zwei plus in der Arbeit und ich hab: 'ne Eins! Ich hab 'ne Eins! Die erste Mathe-Eins meines Lebens!

Meine Mutter hat gequietscht, als ich ihr das erzählt hab, ein echt komisches Geräusch, also echt nicht muttermäßig, aber ich hab mich gefreut.

»Ich wusste, dass in deinen Holzkopf doch was reinpasst«, hat sie gerufen und mir durch die Haare gewuschelt. Meine Mutter kann nicht so gut nette Dinge sagen, aber das war auf jeden Fall nett gemeint.

Sie hat Sarah angestrahlt, als sie mit den Pralinen vor der Tür stand, hat die Pralinen genommen und dann hat sie uns Geld gegeben: »Kauft euch so viel Pizza, wie ihr verdrücken könnt. Du isst doch auch gern Pizza, oder?« Sarah nickte und wir zogen los.

Ich schaffte fünf Pizzastücke und Sarah auch. Ich hatte schon vorher viele gute Gründe dafür, Sarah toll zu finden, aber dass sie so viel Pizza essen kann, das find ich auch ganz schön süß.

MONTAG

Unsere Klassenlehrerin ist krank und wir haben Frau Ellering als Vertretung. Ich glaube, sie hatte sich auf eine erste Klasse eingestellt, als sie bei uns reinkam, und als dann wir ganzen Riesen vor ihr saßen, da dachte sie: Egal,

Programm ist Programm, das ziehe ich jetzt durch! »Hallo, Kinder«, stellte sie sich vor, »ich bin die Frau Ellering. Schön, dass ich bei euch sein darf!«

Wir starrten sie alle an. Noch nie hatte eine Lehrerin betont, dass sie bei uns sein darf! Ich bin sicher, dass sie das *muss*! Und ich denke, dass ihr das nach der ersten Stunde auch klar war.

Sie hatte eine Kerze dabei und stellte sie aufs Pult und sich daneben. »Ich habe eine Kerze mitgebracht«, sagte sie und lächelte. Boah! Da wären wir gar nicht drauf gekommen, wenn sie es nicht gesagt hätte! »Wir bereiten uns alle auf Weihnachten vor, dazu gehört es auch, ein Licht anzuzünden! Und eine Kerze ...« Sie machte eine dramatische Pause. Oh! Wir waren alle wahnsinnig gespannt, wie der Kerzensatz weitergehen würde! »... habt ihr bestimmt auch alle zu Hause. Wann zündet ihr denn in der Vorweihnachtszeit zu Hause eine Kerze an? Na?«

Ich glaub, sie wollte, dass wir uns zum Trottel machten, damit sie nicht ganz so allein war. Steven war der Erste, der platzte und losgiggelte. Eigentlich noch ziemlich leise, aber danach wurde es immer lauter, weil wir alle zu kichern, tuscheln und zappeln begannen. Es wurde richtig, richtig laut und ich glaube nicht, dass Frau Ellering sich noch einreden konnte, dass wir darüber diskutierten, wann wir zu Hause in der Vorweihnachtszeit wohl eine Kerze anzündeten.

»Liebe Kinder«, man konnte ihre Stimme kaum durch den Tumult hindurch hören, »wenn ihr jetzt nicht still seid, dann zünde ich die Kerze nicht an!«

Das Lustigste heute war mit Abstand, dass wir tatsächlich sofort still wurden! Ich glaube, weil wir alle so ungeheuer verblüfft über diese abseitige Drohung waren. Doch gerade als Frau Ellering ihr Vorweihnachtslächeln wieder aufsetzte, fiel uns auf, wie ungeheuer idiotisch wir uns benahmen, und rumpelten augenblicklich wieder rum, zwei, drei von uns fielen sogar von den Stühlen.

Ihr Lächeln erlosch.

Doch dann leuchtete es wieder auf. Sie schrie: »Soooo!« Dabei stellte sie sich ganz gerade hin und formte Kreise aus Daumen und Zeigefinger. Diese Kreise ließ sie neben ihren Ohren schweben.

»Die Stille«, schrie sie über den Lärm hinweg, »ich kann die Stille hören!« Das war wirklich mit Abstand der größte Bär, den uns jemals jemand versucht hat aufzubinden. »Wollt ihr die Stille auch mal hören?«

Frau Ellering stand vor der Tafel, mit den Fingern neben den Ohren und einem lächerlichen Gesichtsausdruck, als würde ihr die Stille, die sie höchstens in ihrem Kopf hören konnte, ganz aufregende Dinge erzählen. Das hielt sie wirklich bis zum Ende der Stunde durch. Als es klingelte und wir noch ein bisschen lauter wurden, brüllte sie: »Schade, dass ich die Kerze heute nicht anzünden konnte! Wir sehen uns morgen wieder, Kinder!« Dann verließ sie den Klassenraum.

Ich muss sagen, eine gewisse Hochachtung hab ich schon vor diesem Grad an Irrsinn. Die Ellering hat diese Kerzensache echt durchgezogen! Ohne zu heulen und ohne zu petzen. Ich bin gespannt, was sie uns morgen mitbringt: einen kleinen Nikolaus, und wenn wir brav sind, dürfen wir mit ihm kuscheln? Ein Lebkuchenhaus, und wer lieb ist, darf davon abbeißen?

DIENSTAG

Wir waren alle mordsgespannt auf Frau Ellerings Programm heute.

Sie spielte die Trumpfkarte aller Lehrerinnen, sie brachte einen Film mit. Aber was für einen!

»Hallo, Kinder«, rief sie, als sie reinkam. »Wir haben ja gestern schon über die Vorweihnachtszeit gesprochen.«

Keiner konnte sich daran erinnern, dass außer ihr überhaupt jemand was gesagt hatte, und ihre einzige Aussage zur Vorweihnachtszeit war gewesen, dass man da üblicherweise eine Kerze anzündet, was sie dann aber doch nicht gemacht hat. Wir waren heute so gespannt, dass keiner einen Mucks von sich gab.

»Ich wundere mich oft, wie viele Kinder gar nicht wissen, warum Ostern gefeiert wird. Die erzählen dann was von Hasen und Eiern«, an dieser Stelle kam ein bisschen Unruhe auf, »aber den wahren Grund, den kennen viele nicht. Und ich staune noch mehr, dass manche auch nicht wissen, warum Weihnachten eigentlich gefeiert wird. Und deswegen habe ich euch einen Film mitgebracht. Damit von euch nachher niemand mehr sagen kann, dass Weihnachten etwas mit Tannenbäumen und Weihnachtsmännern zu tun hat!«

Sie kicherte über einen Witz, den wir nicht recht verstanden, dann werkelte sie an dem Projektor herum, den sie mitgebracht hatte. Zuerst klappte es nicht, aber Felix half ihr schließlich und sie sagte: »Vielen Dank, du! Verrätst du mir deinen Namen?«

Einen Moment sah Felix so erschrocken aus, dass ich dachte, er würde den Kopf schütteln. Oder einen falschen

Namen sagen. Aber dann antwortete er »Felix«, allerdings so misstrauisch, als wäre es völlig unüblich, dass Lehrerinnen die Namen der Schüler erfahren.

Sie lächelte ihn an. Wenn sie morgen ein Lebkuchenhaus mitbringt, darf Felix bestimmt als Erster abbeißen. Oder mit dem Nikolaus kuscheln.

Der Film war der Hammer! Es war ein Zeichentrickfilm, in dem eine Menge getanzt wurde. Zum Beispiel tanzte Maria mit dem Engel, als der ihr erzählte, dass sie schwanger werden würde, und Maria tanzte mit Josef, als das dann in Erfüllung ging. Dabei sangen sie alberne Lieder, in denen ziemlich oft Gott vorkam. Obwohl die Schweine in Bethlehem Josef und die fette Maria nicht in ihr Hotel lassen wollten, sangen die beiden, was das Zeug hielt, und im Stall sangen dann sogar die Tiere mit. Wir hielten uns die Bäuche vor Lachen. Frau Ellering strahlte uns dabei an, als wäre das genau die Reaktion, die sie sich gewünscht hatte.

Als Jesus schließlich auf die Welt kam und auch noch die Engel bei der Singerei mitmachten, winkte das kleine Baby aus dem Futtertrog.

Karim meinte nachher, seine Religion sei nicht so lustig wie unsere. Das war mir bisher auch nicht so klar gewesen.

Ich bin sicher, niemand von uns, einfach niemand wird jemals wieder vergessen, warum wir Weihnachten feiern.

MONTAG

Man kann es Frau Kerner natürlich wünschen, dass sie wieder gesund ist, aber unsere Klasse hat sich bestimmt geschlossen gewünscht, dass sie gefälligst bei sich zu Hause gesund ist und uns weiter eine lustige Zeit mit Frau Ellering gönnt.

Leider war sie heute einfach wieder da und wir waren alle ein bisschen traurig. Karim meinte sogar, sie sollte Frau Ellering von uns grüßen, das seien ein paar echt schöne Vertretungsstunden gewesen. Wir nickten alle und Frau Kerner sah völlig perplex aus. Ich kann mir vorstellen, dass Frau Ellering auch im Lehrerzimmer ab und zu eine Kerze anzündet, wenn alle mit ihr der Stille lauschen, und unsere Klassenlehrerin kann sich nicht vorstellen, dass wir Fans solcher Sachen sind.

Frau Kerner hat uns heute die Termine für die nächsten Arbeiten gegeben, für die Deutscharbeit, die Geschichtsarbeit und die Erdkundearbeit.

Ich hab einen Donald-Duck-Comic, in dem Donald mit Daniel Düsentriebs Hilfe irgendeinen Trick mit der Zeit anstellt und er ewig lang Urlaub machen kann, während in der echten Welt nur ganz wenig Zeit vergeht. So einen Zeittrick bräuchte ich jetzt auch, um mich auf all die Arbeiten vorbereiten zu können.

Welche Schule nimmt mich, wenn ich alles verhaue? Ich mache mir Sorgen.

FREITAG

Karl macht sich mindestens so große Sorgen um die Noten wie ich. Das ist mein großes Glück, weil er einen Deal mit ein paar Jungs vom Geschwister-Scholl-Gymnasium laufen hat, die im letzten Jahr Geschichte und Erdkunde bei Frau Kerner hatten. Die haben berichtet, dass sie immer dieselben Fragen stellt, seit Jahren schon. Und dass das nur deshalb nicht auffliegt, weil die Leute danach die Schule wechseln und es sich deshalb nicht rumsprechen kann.

Karl kann total abgefahrene Sachen. Er kann Jiu Jitsu, er kann weit werfen und er ist ein Skateboard-Ass. Und deswegen haben ihm die großen Jungs das mit Geschichte und Erdkunde erzählt – damit er ihnen zeigt, wie man mit dem Skateboard so ein Treppengeländer runterrutschen kann.

Es hat getaut und vor der Nationalgalerie der Abhang ist erstklassig für Skateboardtricks, sagt Karl. Dort ist er jetzt mit denen verabredet.

Es deprimiert mich total, dass ich überhaupt gar nichts kann. Ich könnte ihnen vielleicht zeigen, wie man ein Treppengeländer runterrutschen und sich den Hals brechen kann.

Karl hat mir das mit den Jungs, den Klassenarbeiten und dem Skateboard erzählt und ich war echt den Tränen nah. Karl hat das irgendwie mitgekriegt, er hat mir auf den Rücken geklopft und gesagt: »Kannste mal froh sein, dass du so einen tollen Typen wie mich kennst, der auf Treppengeländern skaten kann!«

Dann hat er mit den Augenbrauen gewackelt. Und weil ich immer auf Leitungen rumstehe, habe ich sicherheitshalber nachgefragt: »Heißt das, ich krieg dann auch die Fragen?«

Da rollte Karl nur mit den Augen und meinte: »Nee, Paul! Ich bin doch der, der auch kleinen Kindern die Lutscher klaut.«

Ich nehme mal an, das heißt »Ja«.

MITTWOCH

Karl ist echt der Beste! Er geht ja mit Nina tanzen, dafür gibt sie ihm Nachhilfe in Deutsch. Und während er heute mit Geschwister-Scholl-Schülern die abgefahrensten Megatricks geübt hat, habe ich dabei zugeguckt, ihn bewundert wie nix und mit seinen Karteikarten für Deutsch geübt: Wortarten und so Zeug.

Meine Mutter sagt immer, mein Kopf ist ein verdammtes Zwischenlager. Das mit dem »verdammt« (Wie-Wort!), das ist typisch meine Mutter: Sie fühlt sich nicht gut, wenn sie mich nicht mindestens einmal am Tag beleidigt hat. Aber das mit dem Zwischenlager, das hat auch Vorteile: Ich kann mir wahnsinnig gut Sachen für kurze Zeit merken. Das Zwischenlager wird dann immer bald wieder geräumt für neues Zeug, aber für kurze Zeit ist es prima. Und so hoffe ich das jetzt auch für Deutsch. Heute weiß ich, was Adjektive und Präpositionen und Akkusativobjekte sind, morgen schreiben wir Deutsch. Bis dahin muss nichts Neues ins Zwischenlager.

SAMSTAG

Heute war mal wieder Würste-und-Waffeln-Samstag.

Für Leon müssen diese Tage der offenen Tür noch viel schlimmer sein, als Vegetarier kann er nicht mal Würste essen, um sich besser zu fühlen.

Meine Mutter findet es immer Quatsch, wenn ich sie darauf hinweise, dass die Leute an den weiterführenden Schulen komisch aussehen. Die denkt wohl, wenn ich da hinkomme, habe ich gar nichts mit den Leuten zu tun! Weil dann eine Lehrerin mich Wunderkind an die Hand nimmt und einzeln unterrichtet!

»Die sind voll assig!«, habe ich in der ersten Schule immer wiederholt, keine Ahnung, wie die erste Schule hieß, das merkt sich meine Mutter.

»Die haben eine Band«, hielt meine Mutter dagegen.

»Toll«, habe ich erwidert und mit dem Kopf gewackelt, »dann kann ich ja endlich mal meine E-Gitarre benutzen!«

Immerhin grinste meine Mutter. »Man kann auch Spanisch lernen.« Ich seufzte tief.

Die nächste Schule bot Ballett an, da gibt es einmal im Jahr eine mordspompöse Aufführung. Das fand sogar meine Mutter ein bisschen unpassend für mich. Gäbe es da nicht Sarah, die Schule hätte mir ausnahmsweise mal gefallen, denn alles war voll mit hübschen Mädchen.

Apropos Sarah: Die letzte Schule, ehe meine Mutter heute Erbarmen mit mir hatte, war die Schule, auf die Sarah gehen will. Zumindest hab ich das mal aufgeschnappt, ich hab mich noch nicht getraut, sie direkt zu fragen: »Sag mal, auf welche Schule du gehen wirst, damit ich mich da auch anmelden kann!« Schade, dass die Dinge nicht so einfach sein können.

Die Schule fand meine Mutter allerdings ausnahmsweise mal so blöd wie ich: Sie ist riesig und voll runtergekommen. Ich muss unbedingt eine Gelegenheit finden, Sarah zu fragen, auf welche Schule sie wechseln will. Und dann kann ich ja sagen, dass ich da auch war, und sie fragen, was sie an der Schule denn so gut findet. Und wenn ich einen guten Tag habe, dann sag ich nicht so was wie: »*Die* Schule? Die fand ich echt das Allerletzte und nicht mal meine

Mutter fand an der irgendwas gut!« Auch ich kann mal einen guten Tag haben, ganz bestimmt!

DIENSTAG

Was ist besser: ein einzelner Pickelgigant, so groß, dass er eigentlich ein eigenes Zimmer braucht, weil meins zu klein für uns beide ist? Oder ein Dutzend kleine Pickel, die sich zusammenrotten wie eine fiese Rattenbande?

Seit gestern plant die fiese Rattenbande eine Invasion über meine Stirn in mein Gesicht und ich habe keine Ahnung, wie ich sie stoppen kann.

Meine Mutter, die seit meiner Pickelschwänzerei ein bisschen sensibler geworden ist, hatte auch keine richtige Idee. Sie hat sich aber sofort auf den Weg zur nächsten Apotheke gemacht, um was zu kaufen, was helfen könnte, die Invasion zu stoppen.

Warum macht ein Körper das? Fängt er in der Pubertät an, den Körperbewohner so sehr zu hassen, dass er ihn vertreiben will? Weiß er, wie dämlich das ist? Und wie grausam? Und warum lernen wir *darüber* nichts in Biologie?

Meine Mutter kam mit zwei Sorten von Creme zurück: Eine war weiß und eine hautfarben. Praktisch wäre es gewesen, wenn es auch meine Hautfarbe gewesen wäre, aber das wäre ja zu einfach gewesen. Stattdessen sah ich mit der Hautfarbencreme aus, als hätte ich eine komische Krankheit, wenn auch nicht ganz so eklig wie Pickel. Die weiße Creme kam gar nicht infrage – mit der leuchtete ich so, da hätte ich auch gleich einen kleinen roten Pfeil neben jeden Pickel machen können.

SEIT GESTERN PLANT DIE FIESE
RATTENBANDE EINE INVASION
ÜBER MEINE STIRN IN MEIN GESICHT
UND ICH HABE KEINE AHNUNG,
WIE ICH SIE STOPPEN KANN.

Um es vorwegzunehmen: Ich schmierte auf die Hälfte der Rattenbande die weiße und auf eine Hälfte die braune Creme und keine der beiden half. Zumindest nicht bis heute Morgen, als ich in die Schule musste.

Meine Mutter war sogar bereit, mir eine Entschuldigung zu schreiben, wobei sie allerdings meinte, dass sie schwarz für einen Schulabschluss sieht, wenn sie mich meine ganze Pubertät über bei Pickeln krankschreibt. Und ich fürchte, sie hat recht. Außerdem haben wir heute eine Englischarbeit geschrieben. Und meine Chancen sind eindeutig besser, wenn ich abschreiben kann, als wenn ich allein in einem Kämmerchen nachschreiben muss, wo einem die Aufsicht die ganze Zeit auf die Finger starrt.

Ich habe mir also eine Anti-Pickel-Frisur gemacht: Normalerweise streiche ich mir die Haare vorn aus der Stirn, aber heute bin ich mit Erstklässlerfrisur aus dem Haus gegangen: alle Haare in die Stirn gekämmt. Damit ich überhaupt etwas sehen konnte und nicht emomäßig den ganzen Tag ins Innere meines Ponys glotzte, musste ich mir ziemlich viele Haare abschneiden. Ich habe keine Ahnung, wie ich mir nach dem Abzug der räudigen Pickelbande wieder eine anständige Frisur machen soll.

Da können Menschen Überschallflieger bauen und U-Boote, aber gegen Pickel findet keiner was, da helfen nur faule Tricks!

MITTWOCH

Manchmal denke ich ja schlecht über Richard, weil der so oft den großen Bruder raushängen lässt, aber heute hatte ich ihn wirklich gern: Er hatte eine Lösung für mein Haarproblem. Meine Pickel auf der Stirn sind weg und ich wollte mich endlich nicht mehr blöd anquatschen lassen in der Schule wegen der Matte in der Stirn. Aber ich hatte mir die Haare vorn zu kurz geschnitten und da ließen sie sich nicht mehr wegkämmen.

Da ist Richard reingekommen, als ich verzweifelt vor dem Badezimmerspiegel zugange war – und zwar nicht, weil er noch was zu tun hatte, sondern nur, weil er mir helfen wollte! Total nett!

Er hat mir eine ganze Batterie Tuben in die Hände gedrückt mit Gel und so Zeug und dann hat er mir alles Mögliche ins Haar geschmiert und als das trocken war, sah ich wieder wie ein Mensch aus.

»Frisur«, stellte mein Bruder knapp fest und sah sehr zufrieden aus.

»Denk dir einfach, dass ich dich dafür gerade abknutsche«, sagte ich glücklich und Richard grinste.

»Geschenkt«, meinte er und gab mir einen Knuff auf den Oberarm.

FREITAG

Leons Mutter hat heute früh angerufen, ich soll ihn entschuldigen, Leon ist krank. Die Kramer meinte später in Deutsch, eigentlich hätte sie keine Lust, ihn zu entschuldigen, selbst wenn sie das von seiner Mutter noch schriftlich bekäme.

Leon war nämlich gestern mit T-Shirt und kurzer Hose in der Schule. Mitten im Winter! Leon sagte, der Schnee ist geschmolzen, also wäre nicht mehr Winter, sondern Frühling, außerdem würden die Vögel zwitschern und er würde das verdammt noch mal feiern, aber das hätte er auch in Winterjacke machen können, wie wir alle.

Stattdessen holte er mich am Morgen in kurzer Hose und T-Shirt ab. »Der Schnee ist geschmolzen!«, schrie er, als ich aus dem Haus kam. »Ist das nicht toll?«

»Toll«, antwortete ich und starrte ihn an, »aber denkst du nicht, du übertreibst?«

Er fand das nicht, auch wenn ich sicher bin, dass er spätestens in der ersten Stunde wankte. Er hatte die ganze Zeit eine Gänsehaut, weil unsere Schule immer Geld spart und sich im Winter darauf verlässt, dass wir ordentlich angezogen sind. Was wir auch alle waren, bis auf Leon.

Die Zeitbombe war es, die Leon für seinen Unsinn büßen ließ. Sie hatte am Anfang von Mathe gesagt: »Aha, ein Spaßvogel«, und dann hatte es für Leon eine Art Privatstunde gegeben.

Ich glaube, das hatte sie zuerst gar nicht so geplant, aber sie fand es anscheinend unheimlich witzig, dass Leon so schlecht sprechen konnte, weil seine Zähne so klapperten. Und dann hat sie ihn einfach immer noch mehr und noch mehr rechnen lassen. Davon kam er zwar ins Schwitzen, aber nicht körperlich, zumindest nicht so, dass er irgendwann weniger mit den Zähnen geklappert hätte.

Er bekam die Ergebnisse kaum raus, weil er so gezittert hat, aber die Zeitbombe, die fragte immer nur nach: »Ich hab dich nicht verstanden, Leon! Sag's bitte noch mal!« Und dann klapperte er halt noch mal von vorn.

Janusz meinte in der Pause zu Leon, er würde mit der Kälte bestimmt besser klarkommen, wenn er mal was anderes als Gemüse essen würde. Das fand sogar ich ziemlich daneben, als er das sagte, weil ich auch nicht brauchen kann, dass jemand »Siehste!« sagt, wenn ich mich gerade selber total dämlich finde. Obwohl ich glaube, dass Janusz recht hat. Wurst kommt mir auch wie ein Eins-a-Winteressen vor, aber ich hab's immerhin nicht ausgesprochen.

Frau Nieder hat Leon dann nach Hause geschickt. »So was Dusseliges«, hat sie gesagt. Aber dabei hat sie sehr mitleidig ausgesehen. Wenn sie so bösartig wie die Zeitbombe gewesen wäre, hätte sie uns wahrscheinlich die ganze Stunde über Gänsehaut zeichnen lassen.

Leon hat zum Abschied noch irgendwas gesagt wie »Gugugugut, dadadadass Früfrüfrüfrühling ist!« Ja ja. Hat er ja recht.

MITTWOCH

Gestern und heute war Kuchen- und Waffelverkauf bei uns in der Schule. Für unsere Klassenfahrt. Die Kerner hat behauptet, wenn wir unseren Teil zu der Reise beitragen, können wir sie viel mehr genießen. So ein Quatsch! Wenn ich einen neuen Fußball haben will und meine Mutter mich dafür eine Woche kochen und abwaschen lässt, kann ich aber ganz bestimmt den Ball nicht mehr genießen, als wenn sie ihn mir einfach so gekauft hätte! Ganz im Gegenteil: Ich würde mich dann tagelang fragen, warum ich Leon, Karim und Alex meinen Ball überhaupt nur anfassen lasse, obwohl ich die Sklavenarbeit dafür ganz allein gemacht habe.

Das habe ich meiner Mutter heute Abend auch dick aufs

Butterbrot geschmiert: die Sache mit dem Ball. Aber sie hat geantwortet, das sei etwas ganz anderes gewesen, die Frage wäre vielmehr, warum sie den Scheiß mitmachen müsste, obwohl sie doch gar keine Klassenfahrt macht. Und dass sie beim nächsten Mal lieber hundert Euro mehr dafür zahlt, als in ihrem Leben noch eine einzige Scheißwaffel zu backen. Es muss ziemlich dick kommen, bis meine Mutter so oft »Scheiß« sagt.

Meine Mutter war selbst auf dem letzten Elternabend gewesen, was wohl ein Glück für meinen Vater war. Wäre nämlich er dort gewesen, hätte meine Mutter sich vermutlich tagelang beklagt, dass er diese bescheuerte Waffelaktion nicht verhindert hat.

Nun mussten alle Eltern, die entweder nicht arbeiten oder, wie meine Mutter, keine gute Ausrede hatten, weil sie zu Hause am Computer arbeiten, zum Waffelbacken in der Schule antreten.

Und wir alle mussten entweder einen Kuchen oder einen Waffelteig mitbringen. Meine Mutter hat also gestern noch eine Lage Muffins gebacken, mit denen sie dann zur großen Pause im Foyer eingelaufen ist.

Wir waren fünf Minuten eher aus dem Klassenzimmer gelassen worden, um die Verkaufstische fertig zu machen, aber das war eigentlich gar nicht nötig. »Frau Timmi« war nämlich heute eingeteilt.

So nennt meine Mutter die Mutter von Tim. Tims Mutter ist Elternvertreterin und so schwierig ich meine Mutter auch manchmal finde, wenn das meine Mutter wäre, wäre ich schon freiwillig ins Waisenhaus gegangen.

»Timmi!«, schrie sie, als wir um die Ecke kamen, und dann strubbelte sie ihm zuerst die Haare, dass er aussah wie Pumuckl und dann, haltet euch fest!, dann spuckte sie auf ihre Handfläche und strich ihm die Frisur wieder glatt!

Wenn mir meine Mutter ihre Spucke auf den Kopf reiben würde, würde ich kreischend aufs Klo rennen und den Kopf unter den Wasserhahn hängen und wenn er da nicht drunterpasst, würde ich ihn notfalls auch in die Kloschüssel stecken! Und danach würde ich die Schule wechseln, um möglichst weit weg von allen zu sein, die das mit angesehen haben.

Tim machte gar nichts, er hielt nur still, bis sie mit der Arbeit fertig war. Dass danach alle Abstand hielten zu ihm und seinem Spuckekopf, das hat er vermutlich nicht mal gemerkt.

Frau Timmi hatte schon alles vorbereitet. Sie hatte Deckchen auf die Tische gelegt und darauf die mitgebrachten Kuchen drapiert und eine Liste ausgelegt, auf der genau aufgeschrieben war, wer in welchen zehn der zwanzig Minuten was zu tun hatte – Kuchen ausgeben, Kuchengeld einsammeln, Waffeln ausgeben, Waffelgeld einsammeln, Kuchen neu anordnen, volle Waffelteller vom Waffeleisen zum Tisch tragen und leere Waffelteller vom Tisch zum Waffeleisen zurücktragen.

Es war echt toll durchorganisiert. Meine Mutter hatte einen ganz verkniffenen Gesichtsausdruck und meinte nachher, diese »Berufsmuttis« würden sie total ankotzen.

Als ich meinte, Frau Timmi würde doch richtig arbeiten, lachte meine Mutter ganz böse und meinte, wenn ich einen Halbtagsjob in einer Bank für Arbeit halte, müsste ich aber noch ganz schön viel lernen.

Meine Mutter war für eins der drei Waffeleisen eingeteilt und ich war einer der Waffeltellerträger in den zweiten zehn Pausenminuten.

Das sah zuerst wie ein angenehmer Job aus, besser auf jeden Fall als Wechselgeld ausrechnen, aber ich hätte lieber Marcos Mutter, die am zweiten Waffeleisen stand, den Teller gebracht. Timmis Mutter am dritten Waffeleisen nicht, da hätte ich ständig nur Angst gehabt, sie könnte plötzlich auf ihre Hand spucken und meine Frisur richten.

Es gibt ja so eine Krankheit, bei der Menschen immer Beleidigungen sagen müssen, ohne was dagegen machen zu können, »Turett« heißt das oder so, und wenn ich es nicht besser wüsste, hätte ich geglaubt, meine Mutter hat sich das heute Morgen eingefangen.

Sie murmelte die ganze Zeit vor sich hin und viel von ihrem Gemurmel hatte mit Frau Timmi zu tun. Das hätte ich ja noch überhören können, wenn ihr nicht aufgefallen wäre, dass keiner Kuchen kaufte, sondern alle Schüler Waffeln haben wollten. Die Traube vor unseren Verkaufstischen wurde immer größer, aber es war keine Kauftraube, sondern eine Wartetraube.

»Warum kaufen die kleinen Scheißer keinen verdammten Kuchen?«, zischte mir meine Mutter zu. »Der Kuchen ist prima! Vor allem die Muffins schmecken tadellos! Was wollen die alle mit den Scheißwaffeln?«

Ich verstand das ehrlich gesagt auch nicht, weil ich anfangs eine etwas missglückte Waffel probiert hatte und sie ein bisschen wie aufgeweichte, warme Pappe geschmeckt hatte.

Meine Mutter war schon auf 180, als ich meinen Waffeltellertragedienst antrat. Keine Ahnung, was Kiki, die vor mir den Tragedienst bei meiner Mutter gemacht hatte, von meiner vor sich hin murmelnden Mutter gedacht hat. Hoffentlich erzählt sie Sarah jetzt nicht, dass meine Mutter verrückt ist und das vermutlich erblich ist.

»Es gibt auch Kuchen!«, rief meine Mutter halblaut Richtung Verkaufstische, als ich gerade Kiki abgelöst hatte. »Ihr könnt auch Kuchen kaufen!« Sie klang so bedrohlich, dass man das »Oder wollt ihr lieber eine Tracht Prügel?« sogar heraushörte, wenn man meine Mutter nicht kannte.

Ich sagte leise: »Mama, bitte!«, und war froh, dass sie wenigstens ein Mal auf mich hörte.

»Wenn ich den restlichen Waffelteig auf den Boden kippe, dann werden sie alle Kuchen kaufen!«, zischte sie mir zu. »Was sind das für Kanaillen, mit denen du zur Schule gehst? Wir wären als Kinder froh gewesen, wenn wir mal ein Stück Kuchen gekriegt hätten!«

Von meiner Oma weiß ich, dass es eigentlich ständig Kuchen und Kekse gab, als meine Mutter ein Kind war, aber es wäre nicht schlau gewesen, das jetzt zu erwähnen.

Als die Pause zu Ende war, backte meine Mutter weiter verbissen Waffeln, bis der Teig aufgebraucht war. Unser Unterricht fing wegen der Aktion fünf Minuten später an, damit wir die Tische fertig machen konnten für die zweite große Pause.

Frau Timmi lobte, das hätten wir schön gemacht und sie freue sich auf die nächste Pause. Sie würde die nächsten beiden Stunden auf den Kuchen aufpassen und auf die Eltern warten, die für die nächste Arbeitsschicht eingeteilt waren.

Ich blieb ein wenig hinter den anderen zurück, weil ich mir ein bisschen Sorgen wegen meiner Mutter machte. Und ich war froh, dass die anderen schon weg waren, als meine Mutter einen Schrei ausstieß. So einen lauten »Ha!-Ich-hab's-allen-gezeigt!«-Schrei. Sie streckte triumphierend die leere Teigschüssel in die Luft und wenn ich dabei nicht rot wie eine Tomate geworden bin, dann werd ich's in diesem Leben auch nicht mehr.

»Geschafft!«, rief sie, als wäre das ein Wettbacken gewesen. Dann knallte sie die leere Teigschüssel auf den Tisch und stapfte zum Kuchentisch. Von ihren Muffins war kein einziger verkauft worden. Sie nahm sie alle und rief voll aggressiv: »Die hier und ich, wir werden hier ja wohl nicht mehr gebraucht!«, und verließ das Foyer.

Ich verdrückte mich schnell in unseren Klassenraum.

Frau Timmi wird es allen Eltern der zweiten Schicht erzählen, dass Pauls Mutter zuerst rumgeschrien und dann ihre Muffins wieder mitgenommen hat, und alle werden lachen. Aber wenn sie wieder Tim ihre Spucke ins Haar schmiert, weiß ich trotzdem, welches Kind ärmer dran ist.

Und nach dem Abendessen durfte ich so viele Muffins essen, wie ich wollte, und war danach gar nicht mehr besonders sauer auf meine Mutter.

FREITAG

Noch zwei Tage bis zur Klassenfahrt. Heute wurden die Zimmer zusammengestellt, ich bin zusammen mit Karl, Leon und Marco im Zimmer. Die Kerner war nach dem Vorfall mit Marcos Bein so froh, dass freiwillig jemand Marco mit ins Zimmer genommen hat, dass sie unsere Zusammenstellung einfach durchgewunken hat. Die anderen Zimmer hat sie nämlich zusammengestellt.

Ich bin gespannt, wie es Karim aushält, mit den beiden Hantelträgern das Zimmer zu teilen. Karim ist ja immer so entspannt drauf, yo man!, aber wenn die den Tag mit Schnaufen und Ächzen beginnen und mit Schnaufen und Ächzen beenden, weil die auch im Bett ständig Krafttraining machen, vergeht ihm vielleicht sein Coolsein.

Wir sind alle froh, dass Janusz nicht in unserem Zimmer ist, Karim und ich und ganz besonders Leon.

Ich nehme mal an, Janusz' Koffer wird der schwerste sein, weil er eine Notration Würste dabeihaben wird. Ganz viele Gläser voller Wiener, damit er kein Gemüsetrauma bekommt! Und die wird er dann nachts essen, wenn er aus Albträumen erwacht, in denen er in Kartoffelsuppe ertrinkt. Kartoffelsuppe ohne Wurststückchen, an denen er sich hätte festklammern können.

Eine Woche! Fünf Nächte im selben Haus wie Sarah! Wenn ich nicht aufpasse, werd ich zum Schlafwandler. Aber vielleicht bin ich ja schon einer und weiß es nur nicht. – Wär das gut oder schlecht? Bei meinem Glück denke ich: schlecht!

SAMSTAG

Hatte ich eigentlich erzählt, wohin wir fahren? Wir fahren nach Todtnauberg zum Skifahren. Will jemand raten? Richtig, ich kann nicht Ski fahren!

Aber die Kerner hat behauptet, macht nix, sie sei eine Eins-a-Skilehrerin. Wer's glaubt, wird selig! Sie ist ja schon eine schlechte Deutschlehrerin und das hat sie immerhin mal gelernt! Kann mir aber auch egal sein.

Der Berg fährt auch mit, unser Sportlehrer, und der nimmt die Anfänger, hat die Kerner erklärt, also auch mich. Er heißt wirklich Herr Berg, aber er sieht auch so aus, sodass ich immer vergesse, dass das kein Spitzname, sondern sein echter Name ist.

Karl kann schon Ski fahren. Noch lieber fährt er Snowboard, hat er gesagt. Klar. Und Skispringen kann er wahrscheinlich auch noch. Aber Karl meinte, es sei nicht schlimm, nicht Ski fahren zu können.

Leon und Marco sind auch bei den Anfängern. Apropos schlimm: Meine Eltern haben mir gebrauchte Skier, gebrauchte Skischuhe und einen gebrauchten Strampelanzug gekauft. »Skianzug« nennen sie das Ding, ich nenne es »Strampelanzug«! Peinlich! Ich glaub, ich hab noch nie in meinem Leben so bescheuert ausgesehen. Und damit muss ich nach Todtnauberg fahren. Ich hab geschrien und gegen die Wand geschlagen, bis mir beide Fäuste wehtaten. Aber auch die Aussicht, dass ich zum Gespött des Jahrzehnts werde und sie daran schuld sind, wenn ich mich davon nie mehr erhole, hat sie nicht erschüttert.

»Für einmal Skifahren geben wir kein Vermögen aus«, haben sie erklärt und ich hab geschrien: »Was seid ihr denn für Versager, dass ihr euch keine Skiausrüstung für euren Sohn leisten könnt?«

Ich dachte, meine Mutter flippt total aus, ich war schon auf alles gefasst, aber sie hat nur völlig entspannt gesagt: »Wenn du erwachsen bist, kannst du ja mal mehr Geld verdienen als wir.«

Sind meine Eltern Loser oder einfach nur Sadisten? Ich weiß nicht, was mir lieber wäre.

IMMER NOCH SAMSTAG

Leon fährt auch mit gebrauchtem Strampelanzug. Und während meiner grau ist, ist seiner himmelblau! Noch schlimmer! Aber Leon ist ganz cool. Er sagt, ist ihm lieber, als bei jedem Sturz eine Packung Schnee in der Hose zu haben. Es reicht ihm schon Schnee in der Fresse.

SONNTAG

Leons Mutter hat beim Abschied geheult. Voll peinlich! Aber Leon machte das gar nichts aus. Der ist jetzt jedenfalls abgehärtet für seinen babyblauen Strampelanzug. Wenn sich dann wieder alle wegschmeißen vor Lachen, ist der schon Profi im Ignorieren.

Apropos Baby: Unser Busfahrer war der Abschuss! – Er sagte über sein Mikro nicht so was wie »Krass, ihr kleinen Arschlöcher, wer mir Flecken auf den Sitz macht, den bind ich hinten an und schleife ihn hinter meinem Bus her!«, sondern er rief fröhlich: »Hallo, Kinder, ich bin euer Busfahrer! Ihr dürft mich Käpt'n Bussi nennen!«

Wir grölten nur so vor Lachen, aber er dachte wohl, wir freuten uns einfach nur sehr laut. Gut, dass die Zeitbombe nicht dabei war, die hätte uns alle kollektiv hinten an den Bus gebunden.

Die Kerner dagegen stimmte »Im Frühtau zu Berge« an und man merkte gleich, wer eine echt verkorkste Volksliederbildung hat und spontan nicht nur mitsingen konnte, sondern das reflexhaft sogar tat. Ich zum Beispiel. Danke, Frau Kerner, danke!

Hier im Gästehaus werden wir bekocht, aber der Berg hat uns ab morgen für den Essensdienst eingeteilt: Tische decken, Tische abräumen, in der Küche beim Aufräumen helfen.

Die Zimmer sind ziemlich prima: Stockbetten und ich schlafe oben. Marco hat freiwillig ein Bett unten genommen. Der ist so an die Opferrolle gewöhnt, dass es ihm egal ist, ob ihm Prügel angedroht werden oder nicht, er zieht freiwillig die Arschkarte. Komisch war, dass Karl auch gleich nach unten zog, aber er erklärte, er musste mal mit Gehirnerschütterung ins Krankenhaus, weil er in der Nacht aus einem Doppelstockbett oben rausgerollt ist, und er denkt gar nicht dran, nur wegen eines blöden Betts aufs Skifahren zu verzichten.

Also schlafen Leon und ich oben, super!

Wenn ich mal erwachsen bin, kaufe ich mir ein Doppelstockbett, damit ich immer oben schlafen kann. Und Sarah ... Na, die kann sich dann auch ein Doppelstockbett kaufen und es neben meins schieben, dann können wir beim Einschlafen Händchen halten.

MONTAGMORGEN

Wir waren alle vor unserem ersten Tag auf Skiern zu aufgeregt zum Einschlafen gewesen. Nur Skiprofi Karl hatte geschlafen wie ein Toter.

Kann der Körper auch ohne Gehirn Skifahren lernen? Ich werde auf den blöden Brettern den Schlaf nachholen müssen, den ich letzte Nacht nicht bekommen habe.

Aber wenn ich umfalle und einschlafe, werde ich erfrieren. So geht es den Bergsteigern, die schlafen im Schnee ein und werden Jahre oder Jahrhunderte später als Tiefkühlfleisch wiedergefunden.

MONTAGABEND

In der Losergruppe waren wir mit unseren Strampelanzügen gar nicht allein: Außer Sarah sahen wir eigentlich alle wie Witzfiguren aus. Karim zum Beispiel hat den Skianzug seines kleinen Bruders mitbekommen. Allerdings hat er gar keinen kleinen Bruder, aber wenn er einen hätte, dann wäre der verantwortlich für Karims Wurstverkleidung. Ich bin froh, dass mein Strampelanzug nicht so eng ist, ich wüsste gar nicht, wo ich dann meine Pfefferminzbonbonvorräte unterbringen sollte.

Stevens Strampelanzug ist braun. Er sieht aus, als hätte ein großes Monster in den Schnee gekackt. Ein sehr, sehr großes Monster. Und dieser menschliche Kackhaufen bewegte sich kaum mehr als ein echter, denn Steven saß hauptsächlich im Schnee herum. Er ist mit Abstand der Unbegabteste von uns, was mich echt entspannt. Im Verhältnis zu Steven bin ich ein Ass!

In Wirklichkeit bin ich wohl eher der Trottel an zweiter Stelle von hinten, aber was soll's, immerhin ist mein Strampelanzug bloß grau!

Keine Ahnung, wie müde so Bergsteiger sein müssen, dass sie zu Tiefkühlfleisch werden, ich zumindest war durch die Im-Schnee-Herumfallerei ziemlich schnell ziemlich wach.

Der, der das Skifahren erfunden hat, muss viel Zeit und

mächtig viel Stroh im Kopf gehabt haben, um auf die Idee zu kommen, dass man sich zwei lange Bretter unter die Füße binden und einen Berg runterflitzen könnte. Der hatte vermutlich viel Langeweile und danach noch viel, viel mehr Langeweile, sodass er sich schließlich gefragt hat: »Was könnte ich tun? Soll ich lernen, mit den Ohren zu wedeln und zu fliegen? Nee! Zu einfach! Soll ich durch reine Konzentration meine Körperwärme so steigern, dass ich Gletscher abtauen kann? Nee! Zu einfach! Wie wäre es mit zwei Brettern, die ich mir unter die Füße binde ...?«

Und dann kamen Witzbolde wie die Kerner und der Berg und hielten diesen Unsinn für eine prima Freizeitbeschäftigung!

Wenn die Kerner unserer Gruppe was erklären wollte, mussten wir uns immer in so einer Reihe aufstellen, quer zum Hang, damit wir nicht aus Versehen runterfuhren. Es hat jedes Mal mächtig gedauert, bis wir eine halbwegs akzeptable Reihe waren, weil die Skier nie so wollten wie wir.

Janusz ist auch in unserer Gruppe und er roch heute penetrant nach Wurst. Er hat nämlich keine Gläser mit Wienern in seinem Koffer, sondern eine gigantische Tüte voller Knacker. »Dauerwürste«, hat Janusz gesagt, »die müssen nicht gekühlt werden.« Und für den Notfall hat er jetzt immer zwei Knackwürste in der Brusttasche. Und weil er deswegen immer nach Würsten riecht, weigerte sich Leon, in der Reihe neben Janusz zu stehen. Und weil Leon nicht Ski fahren kann, packt er sich auf der Flucht vor Wurst-Janusz meistens hin und muss dann ans andere Ende der Reihe kriechen.

Heute haben wir vier Dinge gelernt:

Erstens: Wie man sich zusammen mit sehr vielen Menschen in einem Klumpen erfolgreich beim Skilift anstellt, obwohl man lange Skier hat, auf denen ständig jemand mit anderen langen Skiern drauf steht.

Zweitens: Wie man es irgendwann schafft, auf einen von Sadisten ausgedachten Skilift zu kommen, bei dem einem eine Stange unter den Hintern geschoben wird, die einen dann nach oben schiebt, während man verzweifelt versucht, die Skier gerade zu halten.

Drittens: Wie man, wenn man auf dem Weg nach oben vom Skilift gefallen ist, wieder zurück zum Skilift kommt, um es noch mal zu versuchen.

Viertens: »Schneepflug« bedeutet, dass man mit den Skiern ein V macht. Die Spitzen der Bretter treffen sich vorn und die Enden sind hinten ganz weit auseinander. Weil es aber eher wie »Ich muss pinkeln« aussieht als wie ein Schneepflug, nennen wir es auch so.

Unsere Anfängergruppe steht irgendwo rum, nacheinander rutschen wir entweder von der Gruppe weg oder auf die Gruppe zu, während die anderen zugucken. Und wenn man es schlecht macht, brüllen die anderen: »Pinkeln! Du musst pinkeln!« Und dann weiß man, man sieht noch nicht dumm genug aus.

Weil Sarah auch in unserer Gruppe ist, halte ich mich aus dem Pinkelgeschrei raus, ich bin ein verdammter Opportunist.

Leon kannte das Wort nicht, Opportunist. Ha! Ich bin so gebildet! Als ich gesagt habe, ein Opportunist, das ist so was wie ein Charakterschwein, hat er so gelacht, dass er rückwärts in den Schnee gefallen ist, seine Skibindungen sind aufgegangen und die Skier sind ohne ihn nach unten gefahren.

Wir hatten wirklich eine Menge Spaß, wir Körperkläuse!

DIENSTAG

Marco ist ein echtes Naturtalent. Ich habe irgendwo mal gehört, dass jeder in irgendwas ein Naturtalent ist, Pech ist nur, wenn man nie herausfindet, wofür man selbst Talent hat. Es kann ja auch Stepptanzen, Kartentricks oder Klippenspringen sein. Marco immerhin weiß es jetzt: Er kann Ski fahren.

Weil er aber keine Lust hat, zu Nico und Ludo in die Aufschneidergruppe zu kommen, tut er vor dem Berg immer so, als wäre er genauso ein Trottel wie wir. Aber wenn der Berg mal wegguckt, dann macht er so – schlurk, schlurk, schlurk, die Skier parallel – und dann wackelt er von rechts nach links und links nach rechts und ist ganz schnell unten und es sieht ganz schön klasse aus, obwohl sein Strampelanzug pipigelb ist.

Es macht echt Spaß, da zuzugucken, und Marco sagt, es macht auch Spaß, das zu machen.

Wenn uns der Berg heute allein den Hang runtereumeln ließ, ließen wir ihn immer vorfahren und dann versuchte Marco, uns die Sache mit dem Schlurk-schlurk noch mal zu erklären.

Er rief dann immer: »Gleich habt ihr's raus, gleich habt ihr's raus«, aber so fühlte es sich nicht an. Bei mir jedenfalls fühlte es sich an, als sollte ich lieber mal Klippenspringen ausprobieren.

MITTWOCH

Man wird nicht mit dem Wissen geboren, was es mit den Farben von Pisten auf sich hat. Aber man wird auch nicht mit dem Wissen geboren, wie man einen Skilift benutzt, ohne der Obertrottel zu sein. Und damit fing es an.

Dieser Scheißskilift ist nur so eine Vogelstange, auf der rechts und links der Haltestange zwei Vögel Platz haben. Aber diese Vögel passen nur auf die mistige Stange, wenn sie sich exakt zur selben Zeit draufsetzen.

Wenn nicht, fällt zuerst der eine Vogeltrottel runter und dann der andere. Und dann verheddern sich die Skier, dann rumpelt einem die nächste Vogelstange ins Kreuz und spätestens dann liegen auch alle anderen im Schnee, aber vor Lachen.

Ich habe gefühlt den ganzen Skilift nach und nach ins Kreuz gekriegt, weil Leon und ich echt die dümmsten Vögel von allen waren: von einer Stange gefallen, die nächste ins Kreuz, wieder aufgerappelt, von der nächsten Stange gefallen und die danach ins Kreuz und so weiter.

Als wir es dann irgendwann geschafft hatten, weil die Kerner wie eine Mama Leon festgehalten hat und der Berg, mein Papa, mich auf die Stange gehievt hat, habe ich die ganze Zeit, während wir hochfuhren, nur gedacht: Diese Schmach, die wird mein ganzes Leben lang an mir pappen wie Pech.

Na ja, und dann kam die Sache mit der Piste. Wir standen oben und ich dachte nur »Ich bin so peinlich, oh, wie bin ich peinlich«, da rief Leon: »Puh, guck mal, eine schwarze Piste, hey, hey«, und dann dachte ich: Prima Gelegenheit, die Scharte auszuwetzen.

Hätte ich mehr Grips, hätte ich gedacht: Prima Tag, um zu sterben. Aber ich hab halt nicht mehr Grips.

Also wartete ich, bis unsere ganze Gruppe oben angekommen war, die anderen brauchten dafür alle zusammen weniger Zeit als Leon und ich. Dann standen wir alle oben und warteten.

Janusz bot Karim eine Wurst an, weil er immer noch nicht kapiert hat, dass Karim kein Schweinefleisch isst. Vielleicht will er aber auch, dass seine Würste abgelehnt werden, dann kann er sie alle allein essen.

Der Berg blickte uns zufrieden an und ich fragte ihn: »Dürfen wir?«, und als er nickte, schwang ich meine Skier herum und fuhr statt des Idiotenhügels in gerader Linie die schwarze Piste runter.

»Sarah sieht mich«, war mein letzter halbwegs intelligenter Gedanke. Danach dachte ich nur noch: »Scheiße, Scheiße, Scheiße!«

Ich muss sagen, ich hätte das schlechter machen können. Ich hätte mich schon nach einem Meter hinpacken können. Auch zwei Meter wären lausig gewesen. – Aber auch schlau. *Sehr* schlau!

Nur ein Vollidiot wie ich versucht, auf einer schwarzen Piste so lang wie möglich auf den Beinen zu bleiben. Dummerweise hat eine schwarze Piste mehr Gefälle. Viel mehr Gefälle. Ich wurde also immer schneller. Und schrie immer lauter.

Ich kann mich nicht erinnern, wie ich gefahren bin, aber die anderen sagten, ich sei zuerst geradewegs runtergerauscht und dann irgendwie abgebogen und auf so was wie einen Wald zu: viele Bäume, viel zu nah beisammen.

Ich könnte jetzt sagen: »Und dann ging alles ganz

schnell«, aber es ging ja schon längst alles ganz schnell. *Furchtbar* schnell!

Ich erinnere mich, dass einer der Bäume rasend schnell auf mich zukam. Und kurz bevor ich den Baum küssen und dann zu rotem Mus werden konnte, rammte mich was von der Seite, ich sah nur was Pipigelbes und schon flog ich in einem hohen Bogen und dann war da nur noch Schnee. Danke, liebe Eltern, für den Strampelanzug! Den ganzen Schnee habe ich nämlich, wie Leon prophezeit hatte, nur in die Fresse gekriegt.

Als ich wieder klar denken konnte, blickte ich mich um. Neben mir lag Marco. Ich kann nur sagen, was die anderen gesehen haben, nämlich dass Marco, als ich auf die Bäume zugerauscht bin, ebenfalls den Berg runtergebrettert ist, mich eingeholt und dann zur Seite geschubst und weggeschleudert hat.

Ich bin davon eigentlich zu sprachlos, um was dazu zu sagen. Er hat mir das Leben gerettet, denke ich mal. Marco ist ein Held, keine Frage.

DONNERSTAGMORGEN

Letzte Nacht haben wir alle geschlafen. Einfach so, ohne Ermahnung und ohne Drohungen. Ich weiß nicht, ob ich jemals so müde gewesen bin wie letzte Nacht.

Gestern Abend gab es noch eine Art Konferenz. Die Kerner wollte mich eigentlich sofort nach Hause schicken und dagegen hätte ich auch echt nichts mehr gesagt. Aber der Berg war fast genauso zerknirscht wie ich, weil er uns nicht eingeschärft hatte, dass wir schwarze Pisten meiden sollten. »Die sind doch keine Trottel«, fauchte die Kerner. »Selbst diese Nichtsnutze können sehen, dass schwarze Pisten nur was für Könner sind!«

Man konnte das nicht wirklich als Kompliment ansehen, dass uns die Kerner nicht für »Trottel«, sondern sogar für »Nichtsnutze« hielt.

»Natürlich sind das Trottel«, antwortete der Berg. »Es wäre meine Aufgabe gewesen, ihnen das mit den schwarzen Pisten einzubläuen.«

»Wenn man denen was einbläuen will, muss man das ihren Kumpels auf die Stirn tätowieren«, zischte die Kerner, was ich schon fast witzig fand, Beleidigung hin oder her.

»He, wir können Sie hören«, sagte Leon, was die Kerner und der Berg völlig ignorierten.

Schließlich bat Marco: »Bitte, schicken Sie Paul nicht nach Hause.« Und da spitzten die beiden die Ohren.

»Ach, und warum nicht?«, fragte die Kerner. Sie sah ihn so freundlich an, als hätte er nacheinander eine Eins in Deutsch geschrieben, die Tafel geputzt, ihr die Tasche zum Auto gebracht und ihr für die Heimfahrt sein Pausenbrot mitgegeben.

»Wir haben doch alle was davon gelernt«, sagte Marco. »Keiner von uns wird noch mal eine schwarze Piste runterfahren.«

»Paul kann außerdem bis Klassenfahrtende alleine Küchendienst machen«, grölte Steven.

Die Kerner wirbelte herum und wenn sie eine Waffe in der Hand gehabt hätte, wäre Steven vermutlich noch toter als ich.

»Steven und Paul machen bis zum Ende der Klassenfahrt gemeinsam Küchendienst«, schnauzte sie ihn an. »Und wenn dazu jemand was sagt«, setzte sie nach, als Steven protestieren wollte, »gibt's auch noch Klos, die geputzt werden wollen.« Steven klappte den Mund wieder zu.

»Danke«, stieß ich hervor und meinte es auch so.

Beim Abendessen kam Sarah an unserem Tisch vorbei. Ich dachte, sie sagt jetzt so was wie: »Gut, Paul, dass du noch am Leben bist.« Man darf ja wohl noch träumen. Stattdessen meinte sie: »Das war echt super, Marco. Echt super.«

Wenn sie nicht so recht gehabt hätte, hätte mein Honigkuchenpferdgegrinse jetzt ein Ende gehabt. Aber schließlich war ich ja auch mit gemeint, denn Marco hatte mich ja gerettet, das war ja wirklich super. Aber das Beste kam dann: Marco, der gute Junge, sagte nämlich: »Ach, Paul hatte noch was gut bei mir.«

Daraufhin setzte sich Sarah zu uns an den Tisch und Marco erzählte ihr die Sache mit der Wand, den bösen Jungs und unserer Streichaktion. Und dass mich Sarah daraufhin anlächelte, als hätte ich auch jemandem das Leben gerettet, das war irgendwie die ganze Schwachsinnsaktion wert.

DONNERSTAGABEND

Morgen ist unser letzter Tag. Wenn ich ehrlich bin – es war nicht so schlimm, wie ich zuerst befürchtet hatte. Aber es ist noch viel weniger schlimm, wieder nach Hause zu fahren. Am schlimmsten ist das Heimfahren für Karim. Der macht seit Tagen unseren Küchendienst. Karim ist echt ein komischer Vogel – er sagt, er braucht Geld, und das kriegt er auch. Wir würden ihm für die Küchendienstsache auch das Frühstück ans Bett bringen, aber er will nur Geld. Keine Ahnung, was er damit vorhat, jedenfalls hat er in dieser Woche eine Menge Zeit in der Küche verbracht.

Es wäre gut, wenn heute unser letzter Tag wäre, dann hätten wir schon den Kostümlauf hinter uns. Da hatte die Kerner mal eine tolle Idee und keiner hat sich getraut, bei ihrem Vorschlag offen in hysterisches Gelächter auszubrechen. Jetzt haben wir den Salat. Unser ganzes Zimmer geistert also schon den ganzen Abend herum und sucht nach lustigen Sachen zum Verkleiden. Als ob wir aus der Trottelgruppe noch was extra bräuchten, um uns zum Deppen zu machen!

Leon kam gerade mit einem Nudelsieb, das er sich auf den Kopf setzen will, und fragte mich, ob ich irgendwas dabeihabe, um zwei Schneebesen an dem Sieb zu befestigen. Marco fragte ernsthaft, ob er morgen auf seinen Schneeanzug verzichten und sich stattdessen in sein Bettlaken wickeln soll. Ich will kein Spielverderber sein ... Ach, eigentlich will ich doch ein Spielverderber sein!

Aber wo Sarah grad mal gut von mir denkt wegen der Wandstreichaktion, kann ich das ja nicht wieder kaputtmachen, indem ich den Langweiler vom Dienst gebe und als Einziger ohne Verkleidung auftauche.

Karl hat einen Lippenstift aufgetrieben und ich traue mich nicht, ihn zu fragen, wo. Ausnahmsweise machen mal beide Gruppen was zusammen, damit wir zum Schluss noch besonders gedemütigt werden. Nach der Aktion auf der schwarzen Piste ist Marco zu den Fortgeschrittenen aufgestiegen, weil selbst denen mit der längsten Leitung aufgefallen ist, wie begabt Marco fürs Skifahren ist. Nun stand ich also inmitten des Durcheinanders in unserem

Zimmer, zwischen Lippenstift, Betttuch, Küchensieb, und maulte immer wieder: »Und was soll *ich* machen?«, bis Karl mir auf den Hinterkopf schlug und rief: »Hallo, jemand zu Hause?«

Daraufhin hörte Marco mit der Betttuchwickelei auf und Leon legte die Schneebesen aus der Hand und alle zusammen dachten sich ein Kostüm für mich aus.

Nun habe ich ziemlich viel Angst vor morgen, aber zugleich fühle ich mich auch leicht, federleicht. So stelle ich es mir vor, wenn man in einem Flugzeug sitzt und weiß, gleich muss man mit dem Fallschirm runter, und man überlegt noch, wie man sich davor drücken kann. Und genau dann ruft jemand: »Hilfe, der Pilot ist grad abgesprungen!« So, wie man sich dann fühlen muss, fühle ich mich gerade, wenn ich an morgen denke.

FREITAG

Unser Zimmer war schon ganz früh auf und als Erstes fertig. Leon hatte die Schneebesen an das Nudelsieb gefriemelt, sie hingen wie riesige Ohrringe rechts und links vor seinen Ohren. Marco hatte sich tatsächlich in sein Betttuch gewickelt und dazu noch in Karls und meins, damit er sich nichts abfriert. Mit vielen Knoten hielten die Dinger sogar ganz gut. Karl hatte sich allen Ernstes zwei große Herzen auf die Wangen gemalt und vermutlich ist er der einzige Mensch auf der Welt, der damit nicht peinlich aussieht oder zumindest nicht ausschließlich peinlich. Seine Mutter gibt Leon immer Nähzeug mit, damit hat sich Karl einen Gürtel aus Bananen zusammengenäht, echt abgefahren.

GLEICH MUSS MAN MIT DEM
FALLSCHIRM RUNTER, MAN ÜBERLEGT NOCH,
WIE MAN SICH DAVOR DRÜCKEN KANN
UND GENAU DANN RUFT JEMAND:
„HILFE, DER PILOT IST GRAD ABGESPRUNGEN!“

Na, und ich war der Putzmann, das hatten meine Zimmerkollegen lustig gefunden: ein Putzeimer auf dem Kopf, gelbe Gummihandschuhe und statt der Skistöcke trug ich Besen und Wischmopp.

Damit fuhren wir noch vor allen anderen mit dem Skilift hoch. Leon und ich hatten echt dazugelernt, immerhin mussten wir das Vogelstangenkunststück diesmal mit Küchensieb und Eimer schaffen.

Wir warteten zunehmend frierend oben am Berg auf die anderen, die nach und nach eintrudelten.

Was soll ich sagen: Außer uns war niemand, einfach niemand verkleidet. Nicht mal die Kerner. Als sie nach ihrem beschissenen Lachanfall wieder Luft bekam, japste sie, das sei doch nur ein Witz gewesen.

Haha, sehr lustiger Witz! Nun waren wir also dort oben mit Betttüchern, die Marco unmöglich abbinden konnte, einem Nudelsieb, das Leon ebenso wenig einfach zurücklassen konnte wie ich den Eimer, und einem Dutzend Bananen. Ich rechne es Karl hoch an, dass er sich nicht mal die Herzen aus seinem Gesicht wischte. Er fand es, glaube ich, als Einziger von uns auch ziemlich witzig.

Keine Ahnung, wann wir unsere neuen Spitznamen wieder los sein werden. Marco haben sie zuerst »Mumie« genannt, bis Nico es total lustig fand, ihn englisch »Mummy« zu nennen, was sich jetzt wie »Mami« anhört, hoho, haben wir gelacht! Mich nennen sie »Putze«, was auch ein echter Bringer ist, und Leon hat es am schlimmsten getroffen, er heißt mindestens für heute »Nudel«, was seit einem bedeutungsvollen Blick von Steven vorn auf Leons Hose echt die Höchststrafe ist.

Nur Sarah hat nicht vor Lachen im Schnee gelegen, als

sie uns gesehen hat. Sie hat nur nett gelächelt. Ich glaube, sie fand uns nicht völlig bescheuert, sondern irgendwie auch ein bisschen cool.

SONNTAG

Seit gestern Nacht sind wir zurück und seit dem Frühstück liegen mir meine Eltern in den Ohren. Es hätte wahrscheinlich nicht viel gefehlt und sie hätten mich heute früh aus dem Bett geschmissen, nur um zu hören, wie die Klassenfahrt war. Gestern konnten sie mich nicht mehr ausfragen, ich bin nur noch in mein Zimmer gewankt und ins Bett gefallen.

Aber meine Mutter konnte nicht mal ganz ausnahmsweise locker sein: Sie stellte sich neben mein Bett und palaverte so lang auf mich ein, bis ich mir die Sachen vom Körper pulte, mit denen ich im Bus gesessen hatte.

Ja, ich geb's zu, sie hat mir sogar einen Schlafanzug angezogen, aber das war ihre Idee, ich hätte auch gut nur in Unterhose schlafen können. Ich glaube, ich habe geschlafen, noch bevor mein Kopf das Kissen berührt hat.

Wir waren einfach viel zu spät in Todtnauberg losgekommen: Käpt'n Bussi hatte in seinem Bus gesessen und seine gute Laune nicht verloren, während er auf uns wartete. Er hat den Motor laufen lassen, bis die Kerner meinte, er wäre ein schlechtes Vorbild von wegen der Umwelt, da hat er nur noch sein Radio laufen lassen und sich vom Berg den Mantel geliehen.

Der Berg hatte Mitleid mit Käpt'n Bussi, dem nun langsam der Bus auskühlte, während wir unser Zeug suchten, der Berg wollte aber der Kerner auch keine Widerworte geben.

Zuerst hat Karim ewig gebraucht, um sich von der Köchin zu verabschieden. Er hat ja so gut wie die ganze Zeit Küchendienst gemacht und die Köchin hat in der Zeit richtig einen Narren an Karim gefressen. Sie hat ihm, haltet euch fest, sie hat ihm echt einen Kuchen zum Abschied gebacken! Den hat sie dann in Stücke geschnitten, damit er in so 'ne Tupperdose passt, und auf jedes Stück hat sie »Karim« geschrieben. Wäre die Köchin nicht voll alt, hätte ich gedacht, die ist in Karim verliebt. So denke ich eher, Karim war der Enkelsohn, den sie sich immer gewünscht hat. Und dazu auch noch der Sohn und der Urenkel und weiß der Geier was sonst noch.

Über diese ganze Verabschiederei haben die beiden die Zeit vergessen und als wir Karim endlich gefunden hatten, fiel Lena ein, dass sie ihren Kulturbeutel im Bad vergessen hatte. Und als sie wieder da war, mussten alle Mädchen noch mal pinkeln gehen. Und als dann alle wieder da waren, die Kerner alle durchgezählt hatte und dann noch mal alle durchgezählt hatte zur Sicherheit, fiel Ludo ein, dass er seine Hanteln in der Regenrinne vergessen hatte.

Es gab erst mal Tumult, wegen der Regenrinne, und Ludo musste sich eine Standpauke vom Berg anhören, der endlich auch mal rumschimpfen wollte oder sich vielleicht auch für das Fehlverhalten der Jungs verantwortlich fühlte, denn bei Karim hatte die Kerner auch schon von ihm wissen wollen, wo der steckte – als ob der Berg der dumme August der Jungs wär'.

Der Berg ging mit Ludo mit, damit der nicht vom Dach fiel beim Hanteln-aus-der-Dachrinne-Fischen. Wir liefen ums Haus herum, um nichts zu verpassen, während die Kerner hinter uns herkrakeelte, aber das konnten wir uns wirklich nicht entgehen lassen. Schließlich bestand die Möglichkeit, dass Ludo vom Dach segelte! Oder noch besser: Ludo und der Berg zusammen. Aber Ludo hatte die Hanteln einfach nur rausgelegt, »damit sie nicht wegkommen«, wie er erklärte. Meint er damit den großen, bösen Hanteldieb?

Anschließend zählte die Kerner noch mal durch, dann musste sie selbst noch aufs Klo, deswegen schickte sie uns alle ebenfalls aufs Klo und danach konnten wir endlich los.

Käpt'n Bussi ist ein Freak, der saß in Bergs Fellmantel gewickelt im kalten Bus, hörte Countrymusik und war immer noch bester Stimmung, obwohl man ihm daheim in Berlin vermutlich die abgefrorenen Zehen amputieren musste.

»Los geht's!«, rief er fröhlich, er ließ uns ein lustiges Durchzählspiel machen, bis wir auf der Autobahn waren, und diesmal lachte niemand über ihn. Ich glaube, wir waren alle irgendwie beeindruckt von seinem Durchhaltevermögen. Und er blieb sogar ruhig, als wir gerade auf der Autobahn waren und der Erste von uns aufs Klo musste.

Janusz roch wohl schon aus der Ferne die Fleischlager bei sich zu Hause, deswegen war er zum ersten Mal freigiebig und verteilte seine restlichen Würste. Leon regte sich schrecklich auf.

»Alles stinkt nach toten Tieren!«, schrie er so lang, bis der Berg meinte, Janusz sollte doch Rücksicht auf die Vegetarier unter uns nehmen und die Dinger wegpacken.

»Die Vegetarier unter uns«, ha! Er hätte lieber sagen sollen, Janusz solle Rücksicht nehmen auf den *einen* hysterischen Vegetarier!

Meine Mutter wurde ganz hellhörig, als ich von Leons Vegetariertick erzählte. Mein Vater kriegte das aber sofort spitz und meinte: »Wir Biofleischesser müssen glücklicherweise keine Vegetarier werden.«

Oh Mann! Mein Vater sagt nicht oft Sachen, die sich nach »Basta, keine Diskussion!« anhören, aber diesmal hatte er eine Entscheidung für die ganze Familie getroffen. Mein Retter!

Meine Eltern hörten nicht auf, mich zu nerven, also stopfte ich mir schnell zwei Toasts in den Mund, um danach weiter zu berichten. Meine Eltern hatten zur Feier meiner Rückkehr Toast statt Vollkornbrot gekauft. Vermutlich haben sich die beiden, während ich weg war, nur von Vollkornnudeln mit Vollkornbrot und Vollkornreis ernährt und dazu gab's morgens, mittags und abends Salat.

Mit den Toasts in den Backentaschen schmiss ich den Laptop von meinem Vater an. Wenn ich den von meiner Mutter anfassen würde, würde sie mir beide Hände abhacken, aber mein Vater ist da nicht so. So was von mies: An ihren Laptop lässt sie mich nicht, aber meine Fotos will sie sehen! Mit denen habe ich meine Eltern zwei Stunden glücklich gemacht. Es hat wirklich zwei geschlagene Stunden gedauert, bis ich die Fotos alle erklärt hatte!

Ich gehe mal drüber hinweg, dass meine Eltern richtig betreten wirkten, als sie die Fotos von mir im Strampelanzug sahen, aber mittlerweile fand ich den ja gar nicht mehr so schlimm. Und ich rechne es meiner Mutter hoch an, dass sie kein Wort darüber verloren hat, wieso auf so vielen

Fotos Sarah drauf war. Wenn meine Eltern nicht so genervt hätten, hätte ich ihnen die bereinigte Fotoauswahl gezeigt, aber jetzt sahen sie halt alle. Egal. Ich wusste selbst nicht mehr, dass ich sie so oft fotografiert hatte. Aber sie sah auch einfach am tollsten aus.

Was soll ich sagen: Skifahren? Würd ich jederzeit wieder machen!

PS:
Von der Todesfahrt und Marco habe ich meinen Eltern allerdings nicht erzählt. Müssen ja nicht alles wissen.

SAMSTAG

Katja kann sogar Karate, hat mein Bruder gesagt. Richard redet normalerweise mit mir nicht über so persönliche Sachen. Ich glaube aber, wenn man verknallt ist, dann will man einfach über die reden, in die man verknallt ist. Und wenn nur der kleine Bruder da ist, mit dem man reden kann, muss man halt mit dem reden.

Ich finde ja, mein Bruder hat einen guten Geschmack. Ich meine, Katja ist ganz schön alt, sie ist sogar ein Jahr älter als Richard, aber sie ist auch ganz schön cool, nicht nur wegen Volleyball und so. Sie hat sogar einen blauen Gürtel in Karate, behauptet mein Bruder.

Wenn er mit Katja ausgeht und sie in irgendeiner finsteren Ecke überfallen werden, dann kann Katja die Kerle vermöbeln. Ich glaube, wenn ich mit Katja zusammen wäre, würde ich mich überhaupt nur noch in finsteren Ecken rumdrücken, um das mal zu sehen!

Aber ich bin nicht mit Katja zusammen und das Problem ist: Mein Bruder auch nicht. Aber er wär's gern.

Als Richard heute meinen Eltern sagte, er würde später kommen, weil er mit Katja zum Kino verabredet sei, war meine Stunde gekommen. Endlich!

Ich fragte, ob ich bei Leon übernachten dürfte, und meine Eltern erlaubten es natürlich sofort – ich weiß, dass sie mir alles erlauben, wenn sie sich davon einen Abend allein ohne uns versprechen. Ich wollte natürlich gar nicht bei Leon übernachten, ich wollte mit meinem Bruder und Katja ins Kino.

Ich folgte Richard mit dem Rad. Glücklicherweise hat er letztes Jahr sein Fahrrad zu Schrott gefahren und muss jetzt unsere alte Möhre benutzen, das Rad für Gäste, bis er zum Geburtstag ein neues bekommt. Es war also nicht schwierig für mich, ihm auf den Fersen zu bleiben.

Als mein Bruder vor Katjas Haus das Rad abschloss, schlich ich mich so schlau an, dass ich in dem Moment, als er klingelte, die kurze Treppe raufrennen und mich neben ihn stellen konnte, als wären wir zusammen gekommen.

Und weil in dem Moment Katja die Tür aufmachte, konnte mich mein Bruder nicht mit einem Hinterntritt die Treppe runterbefördern.

»Hallo«, sagte Katja.

»Hallo«, antwortete ich. Meinem Bruder hatte es gerade die Sprache verschlagen, ich nehme an, aus Wut, nicht aus Freude.

»Ich bin Richards Bruder«, erklärte ich, »mein Bruder muss leider heute auf mich aufpassen.«

Richard starrte mich an, ich sah es aus den Augenwinkeln, aber ich zwang mich dazu, ihn nicht anzusehen.

Vielleicht hätte er mich mit seinem Blick töten oder zumindest in Ohnmacht fallen lassen können. Oder ich hätte angesichts seines dummen Gesichts tierisch lachen müssen. Stattdessen lächelte ich Katja nur strahlend an und offenbar sah ich so niedlich und unschuldig aus, dass sie zurücklächelte.

»Gut«, sagte sie und sah nur mich an. Dann fiel ihr offenbar etwas ein und sie sah nun doch meinen Bruder an. »Wir wollten uns doch *Sinister 2* ansehen«, stellte sie fest, »der ist ab sechzehn.«

Ich strahlte noch mehr, so etwas Schönes hatte ich mir gar nicht ausgemalt, als ich meinem Bruder gefolgt war. »Kein Problem«, krähte ich, »haben meine Eltern erlaubt!«

Katja sah überrascht aus und ich setzte nach, unsere Eltern seien ziemlich fortschrittlich in solchen Dingen.

In Wahrheit würden unsere Eltern das nicht fortschrittlich, sondern ziemlich bescheuert nennen, aber das konnte ich ja schlecht sagen.

Also machten wir uns auf den Weg. Wahnsinn! – Die Karatefrau hatte schon den Führerschein! Wir fuhren also mit dem Auto zum Kino und ich fühlte mich wie in einem meiner Träume, wenn mein Kopf echt mal abgefahrene Ideen hat. Als Nächstes würden vermutlich noch gebratene Hähnchen zum Fenster reinfliegen.

Wir würden natürlich ein Problem an der Kasse bekommen, aber Katja hatte eine gute Idee und kaufte mir eine Karte für den Zeichentrickfilm im anderen Saal. Ausnahmsweise musste ich kein dummes Zeug krähen, ich nickte nur, als Katja mir zuraunte: »Du kommst gleich mit uns.«

Die Kartenabreißerin sah nicht, dass ich falsch abbog.

»Deine Eltern wissen nichts davon, oder?«, flüsterte mir Katja zu, als wir reingingen. Ich sah sie kurz an und grinste dann schuldbewusst. Sie grinste zurück.

Nachdem ich im Auto mit Katja ausführlich über ihre Führerscheinprüfung gesprochen hatte, die erst einen Monat her war, und danach über Karate, erzählte sie mir jetzt, dass sie in meinem Alter auch immer in Filme ab sechzehn gehen wollte.

Richard trottete derweil hinter uns her. Er hatte noch keinen Pieps von sich gegeben. Ich nehme an, wenn Katja nicht da gewesen wäre, hätte er mich mit einem Happs aufgefressen. Ich war sicher, dass er das in seiner jetzigen Verfassung auch geschafft hätte. Ich hoffte nur, dass Katja nicht eines dieser Mädchen war, die ständig aufs Klo müssen – in der Zeit wäre ich meinem Bruder hilflos ausgeliefert. Mit welchem Trick könnte ich sie wohl dazu bringen, mich mit aufs Klo zu nehmen?

Katja ist wirklich sehr nett. Sie hat mir an den schlimmsten Stellen immer die Hand gehalten, damit ich mich nicht fürchte. Zumindest nehme ich an, dass es die schlimmsten Stellen waren, weil ich die meiste Zeit die Augen geschlossen hatte. Ich saß natürlich neben Katja und nicht neben meinem Bruder. Der hätte mir auch meine Hand eher gebrochen als gehalten.

Der Film war echt schrecklich. Grässlich zugerichtete Leichen oder lebende Tote und ein Junge, der das Böse tief in seinem Kopf stecken hatte. Bestimmt träume ich heute davon, auch wenn ich beim größten Teil nicht hingeguckt habe. Ich denke, ich muss mir auch mit sechzehn solche Filme nicht ansehen.

Auf dem Rückweg diskutierte ich mit Katja über die

Logik des Films, das hat alles ein bisschen unwirklicher werden lassen. Richard hielt immer noch verkniffen den Mund.

Mich erinnerte das sehr an unseren Kinoabend mit Sarah, aber irgendwie konnte ich mich darüber gar nicht richtig freuen. Weil Richard ja eigentlich auch nett sein kann und ich ihm seine Karateflamme auch gar nicht ausspannen wollte. Sie ist ja viel zu alt für mich, außerdem liebe ich nur Sarah.

Ich konnte mich gar nicht mehr richtig auf unser Gespräch konzentrieren und sagte schließlich: »Es ist echt nett von dir, dass du meinem Bruder nicht übel nimmst, dass er bei meinem Gebettel weich geworden ist. Weil: Ich wollte unbedingt mit und dann hat er halt irgendwann ›Okay‹ gesagt, obwohl er eigentlich mit dir allein gehen wollte. ›Weil du mein kleiner Bruder bist.‹ Das hat er gesagt.«

Ich hätte an dieser Stelle aufhören sollen, aber das ist ja nicht so meine Stärke – aufhören, wenn's am schönsten ist. »Richard ist echt ein prima Kerl«, laberte ich also weiter, »nicht nur als Bruder, sondern auch als Mensch, echt ein prima Typ, voll den guten Charakter hat mein Bruder.«

An dieser Stelle musste Katja fürchterlich lachen: »Willst du ihn an mich verkaufen?«, fragte sie. »Ist er in Wirklichkeit ein Monster und du denkst, du kannst ihn mir aufschwatzen?«

Ich wusste nicht, ob ich lachen oder weinen sollte, weil ich das ja ausnahmsweise mal nicht blöd gemeint hatte, aber da zwinkerte sie mir im Rückspiegel zu und ich hoffte, dass sie nur einen Spaß machte. Dann lächelte sie Richard von der Seite an. Da dachte ich, wenn ich mich vor Katjas Haus schnell verdrückte, würde mein Bruder heute vielleicht sogar noch einen Kuss abkriegen, der Glückspilz. Den hatte er nach diesem Abend aber auch irgendwie verdient.

PS:
Wenn ich mal wieder bei Leon übernachten will, werde ich meinen Eltern vermutlich ein amtlich beglaubigtes Schreiben von Leons Eltern vorlegen müssen, ehe sie mir das abnehmen.

SONNTAG

Heute Morgen hat sich Richard bei mir entschuldigt. Wegen der Kinosache mit Sarah. Ich habe ihn mit offenem Mund angestarrt, bis er gesagt hat, wenn ich den Mund nicht zumache, wirft er die Schalen von seinem Frühstücksei rein.

Ich wusste gar nicht, dass mein Bruder weiß, was eine Entschuldigung überhaupt ist!

Es war auf jeden Fall ein prima Gefühl.

Ich hatte den Eindruck, dass ich mich für den Abend gestern nicht entschuldigen musste. Ich nehme mal an, er hat viel, viel besser geendet als begonnen, so sah mein Bruder jedenfalls aus.

Letzte Nacht sind im Traum ständig ranzige Untote über mich hergefallen. Ich will zwar später auch mal eine Freundin haben, die nicht in Knutschfilme geht, aber vielleicht mag Sarah ja statt Horrorschockern Actionfilme, dann muss ich nicht immer Entschuldigungen finden, wenn sie ins Kino will.

MITTWOCH

Jeder hat eine andere Begabung, sagt meine Mutter. Ich bin immer noch damit beschäftigt, Sachen abzuhaken, für die ich keine Begabung habe. Heute konnte ich Komponieren durchstreichen. Ich denke aber auch, dass das eine ganz schön seltene Begabung ist.

Leider wurde ich im Musikunterricht dem vermutlich einzigen Jungen im Umkreis von zehn Kilometern zugeteilt, der genau diese Begabung hat, nämlich Felix.

Felix lernt Klavierspielen und ich glaube, seine Eltern haben ihn schon angemeldet, als er noch mit Windeln rumgeeumelt ist, deswegen kann er das jetzt so gut, dass man schlechte Laune kriegen kann. Ausgerechnet mit ihm sollte ich ein Team bilden, um als Hausaufgabe ein Musikstück auf dem Xylofon zu komponieren.

Am Nachmittag hat er mich dann besucht und eins der Schulxylofone mitgebracht. Ich glaube ja nicht, dass das beim Xylofon wirklich Komponieren heißt, ganz bestimmt nicht, wenn jedes Metalldings eine andere Farbe hat und am oberen Rand der Metalldingse kleine Tierchen draufgemalt sind.

Felix versteht keinen Spaß, wenn's irgendwie mit Musik zu tun hat, und er hat mich gleich angeblafft, dass Musik nichts mit kleinen Tierchen auf den Tondingsen zu tun hat. Und dann hat er sich hingesetzt und voll konzentriert mit dem Klöppel auf ein paar von den Tierchen gehauen. Dann hat er noch mal auf die gleichen Dingse gehauen und so sichtbar nachgedacht, dass ich echt beeindruckt war. Ob ich wohl jemals so sehr nachdenke, dass man es sieht?

»Worüber denkst du denn nach, hä?«, hab ich ihn gefragt. Er antwortete: »Ich überlege, ob wir an der Stelle die Tonart verlassen sollten, das könnte unerwartet klingen.«

»Hast du echt über so was Abgefahrenes nachgedacht?«, fragte ich. »Du verarschst mich doch!«

Er guckte mich daraufhin an, als wäre ich 'ne unappetitliche Lebensform, und ich hielt lieber meinen Mund, bis er noch eine Weile auf den bunten Tondingsen herumgehauen und noch mehr Weilen nachgedacht hatte. Dann nahm er das Notenpapier und kritzelte was drauf.

Mit diesem komischen Papier quält uns die Markovicz jetzt seit den letzten Ferien und es fühlt sich an, als wären die Ferien schon Jahre her. Diesen komischen Kringel, den man vor die Zeile macht: Da hab ich weder verstanden, wozu der gut sein soll, noch hab ich den auch nur ein einziges Mal so hingekriegt, dass die Markovicz nicht ausgesehen hätte wie mit Zahnschmerzen.

Dieses Zahnschmerzengesicht hat Felix jetzt auch gekriegt, als ich ihm den Klöppel weggenommen und selbst mal was komponiert hab. Das ist ja eigentlich nicht so schwer: Man muss sich nur entscheiden, auf welche Tierchen man hauen will und in welcher Reihenfolge.

Ich habe also immer auf die Tiere gehauen, die mir gefallen: Schwein, Giraffe, Elefant, Giraffe, Pferd, Elefant und noch ein paarmal hin und her. Ich finde auf jeden Fall, wir sollten ein Stück ohne Küken, ohne Schmetterling und ohne Katze machen.

Als ich mit meinem Stück fertig war und Felix ansah, schließlich hätte er gern mal staunen können, dass man auch ohne hundert Jahre Klavierunterricht ein echt prima Dings komponieren kann, sah er gar nicht so aus, als fände er es ebenso prima wie ich.

»Bist du fertig?«, fragte er und riss mir wieder den Klöppel aus der Hand und es hätte nur gefehlt, dass er ihn an seiner Hose abgewischt hätte.

»Ganz gut, oder?«, fragte ich. Manche sind ja nicht so gut im Loben.

»Nee!«, schnauzte er mich an. »Du bist ja wohl der unfähigste Typ, der jemals ein Xylofon angefasst hat!«

»Hey, hey«, protestierte ich und war jetzt doch etwas sauer. Ich hatte echt keinen großen Unterschied gehört. Vermutlich war Felix nur neidisch, dass ich das auch ohne viel Gehirnschmalz geschafft hatte. Cool, Mann, es ist schließlich nur ein Xylofon!

Felix hat dann total überreagiert! Schließlich hatte ich nur »Hey, hey« gesagt und mir den Rest mit dem Neidischsein nur gedacht. Aber er ist trotzdem aufgesprungen, hat sich das Tiermusikdings geschnappt, »Mir reicht's!« geschnauzt und dann ist er gegangen und hat die Tür von meinem Zimmer hinter sich zugeschmissen.

Prima. Jetzt hab ich kein Xylofon mehr und morgen sollen wir unsere Kompositionen vorspielen. Wenn ich noch eine Sechs in Musik bekomme, gibt mir die Markovicz garantiert auf dem Zeugnis auch eine Sechs, die nimmt ihr Fach einfach viel zu ernst. Und wenn ich in Musik eine Sechs kriege, muss ich es vielleicht auch ernst nehmen, weil ich damit sitzen bleiben könnte.

Ich muss mir was ausdenken. Und ich muss schnell denken, denn ich werd bestimmt nicht Felix anbetteln, dass er zurückkommen oder so tun soll, als hätten wir das zusammen gemacht, was er sich heute noch aus seinen Gehirnwindungen quetschen wird.

DONNERSTAG

Heute war Musikprüfung. Felix hat sich als Erster gemeldet, vermutlich wollte er verhindern, dass ich der Markovicz gegenüber behauptete, dass ich mein Stück zusammen mit Felix komponiert habe und Felix es vorführen wird.

»Wolltest du nicht etwas mit Paul machen?«, fragte die Markovicz sofort, aber Felix sagte, ach was, er schrie: Nein, er habe das Stück allein komponiert, Paul habe sein eigenes Stück gemacht.

Die Markovicz nickte und machte Felix den Platz vorn am Pult frei. Felix legte das Tierchenxylofon und das Notenblatt zurecht und spielte dann ein Stück, das sich wirklich ziemlich gut anhörte. Für ein Xylofon jedenfalls.

Eigentlich sollte ich danach, aber ich bat: »Ich würde gern später«, und weil ein paar von den Mädchen unbedingt nach vorn wollten, kam ich damit durch. Ich hoffte so inbrünstig ich konnte, die Markovicz würde mich vergessen und sich nachher, wenn's an die Zeugnisnoten ging, nur daran erinnern, dass ich mit Felix zusammen komponieren sollte.

Die meisten stümperten total rum. Sie hatten zwar alle viel auf ihr Notenblatt gekritzelt, aber sie brauchten Ewigkeiten, um die richtigen Noten auch zu finden. Bestimmt wäre es für alle einfacher gewesen, wenn sie statt der Noten die Tierchen auf ihr Notenblatt gemalt hätten.

Als endlich alle fertig waren und die Markovicz schon ziemlich erschöpft und nach Zahnschmerzen aussah, hatte sie mich aber leider immer noch nicht vergessen. »Paul«, forderte sie mich auf und ich sah ihr an, dass sie sich auf die Endkatastrophe einstellte.

ICH KLÖPPELTE AUF MEINE LIEBLINGSTIERE,
SCHWEIN, GIRAFFE, ELEFANT UND SO WEITER.
ICH SPIELTE UND SPIELTE
UND DANN HAUTE ICH ZWEIMAL
AUF DEN HUND.

Ich ging ans Pult und nahm auf dem Weg Felix das Xylofon vom Platz. Dann setzte ich mich hin und rückte das Dings zurecht.

»Wo sind deine Noten?«, fragte die Markovicz. »Ich habe mein Stück auswendig gelernt«, kündigte ich an und bewunderte mich für diese Lüge. Vielleicht ist Lügen meine wahre Begabung, dachte ich kurz und wusste nicht, ob ich mich freuen sollte, endlich etwas gefunden zu haben, worin ich begabt bin.

Dann fing ich an zu spielen. Ich klöppelte wieder auf meine Lieblingstiere, Schwein, Giraffe, Elefant und so weiter. Ich spielte und spielte und dann haute ich zweimal auf den Hund und fertig war mein Stück.

»Prima, Paul!«, sagte die Markovicz nach einer Pause und klang ehrlich erstaunt. »Was für einen Namen hast du dir denn für dein Stück ausgedacht?«

Ich überlegte nicht lang. »Lionel Messi«, antwortete ich.

»Wer ist Lionel Messi?«, fragte die Markovicz und ich erklärte: »Das ist ein Fußballspieler.«

»Aha«, sagte die Markovicz und dann blickte sie mich lang an. Ich dachte, gleich schnauzt sie mich an, dass ich jemand anders verkackeiern soll, aber stattdessen nickte sie und fügte hinzu: »Das ist ein wirklich passender Titel.« Und dann bekam ich eine Eins.

Felix und ich haben als Einzige für unsere Kompositionen eine Eins bekommen. Vielleicht muss man den Spruch meiner Mutter verändern und sagen, dass jeder zwei Begabungen hat, weil ich vielleicht nicht nur eine Begabung fürs Lügen, sondern auch eine fürs Komponieren hab.

DIENSTAG

Seit heute kann ich einen Papierflieger falten, der eine Runde drehen kann, das ist vielleicht cool! Der Kopf von dem Ding ist echt schwierig, das muss aber so sein, weil der ein bestimmtes Gewicht braucht, keine Ahnung. Karl hat ihn mir beigebracht. Abgefahren! Karl kann sonst nie so Kinderkram, also so lächerlichen Kinderkram ebenso wenig wie tollen Kinderkram. Und jetzt hat er heute in der Pause ein Blatt aufgehoben, das einer auf dem Gang fallen gelassen hat, und daraus diesen endgeilen Flieger gefaltet. Er hat ihn dann fliegen gelassen und das Ding ist genau vor seinen Füßen gelandet. Und was macht Karl? Der hebt ihn auf und wirft ihn in den nächsten Papierkorb!

Ich hab natürlich sofort losgekreischt: »Hey, was machst du da? Gib das Ding her, hey!«, so Zeug.

Aber da hatte er den Flieger schon versenkt, und zwar mitten in was total Ekligem, was da im Müll rumlag und grüne Kackfliegen anzog. Ich war ja echt scharf auf den Flieger, aber so scharf dann doch nicht. Ich hab also losgequietscht, als wär' es mein Flieger gewesen, den er entsorgt hat: »Karl! Da ist was Ekliges drin! Du hast den Flieger in was Ekliges geschmissen!«

Karl hat mich angeguckt und dann die Hand ausgestreckt. Ich hab mit spitzen Fingern eine Ecke von dem Flieger aus dem Müll gezogen und wollte das stinkende Ding gerade Karl geben, keine Ahnung, warum, ich dachte ja wohl kaum, er wollte es sauber lecken. Wollte Karl natürlich auch nicht.

»Ein neues Blatt«, forderte er und zog seine Hand weg, bevor ich den Flieger hineinfallen lassen konnte.

Ich hab ihm ein Blatt gegeben und er hat genau so einen krönenden Flieger gefaltet wie vorher. Er hat ihn fliegen gelassen und er ist wieder eins a vor seinen Füßen gelandet.

Oh Mann! Oh Mann, oh Mann, oh Mann! Karl hat magische Hände, ganz bestimmt! Er hat gegrinst, als ich meinen hysterischen Freudentanz aufgeführt habe, und dann haben wir uns in den Flur gesetzt und er hat es mir beigebracht.

Wer braucht schon Englisch, Deutsch oder Mathe, wenn er so einen Flieger falten kann? Meine Mutter ist vorhin in mein Zimmer gekommen und hat einen Wahnsinnsaufstand gemacht, weil ich aus meinem kompletten Englischheft und aus dem halben Deutschheft Papierflieger gebastelt hab, aber was weiß die schon.

MITTWOCH

Leon kann jetzt auch Papierflieger falten und Janusz auch und Karim auch und morgen haben wir alle eine Verabredung mit der Direktorin. Wir sind aber auch blöd. Wir hätten wissen müssen, dass die Müller-Wüsten keinen Sinn für Schönheit, Technik und Luftfahrt hat.

Aber von Anfang an: Heute früh habe ich Karl gefragt, ob der Flieger so was wie ein Familiengeheimnis ist oder ob ich es Leon auch beibringen darf. Der weiß so was auch total zu schätzen! Aber Karl hat abgewunken und gemeint: »Das ist 'ne läppische Schwalbe, jedes Kind kann das.«

Ich finde, Karl stellt sein Licht ganz schön unter den Scheffel. Von uns kann keiner so 'ne Schwalbe und wir waren schließlich alle vor gar nicht so langer Zeit mal Kinder.

Ich habe es mir verkniffen, Karl für die Erlaubnis abzuküssen, und Leon in Bio gezeigt, wie man so einen Edelflieger faltet. Klar, er wollte natürlich wissen, ob der echt so grandios fliegt, wie ich behauptet hatte, und das musste ich ihm schließlich auch zeigen. Und weil ich gestern den ganzen Abend geübt und deswegen von meiner Mutter das Taschengeld von nächster Woche gestrichen bekommen habe, damit sie davon neue Hefte kaufen kann, flog mein Flieger wie 'ne Eins. Die Müller-Wüsten schrieb gerade was an die Tafel. Mein Flieger flog auf ihren Rücken zu, dann eine saubere Kurve, Rückweg in einem edlen Halbkreis und Landung auf meinem Tisch – so sanft, als wär' er ferngesteuert.

Die halbe Klasse brüllte los wie angestochen und die Müller-Wüsten drehte sich völlig aufgeregt um. Sie dachte vermutlich, gleich würde sich ein halbes Dutzend prügelnd auf dem Boden herumrollen, aber wir saßen völlig brav auf unseren Plätzen. Außer dass die Hälfte völlig aus dem Häuschen herumjohlte und geierte, was nicht durch das Schaubild von der Müller-Wüsten zu erklären war. Wir machen gerade irgendwas mit Ohr und Gleichgewicht, keine Ahnung, was das überhaupt miteinander zu tun hat.

Sie schrie also, dass wir den Mund halten sollten und was denn los sei, aber dazu sagte natürlich keiner was.

Sie drehte sich wieder um und machte mit ihrem Schaubild weiter. Leon rempelte mich an, Janusz fuchtelte, die Mädchen guckten, also nahm ich den Flieger und ließ ihn wieder Richtung Müller-Wüsten-Rücken starten. Leichte Kurve, Wendung, leichte Kurve, sanfte Landung, echt, echt cool. Wieder brüllten alle los.

Diesmal war die Müller-Wüsten richtig sauer. Sie ließ

uns das Schaubild abzeichnen und sammelte es ein, um es zu benoten. Dabei starrte sie uns die ganze Zeit an. Ich konnte also weder den Flieger von meinem Schoß nehmen und ihn noch mal starten lassen noch Leon zeigen, wie man den faltet.

Als wir eine Weile brav das Ohrenbild von der Tafel abgezeichnet hatten, beruhigte sich die Müller-Wüsten. Das Ding an der Tafel sah so ganz und gar nicht wie ein Ohr aus, voll komisch und kompliziert, aber wenn die Müller-Wüsten meint, so muss ein Ohr aussehen, dann soll sie ihr Ohr bekommen.

Sie sammelte die Zeichnungen ein und drehte sich zur Tafel, die Felix inzwischen gewischt hatte. Während sie irgendwas über das Gleichgewicht in ihr komisches Ohr reinzeichnete, fing ich an, Leon das Falten beizubringen. Und weil Karim und Janusz es auch lernen wollten, setzte ich mich so, dass die beiden zugucken und mitfalten konnten.

Wir waren kurz vor dem Gleichgewichtszeug fertig. Weil noch ein paar andere versuchten mitzufalten und der Rest darauf wartete, dass wir die Dinger testeten, war es mucksmäuschenstill in der Klasse.

Bis wir die Flieger starten ließen, Leon, Karim, Janusz und ich. In genau diesem Moment war die Müller-Wüsten fertig, drehte sich um und machte einen Schritt nach vorn. Das war ihr Fehler. Die Flieger hätten bestimmt wieder total zuverlässig abgedreht, aber so stand sie voll im Weg und die Dinger flogen ihr mitten ins Gesicht: Erst Leons Flieger, dann Karims Flieger, Janusz erwischte sie am Ohr und meinen schlug sie k. o., als sie anfing, zu schreien und wie bescheuert mit den Händen um sich zu schlagen.

Die Klasse lag auf dem Boden vor Begeisterung, alle schrien und grölten, dass man sein eigenes Wort nicht mehr verstehen konnte.

Keine Ahnung, wie sie das geschafft hat, aber vor ihrem hektischen Gefuchtel hatte die Müller-Wüsten tatsächlich noch gesehen, wer die Dinger gestartet hat. Sie ist zur Tür, hat die aufgerissen und dann mit voller Wucht zugeschmissen. Von dem Lärm erschreckt, waren wir alle still, aber sie war gar nicht weggerannt, sondern immer noch da.

»Leon, Paul, Karim, Janusz, ihr steht morgen um acht Uhr vor dem Zimmer der Direktorin!«, rief sie. In diesem Moment läutete es zur Pause.

Das ersparte uns eine weitere Standpauke, aber vor allem waren wir froh, nun eine ganze Pause lang ungestört Flieger falten zu können.

DONNERSTAG

Punkt acht Uhr standen wir vor dem Zimmer der Direktorin. Die Müller-Wüsten hatte ihr die ganze Sache mit den Fliegern erzählt, aber davon wollte sie dann gar nichts wissen. Ich hatte ja irgendwie gehofft, sie würde danach fragen. Dann hätten wir ihr gezeigt, wie man so einen tollen Flieger faltet, sie hätte selber einen gefaltet und fliegen lassen, sich bedankt und fertig wär' die Laube.

Stattdessen fragte sie, was wir gestern in Bio durchgenommen hätten.

»Ohr«, sagte Leon.

»Gleichgewicht«, sagte Karim.

Als sie fragte, was beides miteinander zu tun hätte, da wusste keiner eine Antwort.

»Ihr kommt in der zweiten großen Pause zu mir und dann kennt ihr den Zusammenhang«, entschied die Direktorin und in ihrem Gesicht stand etwas, das uns alle nur nicken und Sorgen machen ließ. »Und wenn nicht …« hatte sie gar nicht ausführen müssen.

Bis zur zweiten großen Pause hat uns also Nina in jeder freien Sekunde was über den Zusammenhang zwischen Ohr und Gleichgewicht erzählt. Nachdem wir das alles der Direktorin in der zweiten großen Pause aufgesagt hatten, blickte sie uns lange an und forderte dann: »Ich will euch hier nicht wiedersehen.«

Sie wedelte uns mit der Hand aus ihrem Büro. Die Direktorin wär' bestimmt auch 'ne gute Gefängnisleiterin. Da bräuchten die vermutlich nicht mal Gitterstäbe, um die Gefangenen still zu halten.

SAMSTAG

Karim hat ein neues Spiel für die Wii geschenkt bekommen, das er aber unbedingt verkaufen will. Bei Karim geht es in letzter Zeit nur noch um Geld, aber er will nicht verraten, wofür er es braucht. Jedenfalls treffen wir uns, um es testzuspielen.

Hit the road heißt das Spiel und man muss in Autos springen und irgendwas jagen. Und finden. Und verfolgen.

Ich bin nicht gut in Anleitungen und einfach mal losgefahren, als Felix noch rumgemault hat, dass wir doch endlich die Anleitung lesen sollen. Der maulte und maulte also, als ich schon den ersten Typ aus dem Auto geschmissen und sein Auto gekapert hatte.

Felix jaulte los, dass ich damit aufhören sollte, weil das bestimmt verboten ist.

Leon fiel vor Lachen vom Sofa. »Verboten?«, quiekte er. »Verboten?« Er konnte gar nicht sagen, warum er das so lustig fand, weil er immer wieder losgackern musste.

An der nächsten Ecke fuhr ich mein Kaperauto quer auf den Bürgersteig und warf mich vor den nächsten Wagen. Das machte voll Spaß! Das Auto machte 'ne Vollbremsung, ich holte den Fahrer aus dem Auto und sprang in den nächsten Kaperwagen. Karim johlte und ich fürchtete schon, dass er bald sein Angebot zurücknehmen würde, das Spiel zu verkaufen.

Felix saß inzwischen auf Leons Brust und schrie mich an: »Hör damit auf! Ich will sofort die Anleitung lesen«, während Leon japste und vor lauter Gekicher Felix nicht abgeworfen kriegte.

»Ich pfeif auf die Anleitung!«, rief ich, als ich in der nächsten Querstraße einem Polizeiwagen den Weg abschnitt und den Polizisten aus dem Wagen schmiss. Als das reibungslos funktionierte, fragte ich mich langsam auch, ob wir mal die Anleitung lesen sollten. Was ist das denn für ein Spiel, in dem man Polizeiautos klauen darf? Es ist ab sechs – was bringen die denn heutzutage den kleinen Kindern bei?

Felix rief: »Das ist mir echt zu blöd, ich geh jetzt!«

Und das tat er dann auch, obwohl Leon prustete: »Einfach gehen ist verboten!« Felix schmiss die Tür hinter sich zu und ich lenkte das Auto in einen Fluss. Es schwamm richtig gut und fuhr am anderen Ufer wieder raus und quer über die Wiese auf die nächste Straße.

Nachdem ich noch zwei Typen das Auto geklaut hatte, wurde es langweilig. Karim übernahm und spielte das Spiel richtig: Man rast durch die Straßen, bis man die finsteren Typen aufgespürt hat, dann legt man 'ne fette Verfolgungsjagd hin, schneidet den Typen den Weg ab oder lässt die in Läden reinfliegen oder gegen Tankstellen krachen und in die Luft fliegen und dann wartet man auf die Polizei.

Leon wollte das Spiel haben und Karim hat es ihm mit ganz schön Überwindung verkauft – ich wüsste wirklich gern, worauf er spart. Er wollte ganz klar noch eine Weile Polizisten aus den Autos schmeißen, aber jetzt muss er sich dazu mit Leon verabreden.

FREITAG

Unsere Schule hat Jubiläum und wir sollen alle etwas vorführen. Für die Eltern und alle anderen Interessierten. Wer soll daran interessiert sein außer unseren Eltern, denen ja meist nichts zu peinlich ist, Hauptsache, wir haben es gemacht? Wer in keiner AG ist, muss von sich aus was anbieten. Mein lieber Schwan!

»Kann ich noch in den Schulchor?«, habe ich die Markovicz verzweifelt gefragt, unsere Musiklehrerin. Sie leitet den Chor und der ist so was wie ihr Baby. Ihr Baby ist zu gut für mich.

»Paul«, hat sie gesagt, »du kannst nicht singen!« Sie sah dabei so irritiert aus, als hätte ich angekündigt: »Frau Markovicz, ich würde gern beim Jubiläum etwas vorfliegen.«

Kurz dachte ich darüber nach, ob ich anbieten sollte, »Lionel Messi« zu spielen, aber dann sah ich mich mit dem Tierchenxylofon allein in der Mitte der Turnhalle sitzen und verwarf die Sache.

Eine Alternative wäre die Töpfer-AG, die bereitet eine Ausstellung vor. Aber das wäre dann *wirklich* schlimm: Ich überlebe es irgendwie, mich für fünf oder zehn Minuten zum Horst zu machen, aber wenn meine Tonknödel für einen ganzen Festmonat in der Schule ausgestellt werden – davon erhole ich mich *nie*!

Frau Kerner denkt jetzt, Leon und ich führen mit Karim und Janusz Breakdance vor.

Karim sagt, er hat einen Film gesehen, in denen die Typen voll die krassen Sachen gemacht haben: Musik und sich dann auf dem Kopf stehend gedreht oder einfach aus dem Stand einen Salto. Haha! Haha! Wer glaubt denn, dass wir so was machen könnten?

Dummerweise haben wir zuerst der Kerner gesagt, dass wir Breakdance machen und erst danach hat uns Karim das mit dem Salto erzählt. Wenn wir etwas Besseres wüssten als eine Breakdance-Nummer, könnten wir vielleicht zur Kerner gehen und das Programm ändern. Aber wir wissen nichts Besseres.

Karim sagt, so einen Salto kann man ganz einfach lernen. Und in dem Film sah das voll einfach aus.

Als Janusz und Leon und ich immer weiter rumgeschrien haben wegen des Saltos, hat Karim irgendwann gemeint, es gibt so ’ne coole Unterart von Saltos, da steht einer vor einem und hält die Hände hin und man steigt mit einem Bein in die Hände von dem und schwingt sich dann nach oben und macht einen Salto, bei dem der Typ gegenüber einem hilft, indem er mit den Händen dem Fuß Schwung gibt.

So ungefähr hat Karim das erklärt, so könnte das vielleicht klappen. Wenn das klappt, sind wir echt die coolsten Typen, die unsere Schule je gesehen hat!

DIENSTAG

Ich kann's noch gar nicht fassen, vielleicht wird's irgendwie realer, wenn ich es aufschreibe: Karim hat sich von dem ganzen erschufteten Geld eine Nähmaschine gekauft.

Eine Nähmaschine! Was will er damit? Was um alles in der Welt will er damit? Er hätte es mir gar nicht erzählt, die Sache mit der Nähmaschine, aber sie wurde gerade geliefert, als ich bei ihm die Mathesachen abholen wollte. Da kam ein Bote und sagte seinen Namen und dann, ob er ihm die Nähmaschine noch in die Wohnung bringen solle oder einfach vor die Tür stellen.

Wäre ich Karim gewesen, ich hätte bestimmt was Schlagfertiges geantwortet wie: »Äh, stellen Sie das Ding vor die Tür, äh, die ist für meine Mutter, die kann sie sich dann später in ihr, äh, Nähzimmer tragen!«

Karim wurde stattdessen knallrot und antwortete: »Danke, die muss in mein Zimmer, das ist gleich hier links.« Und dann hat der Paketmann die Nähmaschine in sein Zimmer gewuchtet und Karim hat mich mit seinen Blicken durchbohrt, aber das hat alles nichts genutzt, ich habe schon losgequiekt, als der Paketmann noch nicht mal zur Tür raus war.

Dummerweise war ich noch nicht mal drinnen, so konnte Karim einfach hinter dem Paketmann und vor mir die Tür zumachen. Ich habe geklingelt und gerufen, ich hätt' es nicht so gemeint und ich bräuchte wirklich die Mathesachen. Ja, ich hab sogar so was wie »Bitte, bitte!« gerufen, aber Karim hat die Tür nicht wieder aufgemacht. Wahrscheinlich war er schon dabei, seine Nähmaschine auszupacken.

Ich musste dann wegen der Mathesachen zu Marco und mir von einem der kleinen Scheusale ins Bein beißen lassen, aber egal. Dafür hab ich die Geschichte mit der Nähmaschine.

Hey, ich habe einen Freund, der hat eine Nähmaschine! Muss ich mir Sorgen machen? Ich mach mir welche!

MITTWOCH

Natürlich konnte ich meinen Mund nicht halten. Aber hey, das ist eigentlich voll sympathisch! Ich trag mein Herz auf der Zunge! Ich fress nicht alles in mich rein, ich lass es raus!

Ich hab Karl, Leon und Marco von der Nähmaschine erzählt. Marco schon gestern, als ich ihn wegen der Mathesachen gefragt hatte, aber da hat er kaum mitgekriegt, worum es ging, weil seine bösen Koboldbrüder so gebrüllt haben. Und als mir der eine Mistkerl auch noch ins Bein gebissen hat, hab ich selber die Sache mit der Nähmaschine vergessen, weil ich viel zu sehr mit Rumhüpfen und Schreien beschäftigt war.

Heute hat es Marco richtig mitgekriegt, der hat ja immer für alles Verständnis. »Ist doch schön«, sagte er und wir starrten ihn ratlos an.

»Was soll denn an einer Nähmaschine schön sein?«, fragte Leon. »Eine Nähmaschine. Was will er damit?«

»Nähen, nehm ich mal an«, meinte Karl trocken. Wir kicherten alle ein bisschen vor uns hin, auch Marco.

»Aber was will er denn nähen?«, fragte Leon, aber das wussten wir nun wirklich auch nicht.

»Karim!«, brüllte Leon irgendwann dann quer über den Schulhof. »Was willst du eigentlich mit ...«

Weiter kam er nicht, weil ihn Karl mit einem total abgefahrenen und vor allem total schnellen Griff in den Schwitzkasten genommen hatte. »Klappe!«, raunte er ihm zu. Und er hatte ja recht. Karim war unser Freund, das fiel mir in dem Moment wieder ein, ich hätte auch fast wie ein Trottel quer über den Schulhof gegrölt.

Karim sah besorgt aus, als er auf unsere Gruppe zujoggte. »Was?«, fragte er und blickte von Marco zu Karl. Leon konnte und mir wollte er offenbar nicht ins Gesicht schauen.

»Paul sagt, du hast eine Nähmaschine bekommen«, eröffnete Karl das Verhör und kniff die Augen zusammen.

Karim nickte ruckartig. »Korrekt«, sagte er und hatte eine Haltung, als wäre er, wenn nötig, zu einer Prügelei bereit.

»Und was willst du damit?«, fragte ihn Marco.

Karim blickte ihn irritiert an. »Nähen«, sagte er dann. Wir schwiegen alle einen Moment. »Was denn sonst?«

»Was denn nähen?«, fragte Karl.

Karim blickte von einem zum anderen und sah jetzt noch irritierter aus. »Leckt mich doch«, stieß er hervor. Dann drehte er sich um und ließ uns einfach stehen.

Ich weiß nicht recht, warum, aber ich fühlte mich irgendwie beschämt. Wir haben danach nicht mehr drüber geredet. Karl hat Leon losgelassen und wir haben alle so getan, als wäre nichts gewesen.

SONNTAG

Mann, bin ich tapfer! Meine Mutter sagt: »Mann, bist du ein Vollidiot!« Aber was weiß die schon! Ich habe mir nämlich das Becken gebrochen, das kann man nicht sehen, dafür umso besser spüren. Und ich gehe morgen trotzdem in die Schule!

Ja, ich gehe auch deshalb in die Schule, weil mein Vater erklärt hat: »Das ist wirklich die dümmste Geschichte, die ich jemals gehört habe, wehe, du schreibst ihm dafür eine Entschuldigung!«

Aber da kennt mein Vater meine Mutter schlecht: Eher würde sie mich an den Haaren in die Schule schleifen, als mir für mein böse gebrochenes Becken eine Entschuldigung zu schreiben.

Wir haben heute nämlich das erste Mal für das Jubiläum geübt. Bei Janusz, weil seine Eltern bis in den Abend arbeiten und wir unsere Ruhe haben. Alles ist natürlich Karims Schuld! Weil er gesagt hat, dass es Babykram ist, einen Salto zu machen, indem man einen Fuß in die verschränkten Hände seines Gegenübers stemmt und sich dann abdrückt. Mann, habe ich mich auf die Schnauze gelegt! Ah, nein, es war nicht die Schnauze! Ich bin so monstermäßig auf meinen Hintern geknallt, dass ich mir das Becken gebrochen habe!

Die große Schwester von Janusz war gerade zu Besuch,

die studiert Medizin und ist für die Unfälle in der Familie zuständig, auch wenn sie noch gar keine Ärztin ist. Sie hat mich in Janusz' Zimmer brüllen hören und ist sofort reingestürzt. Ich lag auf dem Boden und habe mich so rumgewälzt, wie man das eben macht, wenn man im Sterben liegt.

Sie brüllte: »Was ist hier passiert?« Und Karim hat, nur unterbrochen von meinen Schmerzensschreien, von der Sache mit dem Salto erzählt.

Aber die blöde Schwester von Janusz, die hat mich dann nicht etwa mit dem Notarztwagen ins Krankenhaus bringen lassen, sondern so richtig mies gegrinst und gesagt: »Tja, vielleicht hast du dir das Becken gebrochen, aber da kann man nix machen. Das tut einfach nur weh, muss man aushalten. So 'nen Hintern kann man ja schlecht eingipsen.« Dann hat sie böse gelacht.

Ich hasse sie. Und Karim hasse ich auch. Wenn einem der Hintern so richtig beschissen wehtut, dann geht das mit dem Hassen ganz schön leicht.

MONTAG

Ich habe mir vermutlich doch nicht das Becken gebrochen, es war heute Morgen schon viel besser. Das sage ich aber keinem, meine Eltern sollen ruhig ein schlechtes Gewissen haben, weil sie ihren Sohn mit einem gebrochenen Becken in die Schule schicken.

»Meinst du wirklich, dass du dir das Becken gebrochen hast?«, fragte meine Mutter heute früh und klang schon viel mitleidiger als gestern.

»Na und? Ist dir doch eh egal!«, hab ich gesagt und so getan, als wäre ich tapfer und würde mir meine schlimmen Schmerzen höchstens ein bisschen anmerken lassen.

»Das stimmt gar nicht«, hat sie erklärt, mich prüfend angesehen und ich dachte, wenn ich jetzt nicht schnell verschwinde, dann wird aus einem schlechten Gewissen noch Misstrauen und das wäre doch schade.

Ich bin also so ein bisschen eckig aus dem Haus gehumpelt, als würde mir alles wehtun, aber weil ich so grausame Eltern habe, schleppe ich mich trotzdem zur Schule.

Als sich dann Karim in der Schule für seine blöde Idee entschuldigt hat, tat mir gar nichts mehr weh und ich musste mich höllisch anstrengen, noch so zu tun als ob. Er ist an dieser blöden Breakdance-Idee Schuld und soll wenigstens ein bisschen dafür leiden.

Was machen wir nur beim Jubiläum?

Das habe ich auch Karim, Leon und Janusz gefragt. Die drei wollen jetzt die Sache mit dem Im-Kopfstand-auf-dem-Boden-Kreiseln ausprobieren.

Weil ich ein gebrochenes Becken habe, bin ich davon befreit. Ich bin gespannt, ob das eine genauso tolle Idee ist wie die mit dem Salto.

DONNERSTAG

Auf-dem-Kopf-stehen-und-Kreiseln geht genauso wenig wie Salto mit Handanschwung. Was vielleicht auch daran liegt, dass Leon, Karim und Janusz nicht mal einen Kopfstand *ohne* Kreiseln können. Leon und Karim haben jetzt als Hausaufgabe auf, Kopfstand zu üben.

Janusz ist davon befreit, weil er das Trampolin von dem kleinen Nachbarsjungen benutzen darf. Er ist vorgestern runtergegangen und hat ihn mit Kaugummi bestochen. Es kostet pro Probennachmittag einen Kaugummi, das finde ich ziemlich fair.

Das Ding ist allerdings zu groß für die Wohnung, deswegen sind wir jetzt oben bei Janusz und gucken zwischendurch aus dem Fenster, ob er noch lebt. Gestern ist er so krass auf dem Ding rumgesprungen, dass ich dachte, er würde ein Loch reinstanzen, hat er aber nicht. Das Ding ist echt stabil und bestimmt mehr als einen Kaugummi Miete wert. Vielleicht sollte er noch ein paar Würste pro Tag drauflegen.

Rana, Karims kleine Schwester, hätte fast einen Anfall gekriegt, weil sie auch auf das Trampolin drauf wollte. Janusz hat echt versucht, das mit ihr zu diskutieren, haha, vermutlich versucht er auch, mit dem Nachbarshund darüber zu diskutieren, ob der nicht ab 20 Uhr die Bellerei lassen könnte, das müsse er doch einsehen!

Karim hat die Sache mit Rana ziemlich einfach gelöst. Er hat Janusz angewiesen: »Lass Rana mal drauf.«

Rana ist ein paarmal gehopst, dann ist sie über ihre Beine gestolpert, da oben auf dem Trampolin, und lag plötzlich auf dem Bauch und das Trampolin hat sie weiter hochgeschleudert. Dann hat sie geheult, Karim hat sie runtergeholt und das Thema war durch.

Sie ist dann mit uns hochgegangen und hat gemalt und mit Janusz' MP3-Player Musik gehört. Ich hab in der Zeit geübt, Pfefferminzbonbons hochzuwerfen und mit dem Mund aufzufangen.

Janusz hopste weiter. Wenn er sich an die Moves gewöhnt hat, meinte er, versucht er mal einen Salto. Ich hab vorgeschlagen, dass er damit besser warten soll, bis seine große Schwester da ist, damit sie ihre Witze machen kann, wenn sich Janusz was bricht.

Während Janusz unten herumgehüpft ist, standen Karim und Leon Kopf und ich habe Musik ausgesucht. Das ist überhaupt die wichtigste Aufgabe: Wenn die Musik cool ist, können wir ruhig wie die Deppen über die Bühne eumeln, dann denken alle, das soll so sein.

SONNTAG

Nachdem es Leon gestern geschafft hat, mal länger auf dem Kopf zu stehen, hat er es heute mit Fahrradhelm versucht. Damit wir ihn anschubsen und kreiseln lassen können. Haha! Hahaha!

Er hat jetzt beschlossen, das ohne Fahrradhelm und ohne Gekreisel zu machen und sich einfach nur auf den Kopf zu stellen. »Ich hab den Scheiß doch nicht umsonst gelernt!«, hat er gerufen.

Jetzt übt er Breakdance-Kopfstandvariationen vor dem Spiegel. »Soll nicht nach Turnverein aussehen«, sagt er. »Soll cool aussehen!«

Ich hab nichts gesagt, aber es sieht eher aus wie »Vollidiot steht auf dem Kopf und hat zu viele Arme und Beine, die dumm rumbaumeln«.

Mein Beckenbruch ist ja wieder ziemlich verheilt, deshalb hab ich mich, während Leon sonderbares Zeug vor dem Spiegel ausprobierte, mit Karim vor YouTube gesetzt und »Breakdance lernen«-Filme geguckt.

Zuerst haben wir uns »Windmühle« angesehen, zu schwer, dann »Freeze«, zu schwer, dann so was, was »Sechs Schritte« hieß und eigentlich nur Arme neben sich auf den Boden bedeutet, Hintern hoch, und dann mit den Beinen um die Arme laufen, aber so, dass es völlig cool aussieht.

»Verdammt, das ist auch total schwer, aber nicht völlig unschaffbar«, meinte Karim.

Das wollten wir jetzt lernen, Karim und ich. Wenn wir das bei der Aufführung nebeneinander machen, sieht keiner, dass das nicht so schwer ist wie Windmühle oder Freeze, dann sieht es einfach klasse aus, weil wir alles total gleich machen, wie so Synchronturmspringer, nur halt ohne Wasser und ohne Springen. Scheiße, was für eine super Idee!

SAMSTAG

Heute war die Aufführung. Ich könnte jetzt von Karl erzählen und einfach so tun, als wäre die Breakdance-Nummer nie passiert, aber ich bin kein Feigling. Ich bin vielleicht eine Witzfigur, aber kein Feigling.

Die Turnhalle war voll. Nicht nur die Leute von unserer Schule, auch alle Eltern und alle Geschwister, dazu noch sämtliche Menschen, die ich später mal wiedertreffen werde. Sie alle werden sich an diese Breakdance-Nummer erinnern.

Karims Mutter war übrigens auch da. Keine Ahnung, wie meine Mutter das genau hingekriegt hat. Sie geht jetzt, glaube ich, seit ganz schön vielen Monaten mit ihr zu so Therapien. Jetzt saßen meine Mutter und Karims Mutter zwar ganz am äußersten Rand, aber sie saßen da und ich denke mal, Karim hat das eine Menge bedeutet.

Schön wäre es natürlich gewesen, wir hätten zu Ehren von Karims Mutter ein paar klasse Saltos hingelegt und uns ein bisschen cool auf den Köpfen gedreht. Es lief dann aber ein bisschen anders.

Janusz hatte das Trampolin von dem Nachbarsjungen ausgeliehen und mit uns zusammen in die Turnhalle geschleppt. Das stand am Rand und Janusz hopste die ganze Zeit darauf herum wie ein Bekloppter. Dazu total cooler Rap – der wenigstens war richtig gut.

Zu diesem also total coolen Rap hopste Janusz hoch und runter und Leon stand neben dem Trampolin auf dem Kopf und wechselte zwischendurch von einer merkwürdigen Position in eine neue merkwürdige Position. Und vorn standen Karim und ich, Arme auf dem Boden, Hintern hoch, und wanderten um unsere Hände herum.

Das war's. Das machten wir genau eine Viertelstunde, bis der Mix rum war. Es fühlte sich an wie mindestens ein Tag. Am Ende war Karim mit seinen Beinen links und ich mit meinen Beinen rechts, wodurch wir uns total verhedderten, kurz bevor der Track zu Ende war, Leons Kopf war so rot wie ein Feuerlöscher und zuletzt versuchte Janusz endlich doch noch einen Salto, er landete auf dem Rand des Trampolins und fiel von dort auf Leon, den Feuerlöscher, und dann war unsere Nummer vorbei.

Das Publikum hatte vorher schon angefangen, uns wie bescheuert anzufeuern, alle brüllten und johlten und als die Musik vorbei war, hörte man auch deutlich, wie sie vor Lachen grölten.

Auf dem Weg auf die Zuschauertribüne klopften mir

alle möglichen Leute auf die Schulter und sagten Sachen wie »Das war echt witzig!« oder »Echt krass, haha!«.

Die Leute hatten uns tatsächlich für die Clownsnummer gehalten! Ich wusste nicht, ob ich mich weiter schämen oder über so viel Glück einfach nur irrwitzig freuen sollte.

Ich war vollauf mit meinen konfusen Gefühlen beschäftigt, aber als dann Karl auftrat, wurde es so still, dass ich wieder richtig wach wurde.

Karl und Nina machen ja diesen fetten Tanzkurs. Deswegen kann Karl ja dienstags und donnerstags nach der Schule nicht mehr. Zweimal die Woche! Dafür steht er in Deutsch inzwischen Eins minus, weil Nina ihm bei allem hilft. Das war der Deal, dachte ich.

Aber dann hab ich die beiden tanzen sehen, meine Fresse! Die haben getanzt wie bei *Let's dance*, so voll profimäßig, so mit Aktionen wie das Mädchen in die Waagerechte und so vom Arm wegschleudern, aber dazwischen! Dazwischen haben die beiden sich so angeguckt, als wär' sonst keiner da, als würden nicht ein paar Hundert Leute von der Tribüne gaffen.

Das hat auch ungefähr einen Tag gedauert. Die haben was Mittelschnelles getanzt, dann was Schmieriges und dann was ganz Schnelles, dann war es zu Ende und ich konnte nicht aufhören, Karl anzugaffen. Das da unten war mein Freund Karl, aber vielleicht war er auch ein Außerirdischer.

Ich könnte jetzt sagen: »Klar! Karl ist in Nina verknallt, jetzt weiß ich's!« Aber das wäre die Untertreibung des Jahres.

Leon saß neben mir und schwieg auch die ganze Zeit. Als alle klatschten und gar nicht mehr aufhörten, da beugte

DAS DA UNTEN
WAR MEIN FREUND KARL,
ABER VIELLEICHT WAR ER AUCH
EIN AUßERIRDISCHER.

er sich rüber zu mir und schrie durch den ganzen Jubel: »Heilige Scheiße!« Ein wahres Wort, echt.

Dann kam noch die Megaüberraschung. Alle wurden unruhig, während unten Matten ausgelegt wurden, eine ganze lange Reihe Matten, als wollte die erste Klasse Purzelbäume am Stück vorführen.

Aber dann ging die Musik an, megalaute, megageile Musik, und dann kamen hinten aus der Tür, da, wo die Matten anfingen, die Mädchen raus.

Es waren alle Mädchen aus unserer Klasse, Sarah, Nina und Kiki und einfach alle, und alle hatten so schwarze enge Hosen an und abgefahrene T-Shirts. Die waren groß und bunt und verrückt, echt verrückt! Aus vielen Stoffstücken oder mit komischen Ecken oder so mit Fetzen, sah irgendwie komisch aus, aber irgendwie auch gut – nicht wegen Sarah oder wenigstens nicht nur!

Und dann gingen alle so wie Models über die Matten und wieder zurück, also nicht alle zusammen, sondern so hintereinander, es sah echt wahnsinnig cool aus!

Dann war es vorbei. Als alle zweimal rundgelaufen waren, hielten sie an und stellten sich vorne so auf. Die Mädchen stellten sich alle hin und klatschten zur Musik und dann kam Karim.

Echt. Dann kam Karim!

Hey, er hätte es gar nicht nötig gehabt, mit uns Clowns zu breakdancen, Karim hatte längst seine eigene geheime Nummer!

Karim hatte alle die T-Shirts genäht, mit seiner ultra*un*coolen Nähmaschine, und dann hatte er sämtliche Mädchen aus unserer Klasse dazu gebracht, seine T-Shirts vorzuführen!

Er hat nachher erzählt, eigentlich wollte er ja was für die Breakdance-Nummer nähen. Er brauchte nicht zu sagen, was dazwischengekommen war, das wussten wir auch so.

Wir haben ihm dann nur auf die Schulter geklopft, Leon und ich, Karl, Janusz und Marco und noch viele andere. Karl haben auch sehr viele auf die Schulter geklopft. Ich habe ganz schön viele Freunde, die ganz schön viel auf dem Kasten haben.

Vielleicht sollte ich noch mal Salto mit Abstoßen von der Hand üben. Das wär' doch gelacht!

DIENSTAG

Steven hat es, glaube ich, mächtig gefuchst, dass Marco so ein toller Hecht war in Todtnauberg. Und jetzt, wo wir zurück sind und Gras über die Sache wächst, da wollte er offenbar allen zeigen, wo in Wirklichkeit der Hammer hängt.

Er hat jedenfalls nach der Schule Marco abgewartet: er und seine Spacken, also Pepe, Alex und Joe.

Leon und ich, wir kamen erst raus, als es schon losgegangen war und Marco zwischen den vier Idioten hin und her geschubst wurde.

Mir hatte nämlich irgendjemand von denen wohlweislich den Rucksack versteckt, haha, sehr lustig! Deswegen hatte es länger gedauert, weil ich ihn erst bei den Fundsachen im Keller abholen musste.

Leon geierte los und meinte, ich hätte doch eh das Fundkisten-Abo, nur weil ich bei der Gelegenheit auch meinen Sportbeutel fand, den ich erst vor zwei Wochen zum letzten Mal aus der Fundkiste gefischt hatte.

Karl war vor uns rausgegangen, keine Ahnung, wie lang er schon da stand und zusah. Ich war ja Marco irgendwie noch was schuldig, also wollte ich los und ihn raushauen. Was echt ganz schön mutig von mir war, ich bin nämlich eine totale Null im Prügeln!

Aber was soll ich machen: Ich bin halt ein Held, ich gebe mein Leben für meine Freunde oder für das Leben meines Lebensretters, weiß der Kuckuck, aber so weit kam es gar nicht. Ich musste mir kein blaues Auge schlagen lassen, denn Karl hielt mich zurück.

»Lass mal«, sagte er leise. »Wir haben ihm was beigebracht. Das kann er allein schaffen.«

»Wir« war echt nett von Karl, weil natürlich in Wirklichkeit er selbst ihm alles beigebracht hatte. Ich kann ja nix, ich kann nur zugucken und anfeuern. Das war auch alles gewesen, was ich in der Turnhalle gemacht hatte: Karl hatte Marco die Sache mit dem Schwitzkasten, dem Hinschmeißen und dem Magenboxen gezeigt. Währenddessen hatte ich gebrüllt, als wär's ein Boxkampf vom Feinsten.

Ich hatte verstanden, was Karl meinte. Natürlich ist es prima, wenn einen Freunde raushauen, aber es ist auch peinlich, wenn man's allein nicht schafft.

Sarah, Nina und Nurit waren inzwischen auch rausgekommen. Normalerweise halten sich die Mädchen ja aus so Sachen raus, aber diesmal waren sogar sie bereit, Marco rauszuhauen. Auch sie wurden von Karl und mir zurückgehalten.

Sarah guckte mich total empört an, ich spürte das auch, ohne sie direkt anzusehen. Sie schaute mich richtig wütend von der Seite an und ich fühlte mich echt mies. Aber Karl hatte ja recht: Wenn Marco die Angelegenheit allein schaffen würde, wäre ein für alle Mal Schluss mit dem Scheiß.

Bis jetzt hatten die Spacken Marco nur herumgeschubst, aber jetzt ging es richtig los: Marco hatte sich offenbar gemerkt, dass man sich einen rauspicken musste, und er war schlau genug, sich Steven auszusuchen. Bei der ganzen Schubserei hielt sich Marco plötzlich an Stevens Jacke fest und wurde deswegen beim nächsten Schubs gegen Steven gedengelt.

»Hey!«, schrie die Meute, dann packte Steven Marco am Kragen. Sofort wichen die anderen Idioten zurück und fingen an, Steven anzufeuern. Sie klangen ziemlich fröhlich, weil sie ja meinten, leichtes Spiel zu haben.

Man schmeißt ein Kaninchen ins Löwengehege und dann fängt man schnell an, den Löwen anzufeuern, sonst ist der Kampf vorbei, bevor man auch nur »Lö!« schreien kann.

»Ste-ven! Ste-ven!«, schrien also die Scheißer, während Marcos Leute langsam dazustießen. Ich fühlte mich wie ein Tyrannosaurus Rex, der mit seiner Herde dazukommt, während die Löwen sich gerade wegen des Kaninchens die Lippen lecken.

Als Marco den ersten Schlag von Steven einstecken musste, hatte sich eine riesige Traube um die beiden gebildet. Stevens Leute und wir: Marcos Leute. Leon war der Erste, der anfing, Marcos Namen zu schreien. Karl macht so was ja nicht, der ist sich irgendwie zu fein dazu oder er ist einfach zu cool. Nach Leon fing dann auch ich an, dann stimmten die Mädchen ein.

Wir waren alle mächtig laut, aber ich wunderte mich trotzdem nicht, dass uns keine Lehrerin und kein Hausmeister störte. An unserer Schule gilt das Recht des Stärkeren. Wenn einer von uns krankenhausreif geschlagen wird, freuen sie sich, weil dann die Klasse kleiner wird.

Marco lag auf dem Boden, Steven stand über ihm und brüllte ihn an. Wenn er sich auf ihn geworfen hätte, wäre der Kampf vermutlich innerhalb von Sekunden beendet gewesen und Steven hätte gewonnen. Aber Steven wollte unbedingt einen Kampf über mehrere Runden. Er wollte, dass sich Marco wieder aufrappelte und er ihn noch mal zu Boden schlagen konnte.

Marco rappelte sich tatsächlich auf.

Sarah rammte mir ihren Ellenbogen in die Seite, dass es richtig wehtat. »Du musst ihm helfen!«, schrie sie mir ins Ohr. All das Angefeuere um mich herum war echt laut, aber noch lauter war Sarah in meinem Ohr.

Ich schüttelte den Kopf. »Er schafft das«, schrie ich zurück, allerdings nicht so laut wie sie. »Karl und ich waren mit ihm in der Turnhalle!«

Das war nicht mal gelogen. Ich habe schließlich nicht behauptet, Karl und ich haben ihm was beigebracht. Aber ich weiß schon, dass sie das glaubte. Ich habe mich einfach nicht getraut, vor Sarah ehrlich zuzugeben, dass nur Karl ihm was beigebracht hat, während ich dumm rumstand und »Gut so!« brüllte.

Sie starrte mich an, ich habe das wieder nur aus dem Augenwinkel gesehen, weil ich ja beim Kampf zusehen musste.

Steven machte jetzt einen Fehler. Er machte *den* Fehler: Er packte Marco von der Seite.

Ich muss sagen: Hut ab vor Karl, denn genau das hatte er vorausgesehen! Offenbar hatte Karl wie ein Boxtrainer genau studiert, auf welche Art Steven kämpfte.

Ich blickte zu Karl rüber, der nun wie so ein Trainer leicht nickte, als Marco jetzt den Kopf einzog und den Oberkörper nach vorn beugte, sodass Steven ihn nicht nach hinten reißen konnte.

Die Brüllerei um mich herum steigerte sich noch. Jetzt ging alles so schnell und geschmeidig, als hätte Karl Marco nicht fünf Mal, sondern fünf Monate lang was beigebracht. Marco rammte Steven den Ellenbogen rückwärts in den Magen, schob dann ein Bein lang hinter Stevens Beine und warf sich dann zurück. Steven flog rückwärts, das Bein von Marco verhinderte, dass er einen Ausfallschritt machen konnte, er flog auf den Rücken und Marco halb auf ihn drauf und ehe Steven wusste, wie ihm geschah, hatte Marco seinen Arm gepackt, ihn so rumgedreht, dass Stevens ganzer Körper sich aufbäumte und auf den Bauch kreiselte. Und schon saß Marco auf seinem Rücken, den Arm in so 'nem Griff, den Karl »Hebel« nannte, und damit war der Kampf zu Ende.

Meine Fresse! Alle Achtung!

Einen Augenblick passierte gar nichts und es war ganz still. Dann gab Steven ein Geheul von sich: »Geh runter von mir! Du hast gewonnen!«, und Marco ließ ihn los.

Alle klopften Marco auf den Rücken, alle bis auf die Spacken, die zusammen mit Steven und eingezogenem Schwanz davonschlichen.

Sarah starrte mich noch immer von der Seite an oder schon wieder. Zwischendrin war es so spannend gewesen, dass ich sogar Sarah glatt vergessen hatte. Und dann kam's: Sarah beugte sich zu mir und gab mir einen Kuss. Einen echten, richtigen, großartigen Kuss auf die Wange! Das war heute der bisher beste Tag in meinem Leben!

Marco hat einen Eins-a-Kampf hingelegt, an dem ich irgendwie, na ja, zumindest nicht ganz unbeteiligt war, und Sarah hat mich geküsst!

Außerdem schien die Sonne und am Himmel haben die Vögel ein Tänzchen aufgeführt und Konfetti und kleine Bonbons geworfen.

FREITAG

Mein Zeugnis? Egal! Wir haben alle ziemlich miese Noten bekommen, weil wir im letzten Halbjahr für die Oberschule Energie sparen mussten. Trotzdem ist heute Tag der Geschenke: Meine Mutter hat meine Mathenote geschenkt bekommen, denn schlechtes Zeugnis hin oder her – in Mathe habe ich tatsächlich eine Eins bekommen. Ich selbst habe dafür geschenkt bekommen, dass Sarah nach den Ferien mit auf meine Schule gehen wird – und das ist nicht das grottige Teil, wo's beim Tag der offenen Tür nicht mal leckere Würste gab.

Apropos Würste: Leon kommt ausgerechnet mit Wurst-Janusz zusammen auf eine Schule.

Und weil wir alle zum letzten Schultag Wahnsinnswetter geschenkt bekommen haben, sind wir nach der Zeugnisvergabe gemeinsam zur Badestelle gefahren: Leon und ich, Karim, Janusz, Felix, Julian, der nicht den kleinsten Unfall gebaut hat, Karl, Marco, Nurit, Tina, Kiki und Sarah, die Tollste und Schönste von allen.